公主騎士
的小白臉
He is a kept man
for princess knight.
3
Kadokawa
Fantastic Novels

碧翠絲・瑪雷特
實力派隊伍「蛇之女王」(Medusa)的隊長。暱稱是「碧」。雙胞胎之中的妹妹。個性喜怒無常。
「燒穿敵人吧！『火焰釘』(Flame Needle)！」
「『風之鐮』(Wind Sickle)！」
賽希莉亞・瑪雷特
實力派隊伍「蛇之女王」(Medusa)的參謀。暱稱是「希」。雙胞胎之中的姊姊。生氣的時候很可怕。

諾艾爾
Aegis
「女戰神之盾」的隊員。路特維奇的外甥女，醉心於艾爾玟。
「可惡！」
拉爾夫
Aegis
「女戰神之盾」的年輕戰士。喜歡艾爾玟，把馬修視為眼中釘。

眼前那雙翡翠色的眼睛大大地睜開了。
我緩緩數到十，然後才移開嘴唇。

「這句話我已經說過上百次了吧，
但我還是要再說一次。我喜歡妳。我愛妳。」

某國的「迷宮」調查報告書

1

「迷宮」究竟是何物？

「迷宮」其實是來自異世界的高階生命體，也就是名為「星獸」的怪物。
在我們人類居住的「世界」（星球）之外，還有著遼闊的「星界」（宇宙），而在「星界」裡有許多流浪的巨大「星獸」，偶爾會跑來寄生在「世界」上。

2

「迷宮」誕生的過程

迷宮誕生的過程分為五個階段。

【1】跑來寄生的「星獸」與星球同化，開始吸收魔力之類的能量。
【2】只要吸收的能量超過一定程度，星獸就會在大地上實體化。
【3】星獸實體化之後，其心臟「星命結晶」也會實體化，連接到負責吸收空氣的地面「入口」。
【4】為了防止外敵（人類與地面上的魔物）入侵，保護「星命結晶」這個心臟，星獸會讓自己的身體不斷變大與變形。
例1：建立不同的階層，把每個階層的通道變得複雜，同時設置落穴之類的陷阱。
例2：同時為了排除外敵，利用自身的免疫力創造出「魔物」。
【5】「星獸」那種結構複雜，還擁有許多階層的體內，就是所謂的「迷宮」。

3

「迷宮」成長的原理

完成實體化以後，「迷宮」依然會不斷從入口吸收周圍的能量。能量被吸走的大地會變成不毛之地，草木不生，逐漸荒蕪。曾經有國家因為太晚處理「迷宮」而滅亡。「迷宮」會不斷成長，有時候連早就完成的階層都會改變。

4

「迷宮」的挑戰者

人類（精靈與矮人也算在內）從經驗中發現「迷宮」是造成土地荒蕪的原因後，就開始挑戰「迷宮」。原本是由國家主導，但主導權慢慢轉到冒險者手上。

5

在「迷宮」死去的下場

在「迷宮」裡死去會被吸收化為養分，連骨頭都不剩，只留下衣服與隨身物品。據說靈魂會被困住無法前往「冥界」（死後的世界），直到「迷宮」被人征服。

6

「星命結晶」的傳說

「迷宮」最深處的「星命結晶」前方有守衛。這些守衛被稱作「眷屬」或「守護者」。由於「星命結晶」吸收了大量的魔力（能量），所以能引發人類不可能辦到的現象。

Ex.

大進擊現象

那是一種魔物大量湧出的現象，據說原因是魔物為了覓食大舉遷徙，抑或是因為恐懼而四處奔逃。如果是「迷宮」引發的大進擊，由於入口周圍通常都會形成迷宮都市，所以危險度也會暴增。此外，地震很可能是大進擊發生的前兆。

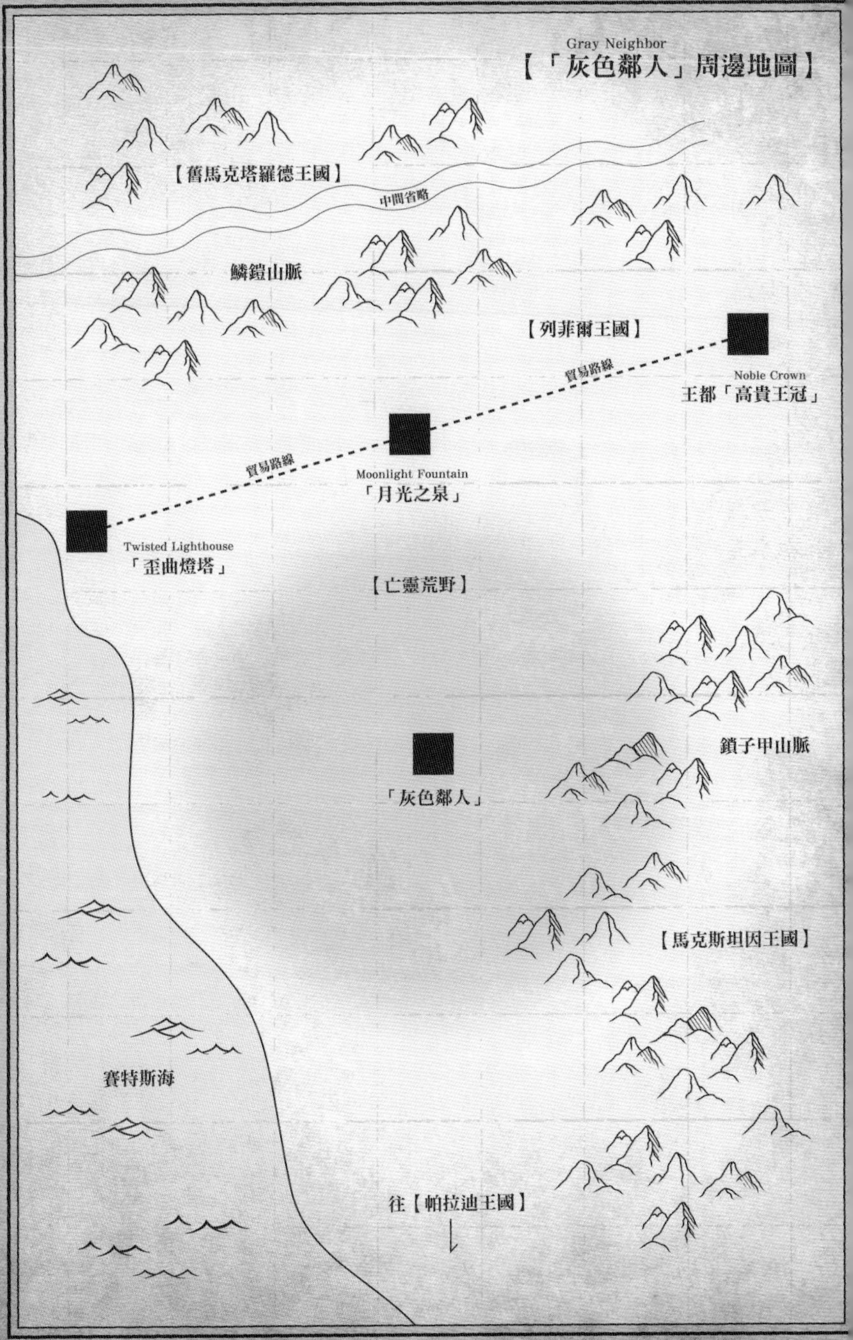
Gray Neighbor
【「灰色鄰人」周邊地圖】
【舊馬克塔羅德王國】
中間省略
鱗鎧山脈
【列菲爾王國】
貿易路線
Noble Crown
王都「高貴王冠」
貿易路線
Moonlight Fountain
「月光之泉」
Twisted Lighthouse
「歪曲燈塔」
【亡靈荒野】
鎖子甲山脈
「灰色鄰人」
【馬克斯坦因王國】
賽特斯海
往【帕拉迪王國】

CHARACTER

艾爾玫

身為挑戰迷宮的急先鋒。似乎只會在馬修面前表現出幼稚的一面。

馬修

經歷成謎的前冒險者。城裡的人都看輕他是軟腳蝦，其實他有一個不為人知的祕密。

德茲

公會專屬冒險者。很難相處的矮人，是少數知道馬修過去的人物。

凡妮莎

隸屬於公會的一流鑑定師。因為發現艾爾玫的祕密，被馬修親手殺掉。

文森特

聖護隊隊長。負責維持「灰色鄰人」的治安，私下在找殺死妹妹的凶手。凡妮莎的哥哥。

艾普莉兒

公會會長的孫女。身邊的大人都勸她不要接近馬修。

尼古拉斯

本是太陽神教的神父兼「傳道師」，但現在正與馬修合作，試圖阻止太陽神的陰謀。

葛羅莉亞

公會為了補缺，從其他公會挖角過來的鑑定師。興趣是收集「贗品」。

He is a kept man for princess knight.

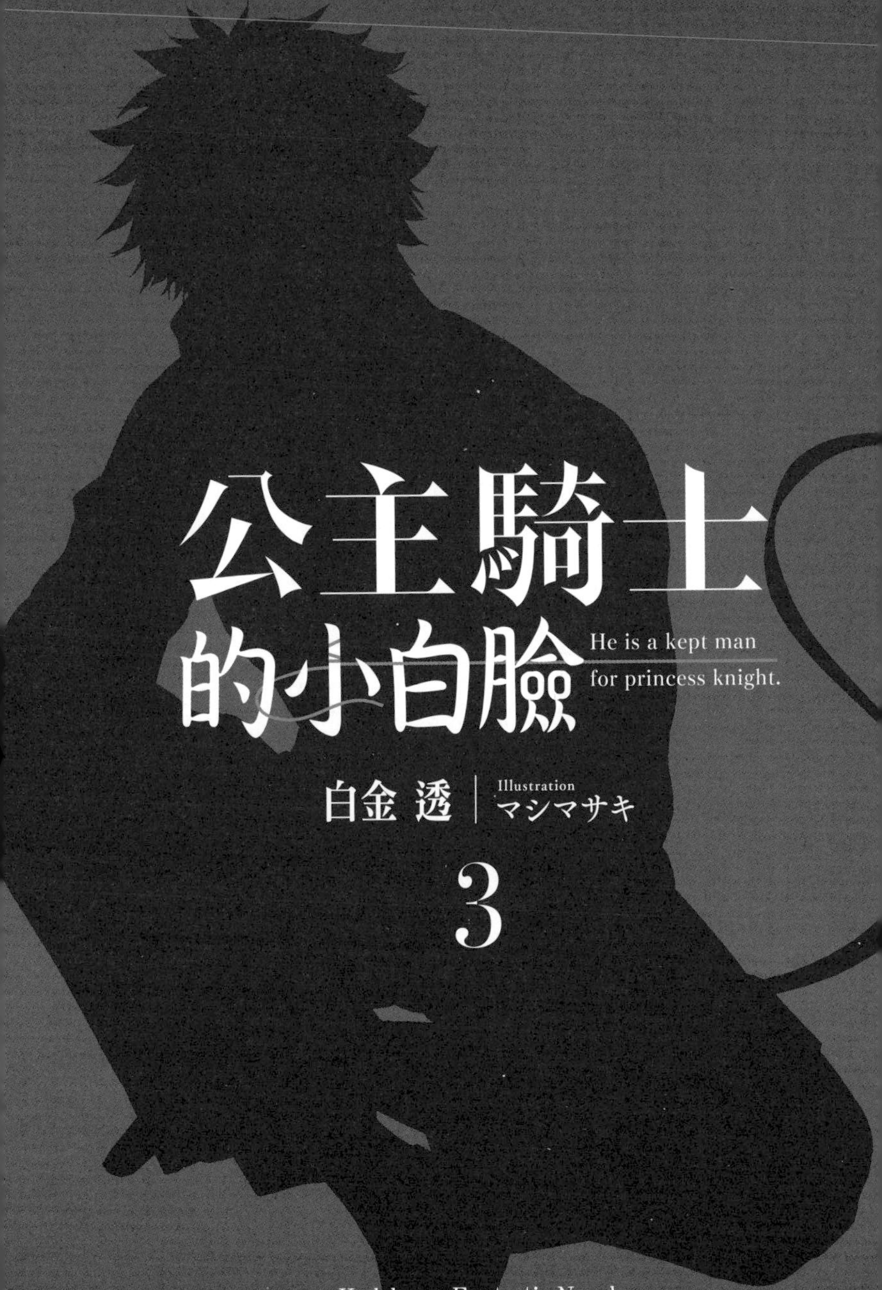

公主騎士的小白臉

He is a kept man for princess knight.

白金 透 | Illustration マシマサキ

3

Kadokawa Fantastic Novels

CONTENTS

要求出動

「拜託你們也帶我進到『迷宮』裡面。」

聽到我這麼拜託，公會長不屑地笑了出來。

「如果你想自殺，麻煩自己找個地方上吊。」

「我是認真的。」

「我們可沒有餘力帶個拖油瓶進去。你又能做什麼？」

「我很清楚自己是個無能的廢物，但還是拜託你讓我跟去。」

魔物大量湧出的「大進擊」現象，就要在這個城市的「迷宮」裡發生了。也許是這種現象即將發生的前兆，「迷宮」內部的魔物數量剛才開始就突然暴增。據說有許多冒險者都因此受困，失去了聯絡，而艾爾玟率領的「女戰神之盾（Aegis）」也在其中。雖然公會正準備派遣救援隊進去，但我不能把這件事交給別人去做。

直覺告訴我這次的「大進擊」很危險。

如果不快點去救援，艾爾玟會有生命危險。

老頭子似乎感受到我的決心，一臉厭煩地嘆了口氣。

「你們去下面等我。我很快就會過去。」

他讓在旁邊待命的公會職員全部離開。

房間裡只剩下我們兩人後，老頭子拿出菸斗點火。菸斗冒出一縷紫煙後，他怒目瞪著我，眼神像是在看著一個笨學生。

「就算冒險者公會是個小混混集團，也還是有規矩要遵守。你既不是冒險者，也不是公會職員。要是帶你踏進『迷宮』，我就要人頭落地了。」

「要資格的話，我有。」

幸好我早就料到會這樣，把這個東西帶了過來。我攤開那張折成一小塊的紙，拿到老頭子面前亮給他看。

這是公會長的孫女艾普莉兒親手製作的誓約書。

雖然她是個好孩子，跟這個臭老頭一點都不像，但總是一直找機會逼我去工作。她前陣子也跑來找我比腕力，想要把我變成冒險者公會的臨時職員。雖然我運氣不好輸掉比賽，卻靠著大人的智慧搶走誓約書，在她面前假裝吃掉，偷偷藏到袖子裡面。畢竟我不是山羊，要是把紙吃下去可是會拉肚子的。大概吧。雖然我沒吃過就是了。

「只要有這張誓約書，我就算是德茲的手下了。而德茲的工作就是到『迷宮』裡救援失蹤的冒險者，但那傢伙正在休假，所以我要代替他前去救援。」

「想不到你竟然得搞這種無聊的小把戲。」

老頭子一臉失望地說。

「『巨人吞噬者（Giant Eater）』，想不到你也有今天啊。」

「是嗎？」

我並不覺得驚訝。因為就連艾爾玟這位公主都能猜出我的真實身分，公會長這個老江湖應該早就知道我的過去了吧。他肯定是早就知道，卻還是故意放過我。如果是平常的話，他應該可以拿這件事來威脅我，但這招對現在的我不管用。因為比起保護自己的祕密與人身安全，拯救艾爾玟要來得重要多了。

老頭子似乎沒料到我會有這種反應，表現出不耐煩的樣子，彷彿有蟲子在他耳邊飛來飛去。

「我能體會你的擔憂，也不是無法理解你想去拯救自己女人的心情。不過，有句話叫做『量力而為』。就憑你這個受到詛咒的傢伙，想當白馬騎士還不夠資格，難道不是嗎？」

如果我是那個絕世美男子兼七星級冒險者的馬德加斯，這個臭老頭應該會跟發情的狗一樣抱著我的大腿扭腰，拜託我助他一臂之力，但可惜這裡只有一個沒錢沒力沒工作的小白臉。

「聽我的，你就乖乖待在這裡吧。你的職責應該是迎接平安歸來的公主騎士大人才對。」

「非常感謝你的忠告。」

老頭子說得沒錯。因為那個腦殘太陽神的緣故，我只要沒有照到陽光，實力就會變得超級弱，甚至連哥布林都打不贏。在不見天日的「迷宮」裡，我就只是個礙手礙腳的廢物。他對我職責的見解也沒錯。因為我也這麼認為。

不過，「這還不足以說服我」。

「可是，我早就決定要這麼做了。」

因為我是公主騎士大人的救命繩。

如果她潛得太深，拉不到繩子，我也只能把繩子放得更深。

直到她能拉到繩子為止。

「雖然我無法幫忙搬東西，但至少還能在緊要關頭當誘餌。」

老頭子扳起臉孔，一副無法理解的樣子。

「你想死在路邊也不關我的事，但我不想看到自己孫女傷心。」

「因為她是個溫柔的女孩。」

她明明不需要在意我這種人，但她還是這麼做了。

「話說回來，你包養那種年紀跟可愛孫女差不多的女孩，難道不會太拚了嗎？要是讓艾普莉兒知道了，小心被她討厭喔。她會說『爺爺好差勁，人家最討厭你了啦』吧。」

「你少給我得意忘形了，小白臉。」

老頭子好像不太喜歡我的模仿秀，話語中夾雜著怒氣，讓房間裡的氣氛變得緊張起來，彷彿噴出了火花。真是嚇死人了。

「我只是覺得你很適合當孫女的玩伴，才會讓你活到今天。就憑現在的你，我隨手就能殺掉十次。」

「你的推測還真是保守。」

換成是以前的我，至少可以殺掉一百次。

「反正我這條命又不值錢，就算你帶我進去也沒差吧？難道不是嗎？」

老頭子嘆了口氣。

「既然你有那種覺悟，那就隨便你吧。」

他放棄說服我，不耐煩地揮了揮手。

「反正那孩子長大了，我也開始覺得總是在她身邊亂晃的蒼蠅很礙眼。既然你想死，那就去死吧。」

我感激到快要哭出來了。

「我現在就有個任務要交給你這位臨時職員去辦。」

老頭子從抽屜裡拿出一張紙。我不久前才看過同樣的東西。那是冒險者召集令，也就是公會用來召集冒險者的文件。

「你去教教樓下那些小女孩，讓她們知道這東西真正的用法。」

第一章

開始搜索

「我當初早就阻止過妳了。」

金髮女子一邊這麼抱怨，一邊輕輕甩著我交給她的文件。她就坐在一樓吧檯附近的桌子旁邊，瓶子裡的葡萄酒早就被喝掉一半了。

她是瑪雷特姊妹中的賽希莉亞。她是五星級冒險者，也是「蛇之女王（Medusa）」的副隊長，同時也是艾爾玟挑戰「迷宮」的競爭對手。

「碧，都是因為妳想出那種無聊的計策，我們現在才得接下這個麻煩的任務。」

賽希莉亞口中的無聊計策，就是她們前陣子拉攏公會職員，為了私事利用召集令那件事。雖然她們試圖利用公會的權力，把艾爾玟等人變成自己的同伴，結果卻適得其反，讓眾人因此大打出手。

「沒差啦。」

她的雙胞胎妹妹碧翠絲．瑪雷特如此回答。

「反正我們都要去救人不是嗎？」

賽希莉亞沒有回答，不滿地用手撐著臉頰。

「那種公主大人到底哪裡好了？」

「怎麼？希，妳該不會是吃醋了吧？」

碧翠絲用雙手抱住姊姊的腦袋，還輕撫她的頭髮，像是在哄小孩一樣。

「要是競爭對手在這種時候退場，那可就不好玩了。還是說，妳要在這裡等我回來？」

「我要去。」她想都沒想就這麼說。「就算是冥界的盡頭，我也要跟妳一起去。」

「那就這麼決定了。」

碧翠絲心滿意足地點了點頭。

「不需要問其他人的意見嗎？」

我記得「蛇之女王」應該是個六人團隊。順帶一提，所有隊員都是女人。

「既然碧決定要去，這件事就是定案了。」

賽希莉亞說得一副理所當然的樣子，彷彿在嘲笑我的無知。

「那其他人呢？我是說跟妳們同盟的那些人。」

「黃金劍士（Chrysaor）」與「金羊探險隊（Argo）」也是挑戰「迷宮」的急先鋒隊伍。雖然召集令上沒有他們的名字，但如果他們願意幫忙，應該會是一大戰力。

「我會去跟他們那邊說一聲。我想他們應該不會拒絕才對。」

「感激不盡。」

「這不是為了你。當然也不是為了公主騎士大人。」

賽希莉亞拍拍臉頰幫自己打氣，換上認真的表情。

「如果『大進擊』真的發生了，魔物的數量應該也會變多。我會準備比平常多兩倍的驅魔香草與結界石。」

「我覺得妳應該再多準備一些。畢竟魔物變得愈多，每次使用的消耗量也會跟著變大。」

聽到我的忠告，碧翠絲露出不開心的表情。

「你曾經踏進『迷宮』嗎？」

「很久以前有過幾次。不過是在其他地方。」

「你不會是挑戰組的成員吧？」

「怎麼可能，我很快就回到地面上了。」

我當初會踏進「迷宮」是為了擊敗只棲息在裡面的魔物，取得牠們身上的角和牙齒之類的。我從未征服過任何迷宮。當我還是「百萬之刃」的成員時，「迷宮」就已經所剩無幾，讓我覺得這麼做沒有太多好處。我也不需要「星命結晶」那種東西。因為當時的我們無所不能。至少我是這麼認為的。現在就不是這樣了。

「我毫無戰力，只能仰仗妳們了。拜託妳們救救艾爾玟他們。」

Millions Blade

我低頭鞠躬，讓碧翠絲和賽希莉亞驚訝地眨了眨眼睛，同時點了點頭。

救援隊的人員編組很快就決定好了。

首先是負責對付魔物，由瑪雷特姊妹率領的「蛇之女王」與另外兩支聯合隊伍。碧翠絲還兼任救援隊的隊長。上次見面的時候，她們姊妹兩人的武器都是短杖，但妹妹這次還背著一支巨大的魔杖。魔杖好像是用固定器掛在背上，應該可以在緊急時刻從背後拿下來使用。雖然我覺得這會讓她不方便行動，但我對魔法一竅不通，沒資格說三道四。

還有負責搬運與傳令的公會職員，這些負責輔助隊伍的非戰鬥人員共有十五位。再加上我這個多餘的傢伙，一共是三十三個人。以這種類型的救援隊來說，人數算是相當多了。照理來說，就算冒險者沒有回來，公會也不會派人去救援，只會說句「我很遺憾」就這麼算了。

公會這次願意做到這種地步，應該是因為在「大進擊」中遇難的冒險者太多，也需要順便進去調查一下狀況，還有就是老頭子的好意了吧。不過他這麼做也是為了自保。

他肯定是不想讓人在背後指指點點，說他對艾爾玟這位前公主見死不救。

公會長留在地面上負責擔任總指揮。

我們聚集在「迷宮」的入口，正忙著做最後的準備。

只要再過一段時間，我們就會殺進地獄深淵。周圍滿是冒險者與跑來看熱鬧的傢伙。艾爾玟沒回來的消息早就傳開了。

「馬修先生！」

銀髮少女從人群中衝了出來，而且臉色非常難看。她是艾普莉兒。她手上還握著一張皺巴巴的紙。

「嗨，矮冬瓜。妳是來幫我們送行的嗎？」

「馬修先生，你真的也要踏進『迷宮』嗎？」

她似乎很慌張，聽到我叫她矮冬瓜也沒有反應。

「你辦不到的。」艾普莉兒難過地搖了搖頭。

「那裡可是『迷宮』喔。會有很多魔物跑出來喔。你打不贏那些魔物的。」

「反正到時候自然會有辦法。」

「不行！」

艾普莉兒抓住我的手臂。

「別去！艾爾玟小姐不會有事的。你還是乖乖待在這裡等她回來吧。」

她似乎不惜動粗也要阻止我。她願意擔心我的安危，讓我相當感激。

祖父與孫女都不想讓我踏進迷宮，只是理由正好相反。

「不好意思，我不能答應妳這個要求。」

我溫柔地扳開艾普莉兒的手指。因為這裡是太陽底下，我能輕易辦到這件事，而且反倒還要小心控制力道，免得不小心折斷她的手指。

「因為我也是個男人。」

「……是不是因為我？」

艾普莉兒露出快要哭出來的表情，攤開那張皺巴巴的紙。那是我剛才交給老頭子的誓約書。

「因為我一直叫你去工作。」

「妳誤會了。」

雖然我利用了艾普莉兒親手製作的誓約書，但就算沒有那種東西，我也會用其他手段加入這支隊伍。

「我沒有被任何人命令，也沒有自暴自棄。我是自願去救艾爾玟的。」

「可是你會死掉的……」

「我不會死。」我伸手拭去矮冬瓜的眼淚。「我向妳保證。我絕對會帶艾爾玟回到這裡。」

「……那我們說好了喔。」

哭泣的女孩笑了出來。這樣我就更不能丟掉性命了。

「大家都準備好了吧？」

老頭子在「迷宮」的入口向救援隊發號施令。這算是個簡單的出陣儀式。

「你們的任務是找出並救回那些失蹤的傢伙。你們要一邊確保安全路線，一邊往下方的階層前進。一旦找到他們，就把人帶回地面上。」

這次行動最短只要半天，如果時間拉長，也可能要花上好幾天。千萬不能太過逞強。否則我們也會跟著遇難。

「好了，你們可以……」

「大家好，看來我趕上了呢。」

一道令人放心的聲音打斷了老頭子的話語。

我回頭一看，發現有一位初老男子背著行李走了過來。

那人就是尼古拉斯．伯恩斯。他原本是太陽神教會的神父，因為被太陽神唆使，讓他做出了惡魔的「禁藥」。知道事情的真相後，尼古拉斯為了阻止太陽神的陰謀，過著不斷逃亡的生活。我是在前陣子認識他，還提供他藏身之處。他現在是個藥師，正忙著開發「解放」的解毒藥。

「醫生，你怎麼會在這裡？」

而且他還帶著要出遠門……不，是要去冒險的行李。因為附近的居民都叫他「醫生」，讓我也跟著這麼叫他。

「事情我都聽說了。聽說這裡出現『大進擊』將要發生的預兆，害得許多冒險者被困在『迷宮』裡。不知道能不能請各位帶我一起進去？」

也許是因為說話被別人打斷，老頭子不太高興地走了過來。

「你是什麼人？」

「這是我的會員證。」

尼古拉斯拿出冒險者公會的會員證。那張會員證看起來很舊了。

「尼克伯・恩斯坦……三星級冒險者嗎？」

他好像早就用假名加入公會了，也不知道是什麼時候的事情。

「原來你是個治療師。我怎麼沒看過你？」

老頭子輪流比對著會員證與尼古拉斯。

「你是哪裡的人？以前是做什麼的？我看你好像有點年紀了。」

「我本來是在南方那邊活動。我原本打算退休了，才會跑來這裡投靠親戚，但那位親戚早就下落不明了。正當我走投無路的時候，我認識了這位馬修先生。他幫了我很多忙。」

老頭子瞪了我一眼，用眼神向我確認這件事。我點了點頭。

「我可是賭上了這條命呢。」

「看到年輕人準備拚命去救人，我這個老傢伙當然也得再拚一次。」

尼古拉斯聳聳肩膀，像是在自嘲一樣。

「如您所見，我不擅長戰鬥，但至少還能勝任『治療師』的工作。」

「你只會療傷嗎？」

「我對『解毒』也小有研究。我還會『解咒』與『防壁』，對『附魔術』也略知一二。」

好吧。老頭子這麼說著並點了點頭。

「戰力愈多愈好。進到『迷宮』裡面之後，你就聽那兩個傢伙的指示行動吧。」

老頭子同意他加入，指著瑪雷特姊妹這麼說，然後就回去了。

我把臉靠到尼古拉斯耳邊。

「你怎麼會來這裡？」

要是尼古拉斯出了什麼事，就沒人能製作「解放」的解毒藥了。

「我不是說過了嗎？我的目的是阻止太陽神的陰謀。如果這次的『大進擊』現象也跟那傢伙有關，我就不能放著不管。而且我也想進去這裡的『迷宮』看看。」

「那也不需要選在這種時候進去吧？」

「你的重要之人也被困在裡面不是嗎？那我說不定會派上用場。」

艾爾玟等人可是被困在發狂魔物的巢窟裡，很可能早就身受重傷。只要考慮到這點，多帶一個「治療師」確實比較好。

我放棄阻止他，改問其他問題。

「你是什麼時候弄到會員證的？」

如果他是最近才加入，絕對不可能是三星級冒險者。這張會員證該不會是假造的吧？

「在我『還是人類的時候』就有了。」

尼古拉斯露出意味深長的笑容。

「畢竟經營一間教會的開支可不小。」

他好像是為了兼差賺錢，才會加入冒險者公會。據說他會在教會附近獵殺魔物，還會幫其他冒險者療傷，把那筆收入拿去修繕教會。

「不過，我早就算是個死人了。雖然這張會員證並非假造，但也應該早就無效了吧。」

雖然發生了這件意外的小插曲，但我們終於要出發去救人了。

「我們終於要踏進『迷宮』了。」

雖然這是常有的誤會，但其實「迷宮」並非埋藏在「灰色鄰人（Gray Neighbor）」的地底下。雖然位在這個世界，卻又不屬於這個世界的地方，就是所謂的「迷宮」。

聽說在很久以前，曾經有些大人物試圖拓寬「迷宮」的入口，把入口周圍挖了開來，但就算他們把地面挖開，搬走入口底下的泥土，也沒有挖到任何東西，就只有一個黑色的洞穴，飄浮在空無一物的空中。就只是名為「迷宮」的異世界入口，碰巧出現在地面上罷了。

因為這個緣故，「迷宮」入口附近的井裡還是會有地下水，想要建造地下室也沒問題。就算是「迷宮都市」的居民，還是意外地有很多人不知道這件事，讓這種地方很適合打造祕密的藏身之處。為了讓魔物無法跑出來，人們才會用門堵住入口，並且用石牆圍住洞穴與大門。

為了讓人容易通過入口，人們還興建了樓梯。

我再次看向那個昏暗的洞穴。

艾爾玟，拜託妳千萬別出事啊。

我懷著期待與願望，跨出前往「迷宮」的第一步。

進到裡面之後，我發現周圍有些昏暗。雖然沒有很明亮，但我還勉強看得到東西。因為天花板會自行發光。

如果用黃昏時分來比喻，應該會比較容易理解吧。因為這個緣故，讓這裡跟天然的洞窟不同，幾乎不需要用到提燈這類照明工具。

雖然每個地方略有不同，但天花板的高度幾乎都超過我身高的兩倍，就算要在裡面亂跳，也不會有任何影響。地板很堅硬，表面還有些粗糙。雖然方便奔跑，但要是跌倒也會很痛。

這裡的氛圍跟我過去挑戰過的「迷宮」似乎沒有多大分別。

我們分成六組，保持著一定的距離在「迷宮」裡前進。由冒險者負責守住前頭與後方，把公會職員夾在中間。要是大家靠得太近，遇到敵人偷襲的時候很容易全滅。不過，要是大家離得太遠，又會容易被敵人拆散。

通往「迷宮」深處的路線，早就被冒險者們找出一半了。如果只是要往深處前進，就連菜鳥都辦得到。只是途中會遇到許多魔物，而且愈是前進就會遇到愈強的敵人。為了確保安全的路線，冒險者會沿路設置結界石，還會焚燒香草驅趕魔物。只要有這些東西，魔物就不會靠近，也能避免不必要的戰鬥。

不過，在「迷宮」這種魔物的巢窟之中，這些東西的效果無法維持太久。魔物發出的瘴氣很快就會讓那些東西失效，所以必須定期設置結界石。

前來挑戰「迷宮」的冒險者愈多，這條路就會變得愈寬敞且堅固。如果冒險者太少，結界石遲早會失效，讓安全的路線消失。因此「迷宮都市」不能沒有名為「挑戰組」的冒險者隊伍。

這座「千年白夜」目前已經建立起通往十九層的安全路線。只要冒險者能抵達那條路線，應該就能順利回到地面上。可是，當「大進擊」發生的時候，大量湧出的魔物與瘴氣會切斷那條路線，讓人無法平安回到地面上，有時候還得被迫繞路。迷路的冒險者就會因此耗盡力氣，最後失去性命。

根據冒險者公會調查的結果，包含艾爾玟等人在內，目前一共有二十九個人被困在「迷宮」裡面。而我們這次的任務就是救出那些人，並且確認他們的死活。

「馬修，你這小子還真是瘋狂。」

擔任「搬運者」的老頭子跑來找我說話。他背著跟自己差不多高的巨大背包。除了從「迷宮」裡搬出魔物屍體這個正職，他還有在市場賣菜這個副業。他以前在市場裡被小混混找麻煩的時候，我曾經幫他解圍過一次。不過我也只是代替他挨揍罷了。

「老頭子，你怎麼也來了？」

他比了個代表「錢」的手勢。

「要不然誰會在這種危險時期進來這裡。」

原來是為了報酬嗎？看來大家都很缺錢。

「我才要問你呢。你是特地為了公主騎士大人進來自殺的嗎？」

「誰叫我最近做了些對不起她的事，惹得公主騎士大人不太開心。」

我努力擠出笑容，半開玩笑地這麼說。我這人不喜歡把氣氛搞得太沉重。

「如果不趁這次機會好好表現，我可能就要被趕出家門了。」

「要是你被趕出去就來我家吧。我們可以一起去賣菜。」

到時候我會先把一大堆茄子送到艾爾玟家裡。不過，前提是她必須平安回去。

「你的好意我心領了。」

「我不會害你。你趕快回去地面上吧。現在回去還來得及。魔物跟街上那些小混混不一樣，就算看到衛兵也不會逃走。」

這我早就知道了。

「我這麼做都是為了艾爾玟。只要她一聲令下，就算要我赴湯蹈火，還是自己跑去餵魔物，我都在所不辭。這就是所謂的忠義。」

「你明明只是個小白臉，有必要做到這樣嗎？」

「就是因為這樣，我才要做到這個地步。因為要是失去她，我就會一無所有。」

「到時候可別怪我沒有勸你。」

老頭子輕輕搖頭，一副無可奈何的樣子。

我也揹著背包，身上帶著各種冒險用品。當然，我也把「片刻的太陽（Temporary Sun）」帶來了。雖然我可能必須在眾人面前使用這東西，但現在可是緊急情況，保住艾爾玟的命才是最重要的事。為了保險起見，我還把那種糖果帶來了。除此之外，我還帶了繩索、水壺、打火石、肉乾、番薯乾與驅魔香草之類的東西。

「這下糟了……」

從前方傳來某人心灰意冷的聲音。我很快就知道理由了。我在自己腳邊找到了用來驅魔的結界石。結界石原本應該是白色的，但現在已經變成了灰色。這代表石頭的效果變弱了。一旦結界石變成黑色，就會變回普通的石頭。

這裡明明還只是第一層，安全路線就快要消失了。

事實上，哥布林與狗頭人這些會在第一層出現的魔物，也正躲在遠處看著我們。只要結界石完全失效，牠們應該就會立刻發動攻擊。被一群魔物舔著舌頭注視，感覺實在不太舒服。

「那我們就先拿這些傢伙來血祭……」

「還是別理牠們了吧。」

賽希莉亞否決了碧翠絲的提議。

「我們沒時間理會那種雜兵了。我們應該先聯絡外面的人，請他們儘量多準備一些結界石。當務之急是確保安全路線，讓成功回到這裡的人有辦法自行回去。你們回去請公會長幫忙維持路線。我可不想在回程時迷路。」

聽到賽希莉亞的指示，公會職員就先回去報告了。

「……碧，這樣可以嗎？」

「嗯，可以。大致上就是這樣。其實我也是這麼打算的。」

真的假的？

「要是有人被困在遠離路線的地方，又該怎麼處理？」

如果他們可以自行抵達路線就算了，要是他們做不到就只能等死了。

「那就只能放棄了。」

賽希莉亞輕描淡寫地這麼說。

「憑我們的人數，根本不可能找遍整個『迷宮』，那是自殺行為。反倒是我們會全滅，而且也會來不及救援更底下的人。畢竟底下的階層要來得危險多了。」

「……」

她說得沒錯。就算是德茲，也很難翻遍「迷宮」找到要找的人。

「我們必須儘快前往底下的階層。更何況，公主騎士大人應該也是被困在底下的階層。」

「說得也是。」

既然不確定她們已經回頭走到哪裡，我們也只能儘量往底下前進了。

拜託了，諾艾爾、維吉爾、克里夫、賽拉菲娜……請你們幫我保護好艾爾玟。

就算要犧牲拉爾夫也無所謂。如果有必要的話，就讓他犧牲吧。我允許你們這麼做。

「看樣子底下階層的安全路線應該早就消失了吧。戰鬥肯定無法避免。碧，讓我們全力以赴吧。」

「沒問題！希，放心交給我吧！」

碧翠絲天真無邪地高舉拳頭。

賽希莉亞的預測很快就成真了。在我們走向通往第二層的樓梯途中，結界石的驅魔效果就變得薄弱，讓體型有如小牛的狗成群結隊向我們襲來。

那是地獄犬。牠們的眼睛閃爍著金光，身上沒有毛髮，發出彷彿塗了一層油般的光澤。雖然牠們跟普通的狗一樣，都是以利爪和尖牙為武器，但力量至少比狗強上一倍。敵人應該超過二十隻吧。照理來說，這種魔物應該會出現在更底下的階層，大概是因為「大進擊」才會跑到這種地方吧。雖然每一隻地獄犬都不是很強大，但聚集在一起可不容小覷。

「敵人馬上就出現了呢。」

碧翠絲開心地舉起魔杖。詠唱咒語之後，魔杖周圍就冒出了無數顆火球。

「燒穿敵人吧！『火焰釘（Flame Needle）』！」

碧翠絲把魔杖當成旗子揮舞，讓火球跟箭矢一樣迅速射了出去，在昏暗的「迷宮」劃出紅色的軌跡，不斷貫穿那些地獄犬。被貫穿的黑狗從傷口噴出火焰，被燒得四處逃竄，接連倒地。

「哼，輕鬆搞定。」

「別鬆懈！戰鬥還沒結束！」

在我好心提醒她的同時，那些沒被射中的地獄犬也衝出火海，往我們這邊衝了過來。敵人的目標是站在隊伍前方的碧翠絲。

「笨蛋，你還不懂嗎？」

雖然自己成為目標，她還是回過頭來，對我露出自信的微笑。

「就是因為『已經結束了』，我才會這麼說的。」

碧翠絲才剛說出這句話，一把魔杖就從她旁邊伸了出來。

「『風之鐮（Wind Sickle）』！」

賽希莉亞的魔杖射出風刃，讓敵人發出慘叫。透明的刀刃精準地接連切斷地獄犬的脖子與喉嚨。雖然也能靠著空氣的流動與周圍的變化找出風刃，但在這種昏暗的地方很難做到那種事。

當我回過神時，那二十多隻地獄犬都死光了。

「我不是說過了嗎？只要把事情交給希就絕對不會有問題。」

「不用奉承我了。妳還是到後面去吧。」

她做出要把妹妹推開的動作。

「妳可是隊長，那種雜兵只要交給其他人解決就行了。不要隨便浪費魔力。這句話我應該對妳說過很多次了吧？」

「正因為我是隊長，所以才更要這麼做。」

碧翠絲挺起胸膛。

「只要我先來一發豪邁的大魔法，提振隊伍的士氣，之後也會比較輕鬆不是嗎？」

看到妹妹哈哈大笑，賽希莉亞嘆了口氣。

「那妳可千萬別太拚命。如果妳只想靠著一股拚勁解決問題，小心跟叔母一樣閃到腰喔。」

「她說得沒錯。可以請妳別這麼亂來嗎？」

「黃金劍士」的隊長雷克斯打斷了姊妹兩人的對話。

「要是讓妳們在這種地方用掉魔法，我們之後可就傷腦筋了。」

「我倒是不覺得傷腦筋。」碧翠絲不以為意地這麼說。

「我想也是。因為妳還有賽希莉亞可以依靠。可是我們就不一樣了。要是拿出全力對付那種小角色，到了緊要關頭就會無力戰鬥。」

「那是你們的……」

「碧。」

賽希莉亞輕輕拉扯妹妹的袖子，不讓她把話說完。

「別忘記我們的目的。」

「知道了啦。」

即便姊姊好心勸告，碧翠絲也只隨口敷衍了一句，就扛著魔杖走向前方了。正當我覺得她很幼稚時，她又突然回過頭來。

「那我們先下去開路，你們就留在這裡設置結界石吧。」

她又說了句「走吧」，就率領「蛇之女王」的隊員繼續前進了。

「妳不要擅自……」

雷克斯還沒來得及把話說完，就突然停下腳步。我也注意到了。我們在不知不覺中被許多懷著殺意的敵人包圍了。

雷克斯表現出提高警覺的樣子。其他人也跟著舉起武器，小心觀察著周圍。

「在上面！」

我大聲提醒眾人，然後立刻抓住搬運者老頭的後頸，把體重壓在他身上，帶著他退到後方。雖然我臂力很弱，但至少還有體重，才能成功地帶著老頭子逃到後面。下個瞬間，幾十隻小型魔物從頭頂上撲了過來。這些魔物的體型跟嬰兒差不多大，每個傢伙的眼睛都大得不可思議，還綻放著金光。牠們還有很長的利爪，臉孔跟老婆婆一樣滿是皺紋。牠們的腦袋是尖的，看起來就像是一頂紅帽。

「那是『紅帽妖精』！大家小心！」

這是一種體格嬌小，力量也不強的凶惡妖精。牠們會成群結隊襲擊人類，靠著利爪與尖牙撕裂敵人的喉嚨與眼睛。

這可不是會在第一層出現的魔物。可惡，這也是「大進擊」的影響嗎？

紅帽妖精成群結隊地撲向在場的冒險者。

「老頭子，你在做什麼？快點退到更後面的地方！」

「可是我的腳……」

我定睛一看，發現有一隻紅帽妖精抓住了老頭子的腳。

「滾開！」

我狠狠踢向那傢伙。雖然我沒什麼力氣，但紅帽妖精的體格也不大。換句話說，牠們的體重很輕，憑我的力氣也能踢開牠們。

「老頭子，我們躲遠一點。這種程度的敵人，他們很快就能解決。」

雖然這不是會出現在第一層的魔物，但也只是比較凶暴，實力並沒有很強。只要老練的冒險者冷靜下來對付，就能輕鬆擊敗。我們遠離戰場，進到安全路線之內。這裡才剛設置好結界石，應該不用擔心會被襲擊。

「謝……謝謝。馬修，謝謝你救了我。」

「別客氣。有困難的時候本來就要互相幫助。」

「那我下次送你些蔬菜吧。你想要什麼？」

「茄子。」

這是害我這麼擔心的懲罰。我要讓艾爾玟吃個過癮。

雖然遭到敵人偷襲，但雷克斯等人很快就重整旗鼓開始反擊，不斷擊敗紅帽妖精。

正當我感到放心時，現場突然傳來一陣慘叫聲。我轉頭一看，發現有一位冒險者的頭被好幾隻紅帽妖精抓住。那人的脖子與胸口滿是鮮血。

「冷靜點！別亂動！」

雷克斯對他這麼喊話，但那人似乎早就陷入混亂，像是全身著火般拚命掙扎。雖然他也想要自行拉開那些紅帽妖精，但無奈雙手也被抓住，沒辦法隨意活動。

「該死！」

雷克斯自暴自棄地衝向那位冒險者，幫他拉開那些紅帽妖精。那些紅帽妖精摔落到地上後，就立刻被其他冒險者解決掉了。就在頭上只剩下兩隻紅帽妖精的時候，那位冒險者突然一個腳步不穩，摔了個四腳朝天，剩下的那兩隻紅帽妖精也跟著順勢跳開。

「你還好吧？振作點！阿爾！」

那人沒有回話。他臉上滿是鮮血，而且肉都被撕下來吃掉了。我還能看到白色的顴骨，鼻子也不見了。

看就知道已經沒命了。

雷克斯握住死者的手，幫他闔上眼睛。

想不到這麼快就出現一位犧牲者了。

「『黃金劍士』的隊員竟然會死在這種地方……」

搬運者老頭小聲這麼說著，話語中流露出不安與失望。

「你現在才知道嗎？」

我這麼說道。

「這裡可是『迷宮』，而且還是這世上的最後一個迷宮『千年白夜』。不管發生什麼事都不足為奇。」

雖然任務才剛開始就遇到挫折，救援隊還是繼續往「迷宮」的地下前進。冒險者們負責擊敗魔物，公會職員們也忙著設置結界石，打造出安全的路線。一旦成功掃蕩某個地方的魔物，救援隊就會設置結界石，然後繼續前進。我們基本上都在反覆做著這件事。

我頂多只能幫忙設置結界石，還有利用身高幫忙注意有沒有魔物接近。再來就是在旁邊幫他們加油了。因為大家都不喜歡飛吻，我只能出聲助威。

「想不到會這麼順利呢。」

碧翠絲一派輕鬆地這麼說。她應該早就聽說隊伍中出現了犧牲者，卻好像忘了這件事。果不其然，雷克斯立刻狠狠瞪著她，但她還是不以為意。

「真希望以後都能帶這麼多人來挑戰。乾脆帶著騎士團來算了。」

「應該不可能吧。」

「那是不可能的。」

我跟賽希莉亞幾乎是同時開口。

「為什麼？」

碧翠絲一臉不可思議地這麼問，讓我覺得很傻眼。

「因為『迷宮』是『軍隊的剋星』。」

很久以前，世界上曾經有過好幾十個「迷宮」。「迷宮」會在出現的同時，開始吸收周圍土地的養分，把那塊土地變成荒野。一旦土地荒廢，人民就會挨餓。這讓當時的為政者都傾盡全力挑戰「迷宮」，卻不斷以失敗告終。

畢竟不管是步兵還是騎士，都不習慣在昏暗的洞穴裡戰鬥。

「迷宮」裡的某些地方太過狹窄，只能讓一個人通過，而且到處都設置了陷阱。那種地方會讓人無法並肩作戰，無法發揮大軍的優勢。據說在很久以前，曾經有某個國家把一萬名士兵送進「迷宮」，結果還不到半天就全軍覆沒了。因此，直接派遣大軍挑戰「迷宮」的做法很快就廢止了。

取而代之流行的做法便是「遠征法」。實際的做法是先在比較前面的階層建立陣地，以該處為據點往底下推進。等到確保安全路線之後，就再次設置結界確保陣地，不斷重複這個過程，直到成功踏進最下層。雖然需要耗費許多金錢、時間與勞力，卻是一種較為安全的做法。

而這種做法之所以消失，就是因為太花錢了。國家的工作並非只有挑戰「迷宮」。就算能得到「星命結晶」，可以實現的願望還是有限。某個國家把全部心力都拿去挑戰「迷宮」，結果不但搞砸內政，還因此被鄰國擊敗，連快要到手的「星命結晶」都被搶走，這種讓人哭不出來的史實也不是沒有發生過。

而另一個原因則是「迷宮」本身也得到了對抗軍隊的『免疫力』。在「迷宮」裡瀰漫的瘴氣會讓原本安全的陣地變得不穩定。原本已經確保安全的路線可能會被魔物破壞，突然出現的陷阱也會讓應該要送往前線的物資消失。

這讓挑戰「迷宮」的成功率大幅下降，而投入許多金錢與人員卻無法取得成果，也會變成導致國家內亂的原因。後來，那些為政者只剩下兩條路可以選擇。那就是挑戰與共存。

如果放著「迷宮」不管，土地就會枯竭，讓草木不生的荒野不斷變大。可是，「迷宮」也會出產罕見的魔物素材、礦石與植物。若是經營得當，也能從中取得大筆財富。

既是災害也是資源，這種特性讓「迷宮」的管理方式變得複雜。

不管是要征服還是要共存，都必須派人進去「迷宮」。可是，如果派遣自己的軍隊進去，也只會重蹈覆轍。

而解決這個問題的方法，就是培養這方面的專家，讓那些專家去挑戰「迷宮」。

那些人必須是少數精銳，還要能夠立刻處理各種需要用武力解決的事情。更重要的是，他們必須是那種死不足惜的傢伙，也就是傭兵與冒險者。「冒險者公會」就是為了管理那些人而成立的組織。雖然現在經手的業務變得相當多元，但原本就只是以征服「迷宮」為目標的組織。在草創時期，冒險者公會都是直屬於各地王國的組織，但隨著時間流逝，也慢慢改由民間經營，變成現在這種模式。

這個世界的歷史，同時也是「迷宮」與人類鬥爭的歷史。

「原來是這樣啊……」

聽完我的長篇大論，碧翠絲佩服地連連點頭。

不過，這些事情我以前陪那些老鳥喝酒的時候，就從他們那邊聽說過好幾次了。

「妳真的是五星級冒險者嗎？」

「你要試試看嗎？」

她想要拔出背後那把巨大的魔杖，但又不知道哪裡卡住了，沒辦法把魔杖拿到前面。

「咦？等等！奇怪了，怎麼會拔不出來？」

我嘆了口氣。

「我覺得妳應該再更穩重一些。畢竟我們可不是來玩……的……」

我話還沒說完，就趕緊閉上嘴巴舉起雙手。

因為我發現她姊姊從後面用魔杖對準了我。

「不准污辱碧。」賽希莉亞不太高興地這麼說。

「我不會警告第二次。」

「遵命。」

要是在這種地方被她們丟下，我就死定了。

「希，妳可以幫我解開這個嗎？好像卡住了。」

「別著急。妳現在就跟沒酒喝的爺爺一樣雙手抖個不停，這樣只會更難解開。」

賽希莉亞走到妹妹背後，幫她取下魔杖。

姊妹情深是件好事。

「繼公主騎士大人之後，這次是雙胞胎美女姊妹嗎？」

這個跑來找我說話的傢伙，是個比我矮上一顆頭的男子。雖然他的身材比我壯，但可惜長相連我的一半都不到。我並不是說他長得醜，純粹是我長得太過俊美罷了。

我忘記他叫什麼名字，只記得他好像是「金羊探險隊」的隊員。男子露出讓人不快的笑容。

「這麼快就在找下一個女人了嗎？你這傢伙可真是好命。」

「你也可以試試看啊。不需要顧慮我。」

要是太過在意這種傢伙說的話，根本就沒完沒了。

「反正這裡有很多配得上你的美女。不管是哥布林、半獸人還是殭屍都任君挑選。」

如我所料，他狠狠揍了我一拳。

「別管我這種人了，你還是多注意周圍吧。你看，魔物就躲在那邊。」

我一邊輕撫臉頰一邊給他忠告。在我伸手指著的地方，就只有一片寬廣的空間。

「你在說什麼蠢——」

那傢伙的話還沒說完，地面就突然隆起。那是一頭貌似黑狼的野獸。野獸剛才把自己的身體偽裝成地面了。男子還來不及舉起武器，魔物就撲了過去。

男子發出慘叫。一顆火球從旁邊飛過來，把魔物變成焦炭。

出手的人是碧翠絲．瑪雷特。

確認魔物完全死透之後，她一臉好奇地走向我。

「真虧你能發現。」

「我的直覺向來很準。」

我的感覺從以前就很敏銳，擅長找出躲起來的傢伙。雖然我不想引人注意，但也不想讓同伴繼續減少。就算這男人是個混帳，我也不想讓他死去。

「那就請你繼續保持下去。」

「如果有注意到，我就會告訴妳們。」

我才剛說出這句話，就看到討厭的東西了。

「妳們看那邊。」

我伸手指向柱子後方的黑影。

「有屍體。」

那人應該是在快要回到安全地區的時候力竭而亡了吧。他的內臟都被吃光了。當然，那人不是艾爾玟。我為此鬆了口氣，同時確認對方的長相。這人應該只有二十二或二十三歲吧。他有著一頭黑髮，體格相當強壯，身旁還有一頂裝著犄角的頭盔掉在地上。

「這傢伙是『豐饒之角』的席維斯。」

我在公會裡見過他幾次。他曾經想要搭訕艾爾玟，因為失敗就拿我出氣，把酒灑在我身上，但是看他變成這樣，我還是免不了有些同情他。

屍體不是只有這一具，總共有四具。這樣「豐饒之角」就算是全滅了。他們實力還算不錯，只可惜運氣不好。

我們不會回收屍體。因為要把他們運回地面實在太費力了。

「失禮了。」

我從屍體身上拿走會員證，也順便拿走值錢的東西。我不是要自己偷走，而是要交給他們的遺族。我不想在之後清點時惹上麻煩，還先把東西交給公會職員記錄。

「那就麻煩各位了。」

拿走所有人身上的會員證之後，我們把屍體集中到一個地方放火燒掉。死在外面的傢伙就算了，死在「迷宮」裡的人很可能會變成不死生物。如果那人心中懷有強烈的恨意與留戀，就算屍體被人燒掉，也會變成幽靈或死靈重新復活。據說這是因為他們的靈魂被困在「迷宮」裡了，但誰也不知道真正的原因。剛才死掉的「黃金劍士」隊員阿爾也被自己的同伴親手火葬了。

如果沒有仔細處理，之後就會發生悲劇。直到剛才還跟自己同甘共苦的同伴，將會變成怪物來襲擊自己。不管經歷過多少次，我也還是無法習慣那種感覺。

「我們走吧。」

確認屍體都被燒成焦炭後，我們繼續前進。

隊伍不斷往下前進。每隻魔物都殺氣騰騰。就連那種平常只要不主動攻擊，牠們就絕對不會發動攻擊的魔物，都露出獠牙向我們襲來。而且那些魔物還一直不斷冒出來。這完全就是「大進擊」將要發生的徵兆。

目前為止，我們找到了七位生存者，還有九個人靠著自己的力量回到了安全路線，屍體則有五具。以「大進擊」發生期間的傷亡來說，這樣已經算是很少了。用治療魔法幫那些生存者治好傷口後，我們就讓他們自行回去，不然就是讓公會職員順著安全路線把他們帶回地面上。

雖然我跟那些被救援隊找到的傢伙打聽過了，但沒人知道艾爾玟是否平安。

「我們先在這裡休息一下吧。」

當隊伍來到第七層時，賽希莉亞這麼宣布。

「瘴氣變得比想像中還要濃，大家應該也累了。而且，下面的階層會更難找到可以休息的地方。」

她不知為何還特地問我有沒有意見。我點頭表示贊同。

雖然我想儘快趕到艾爾玟身邊，但要是太過勉強隊伍，之後的救援行動只會變得更艱難。而且我連個冒險者都不是，要是太過勉強大家，也只會讓人反感。

我們先用驅魔香草與結界石建立安全的陣地，然後就開始稍事休息。

在隊伍休息的時候，我也忙著把糖果分給那些冒險者。因為身體疲倦的時候吃甜食最好了，而且吃起來也不麻煩。

「拿去。」

我把包起來的糖果拿給坐在牆邊的碧翠絲。

「給妳吃。身體疲倦的時候吃甜食最好了。」

「你應該沒放奇怪的東西進去吧？」

「材料只有砂糖跟水啦。」

雖然我平常做的糖果裡還會加進藥草汁，但在「迷宮」裡還是吃單純的甜食更能補充體力。

碧翠絲不屑地哼了一聲，把糖果放進嘴裡，扳起了臉孔。

「……好鹹。」

「抱歉，那顆是加了鹽巴的糖果。」

人只要流汗，就會想要吃點鹹的東西。為了方便讓人補充鹽分，我才會在糖果裡加點鹽巴。

我重新拿給她一顆甜的糖果。碧翠絲把糖果放進嘴裡，開始保養自己的魔杖。

就算是在休息時間，也能清楚看出一位冒險者的個性與職業素養。休息時間不是只有吃飯休息就沒事了。有些人正忙著確認目前的位置與接下來要走的路，不然就是忙著檢查裝備或是做記錄。該做的事情太多了。而這些微不足道的努力累積起來，就會變成致命的差距。這群人不愧是會被選為救援隊的冒險者，這點倒是不用別人擔心。

「你還有帶其他零食嗎？」

碧翠絲輕輕拉扯我的衣袖，用飢渴的眼神仰望著我。其實我沒有要用食物收買她的意思……

「你不要亂拿東西給碧吃。」

賽希莉亞先用眼神警告我，然後就把一顆蘋果拿給碧翠絲。而且她還先把蘋果削好皮，切成五塊擺在盤子上。

「等妳吃完那顆蘋果，我們就出發吧。」

「知道了。」

碧翠絲有氣無力地這麼回答，然後就把盤子拿到其他隊員面前。她似乎想把蘋果分給大家。

感覺就像是出來野餐一樣。

「你最好也吃點東西。不然等我們到了下一層，應該就不會有食慾了。」

賽希莉亞吃著切好的蘋果，對我說出這樣的忠告。

「我聽說那裡好像有不死生物對吧？」

那些傢伙可不好對付。就算受到普通生物的致命傷，牠們也能繼續行動並反擊。

「也有人看到殭屍就吐了。不吃東西或許才是對的。」

「妳們有帶聖水過來嗎？」

雖然殭屍跟骷髏士兵還能用澈底打爛這招來對付，但對付幽靈最好的方法是用神力加以淨化，不然也可以把魔力注入武器，讓武器暫時得到淨化之力。

「不需要，我們隊伍裡有一位僧侶。」

賽希莉亞斜眼看向自己的隊伍。

「不過，這支救援隊的陣型拉得太長了，要是遇到緊急情況，她可能會不好行動。讓大家圍成一團前進應該也辦不到。」

「照理來說，我們現在最好的做法是用魔法或其他手段轟飛敵人，然後一鼓作氣衝過去，但這次可不能這麼做。」

因為攻擊可能會波及到需要救援的對象。

「再來就是『遠征法』了吧。」

就是讓四到五個人組成一組，按照順序輪流前進。我們可以先對第一個小組施放神之加護，再讓他們進去開路，等到他們走了一段路之後，就對下一個小組施放神之加護，然後讓他們進去。接著就是不斷重複這個過程，而最後一組就跟僧侶一起行動。

「反正我們早就知道路線了，最好從最短路線直接衝過去。」

「這是個好主意。」

賽希莉亞拍了一下自己的手掌。

我冷冷地看著她這樣的舉動。

「我從剛才就有點在意了。」

我語帶警告地試著問了她這個問題。

「妳為何要一直問我的意見？雖然我很高興妳願意採納我的意見，但妳應該還有其他更該問的人吧？」

這裡不但有她在「蛇之女王」的同伴，還有跟她們結盟的「黃金劍士」與「金羊冒險隊」的人。他們都是這個「迷宮」的常客，也是很有實力的冒險者，可不是拉爾夫那種小朋友。

「因為你看起來最有經驗。」

「我當冒險者是很久以前的事了，比不上妳們這些現役冒險者。」

「不用隱瞞了。你才是『女戰神之盾』真正的隊長吧？」

賽希莉亞露出意味深長的微笑。

「之前我們打架的時候不也是這樣嗎？那個矮冬瓜……是叫諾艾爾吧？快要摔到玻璃上的時候，就是你衝過來救她，後來發生地震的時候，也是你率先做出指示。」

「我只是一時心急，身體就自己動起來罷了。那些指示也只是隨口亂說。」

「我還聽說過你的傳聞。」

賽希莉亞輕輕戳了戳我的胸口。

「大家都說你是個只有嘴巴厲害的弱雞，只是個沒用的小白臉，但我完全不這麼認為。這跟我對你的印象差太多了。」

「妳想太多了。」

我一直極力隱瞞自己的過去。要不然就會有數不盡的麻煩找上門來。

「只有這件事我得說清楚。『女戰神之盾』的隊長是艾爾玟。這是千真萬確的事實。」

事到如今，我完全不打算模仿路特維奇，也不想取代他的地位。

「那我只好去問她本人了。」

然後她下令出發，冒險者們也接連站了起來。要是休息太久，反倒會覺得更累。趁著身體還沒冷下來就出發，才是最好的做法。

救援隊再次開始找人。休息時間結束後又發生了一些意外。不光是魔物出現的地點改變了，實力也變得比平時還要強。牛頭人變得更強壯，魔像變得更堅固，獅鷲獸也變得更敏捷。

救援隊也出現了犧牲者。除了剛才死去的阿爾，又有兩名公會職員犧牲，「金羊探險隊」的隊員也死了一個。

這可不妙。雖然大家都累了，戰力也變弱了，但情緒低落的影響更為嚴重。尤其是那些冒險者，大家的士氣都變得低落了。

我們有必要犧牲自己的同伴去拯救其他隊伍嗎？這樣真的值得嗎？

雖然沒有實際說出口，但這種想法都寫在他們臉上了。

其他隊伍怎麼樣根本不關我們的事。冒險者是一種需要賭上性命的職業，沒有餘力幫助別人，不論是死是活都必須自己負責。如果這不是公會發出的委託，他們絕對不會參加救援隊。

大家都只能顧好自己與身邊的人。

即便知曉痛楚，也不是每個人都會變得溫柔。

我能體會他們的心情，但還有一件更重要的事。

那就是那些正在等待救援的人，也有重要的家人與同伴。所以我才會在這裡。

雖然我們已經來到第十三層，卻還沒找到最重要的艾爾玟。還沒找到的失蹤者，就只剩下艾爾玟與「女戰神之盾」的人，還有另外兩個人了。他們應該早就發現異狀，準備回到地上了吧。我們也差不多該遇到他們了。

冒險者們顯然都快要累癱了。看是要繼續前進，還是要暫時撤退，也差不多該做出選擇了。

「現在該怎麼辦？」

「我正在思考。」

聽到姊姊這麼問，讓碧翠絲抱住了頭。

大家心裡都明白。要是我們回去了，下次再來就得等到「大進擊」結束。別說是要救人了，就連要回收遺物都不可能辦到。這就是最初也是最後的機會了。

「我們差不多該撤退了吧？」

剛才那個「金羊探險隊」的傢伙，說出了這樣的蠢話。

「反正那些人早就變成屍體了。公主騎士大人現在應該早就變成殭屍，拋棄那個蠢貨，改找牛頭人當她的小白臉了吧？」

「這可是我聽過最無聊的笑話。」

我伸手掩面，靜靜地搖了搖頭。

「給你個忠告。你沒有搞笑的天分。今後最好別再亂開玩笑，也不要說那種挖苦別人的話。那只會顯露出你的無知與無能，讓自己丟人現眼罷了。你比較適合在酒館裡喝個爛醉，一邊嘔吐一邊罵髒話。」

「無能的傢伙是你才對吧？」

他抓住我的肩膀，惡狠狠地瞪著我。我忍不住笑了出來。

「別這樣啦。就算被一個小矮子凶，我也不知道該做何反應。你是要我哭給你看嗎？媽媽，這個大叔欺負人家啦！這樣對嗎？」

「如果想要搞笑，可以請你們回地面上去搞嗎？」

賽希莉亞一臉不耐煩地過來勸架。

就在這時……

我發現有某種白色的東西靜靜地飄到腳邊。在別人發現這件事，大聲警告眾人之前，那東西就已經完全包圍我們，而且還不斷往外蔓延。

「這是什麼？煙嗎？」

「不對，這是霧。」

「『迷宮』裡竟然會起霧？這怎麼可能？」

當冒險者們忙著爭論時，這陣霧也變得越來越濃。

在不知不覺中，白霧已經讓我們伸手不見五指。

「這……到底是怎麼回事？」

「碧，妳先冷靜下來。」

我聽到瑪雷特姊妹的聲音從霧裡傳來。她們兩個來過第十三層好幾次了，竟然也不知道這種現象是怎麼回事嗎？

雖然也有一些魔物會從嘴裡吐出煙霧，但這些霧好像不是那種東西。

我發現有某種東西正在接近。能聽到爪子在石頭上磨擦的聲音，也在同時聽到了吼叫聲。

「大家小心！」

現場響起一陣淒厲的慘叫聲，但又隨著野獸的低吼聲逐漸消失。看來是某人的喉嚨被咬碎了。這聲慘叫讓大亂鬥正式開打。濃霧裡不斷響起揮舞刀劍的聲音與慘叫聲。

這群蠢貨竟然自亂陣腳。

「別隨便亂揮劍！小心傷到自己人！戰鬥的時候要不斷喊話，確認彼此的位置！發現苗頭不對就後退！」

這害我不得不再次做出指示。

可是，我的指示似乎派上了用場。現場開始能聽到眾人呼喚彼此名字的聲音，慘叫聲也跟著變少了。他們的適應能力確實很不錯，但我現在可顧不得佩服別人。

因為魔物也衝向我了。雖然我沒有親眼看見，只能憑腳步聲與感覺得知此事，但我還是憑著那種吼叫聲與敵人的體型，猜到了對方的身分。

敵人應該是尼米亞巨獅。那是一種皮毛堅如磐石的獅子。這種魔物非常耐打，不管怎麼挨打都不會有事。雖然脖子與側腹是牠的弱點，但現在的我就只有被牠吃掉的分。我連滾帶爬地逃跑，想方設法逃出這陣濃霧。就算我待在這裡也只會礙手礙腳。雖然我想要逃到上一層去避難，卻被敵人搶先繞到前面。

從濃霧裡出現的敵人如我所料，就是尼米亞巨獅。身體有如岩石般的褐色巨獅擋住我的去路。巨獅用那雙飢渴的紫色眼睛緊盯著我，輕輕擺動著鬃毛，發出低吼聲慢慢向我逼近。看來牠今天的晚餐就決定是我了。而且霧也變得更濃了。這樣就算有人捏住我的鼻子，我也不知道對方是誰。

抱歉了，老大。

要被剝皮吃掉的人是你，不是我。

我背對著那群冒險者，同時拿出「片刻的太陽」。陽光照耀在身上，讓我全身充滿力量的同時撲向了尼米亞巨獅。我避開能咬碎鋼鐵鎧甲的利牙，一把抓住敵人的咽喉，然後將頸骨連同外面的肉一起握碎。好，解決了。

我低頭看著倒在地上的尼米亞巨獅，稍微擦了擦手，然後解除「片刻的太陽」。

為了保險起見，我還回頭看了一下，但背後只有濃霧，所以應該沒有被人看到這一幕。

當我暗自鬆了口氣，準備前往第十二層避難時，我停下了腳步。

雖然非常細微，但我聽到聲音了。

那是艾爾玟的聲音。

「艾爾玟，妳在那邊嗎？拜託回答我！」

她沒有回答我，也沒有要過來的樣子。那就只能由我過去找她了。我一邊注意著周圍的動靜，一邊沿著牆壁前進。

「喂——妳在哪裡？親愛的馬修來救妳了喔！」

我大聲呼喚。我知道這樣很可能引來魔物，但我早就做好心理準備了。現在可不是顧慮自身安危的時候。

「妳在嗎？拜託回答我！不管是誰都好！維吉爾！克里夫！賽拉菲娜！諾艾爾！拉爾夫！笨蛋拉爾夫！」

還是沒人回答我。因為到處都有人在戰鬥，想要憑著聲音找人並不容易。

難道是我聽錯了嗎？

「嗯？」

正當我有些失去自信時，腳尖突然碰到某樣東西。我下意識地往後跳開，看向自己踢到的東西，然後瞪大了眼睛。

我看到一位黑髮魔術師睜大眼睛倒在地上。

他就是「女戰神之盾」裡的魔術師克里夫。

他的胸口破了個大洞。看樣子應該是從背後被一擊殺掉的。

「……混帳東西。」

要是你死了，不就沒辦法保護艾爾玟了嗎？

我幫克里夫閉上眼睛，從他身上拿走會員證。可是，這樣我就確定了。艾爾玟就在這一層，而且遇上了危險。

考慮到艾爾玟的個性，她不可能把同伴的屍體丟著不管。既然屍體還在這裡，就代表情況不允許她帶走屍體。

我突然聽到遠方傳來戰鬥的聲響。

那是武器劃過空氣的聲音，還有慌亂的腳步聲，以及美麗的公主騎士大人的吆喝聲。

霧又變得更濃了。雖然很可能遭到敵人偷襲，但現在沒時間讓我猶豫了。我衝向傳來戰鬥聲響的地方。我追著聲音衝過好幾個轉角，不斷往「迷宮」深處前進。

我來到一處寬廣的地方。這裡正好是第十三層的中央。

可以看到在濃霧裡迅速移動的身影。身影一共有兩個。

一個是艾爾玟，那另一個又是誰？

就在這時，從附近傳來爆炸的聲響。那可能是某人施展的魔法吧。雖然魔法沒有擊中目標，卻掀起了暴風，讓濃霧稍微散去了些。

視野變得清晰後，我看到了艾爾玟與神祕的怪物。

那隻怪物的頭部側面有兩顆巨大的金色眼睛，臉孔就跟褐色的蛋一樣光滑，但嘴邊橫向長出了許多亂牙。怪物沒有穿衣服，從灰色的軀幹長出跟昆蟲一樣細長的黑色手腳。

在怪物的上臂還能找到太陽神的紋章。

難不成那傢伙是「傳道師」嗎？

疑似「傳道師」的怪物不斷左右閃躲艾爾玟的攻擊，還不時用手臂把劍彈開。雖然外表看似柔軟，但這傢伙的身體似乎很堅硬。雖然艾爾玟成功砍中敵人許多次，但都沒有造成傷害。這可不妙。如果敵人是「傳道師」，應該連艾爾玟都應付不來。

沒時間猶豫了。現在可不是害怕祕密曝光的時候。正當我拿出「片刻的太陽」，準備詠唱咒語的時候，某人拉住我的褲管。

「慢、慢著……」

那人正是癱坐在牆邊，身上滿是鮮血的維吉爾。賽拉菲娜也躺在他身旁，但脖子流出許多鮮血，顯然早就斷氣了。

「是馬修嗎？你怎麼會在這裡……」

我現在沒時間向他解釋。維吉爾的傷勢也很嚴重。我趕緊蹲下去幫他療傷。不過我頂多只能幫他止血，能不能得救還得看他自己的生命力。

「發生什麼事了？」

「……我不知道。我們突然被人襲擊。克里夫被幹掉了，賽拉菲娜也……」

「傳道師」為何要襲擊「女戰神之盾」？這其中有什麼理由嗎？

我正準備繼續問下去，他就痛苦地咬緊牙關發出呻吟。看來只能到此為止了。

「我立刻去叫人來幫忙，所以你在這邊乖乖等著。」

我吹響警笛。這是冒險者公會給我的東西。雖然有可能引來魔物，但現在可是分秒必爭，我別無選擇。

維吉爾搖搖頭，拉住了我的手。

「……快逃。不，快點帶著艾爾玟他們逃走。拜託你了。」

對了，諾艾爾跟拉爾夫怎麼了？

他們也被幹掉了嗎？

我轉頭一看，發現拉爾夫跟諾艾爾就倒在艾爾玟身後。諾艾爾的頭流血了，而拉爾夫正打算抱著她逃走。可是他的腳好像受傷了，只能像條蚯蚓一樣慢慢爬行。

他們竟然在這種緊要關頭給我扯後腿。

幫維吉爾包紮好傷口後，我衝了過去。

我詠唱咒語，「片刻的太陽」立刻發出耀眼的光芒。

「脖子！砍他的脖子！」

我一邊吶喊一邊抓起附近的石頭，朝著「傳道師」使勁扔過去。憑我的蠻力，只要能丟中，應該可以牽制敵人的行動。

正當石頭以驚人的速度飛過去，即將砸中敵人頭部的瞬間，「傳道師」的身體像是幻影般晃動了一下。

我擲出的石頭穿過敵人，砸中牆壁裂成碎片。

敵人又使出奇怪的能力了。

艾爾玟驚訝地睜大眼睛。

「馬修？你怎麼會在這裡？」

「那傢伙的弱點是脖子。把頭砍下來就對了！」

「……我晚點再聽你解釋！」

對我說完這句話之後，艾爾玟一口氣衝向敵人，揮出手中的劍。這一劍砍得很漂亮，但別說是要砍中脖子，不管砍在敵人身上的哪個地方，都只能劃過沒有實體的幻影。「傳道師」在這時揮舞黑色手臂反擊。艾爾玟被輕易擊飛出去，身體重重地撞在牆壁上。

「混帳東西！」

我從旁邊揮拳打過去，但「傳道師」依舊不為所動。就算我揮拳擊中對方，拳頭也只能直接穿過身體，完全沒有擊中的感覺。

我們的攻擊明明不管用，對方的攻擊卻能擊中我們，這樣應該犯規了吧？

「虧你還特地跑來『迷宮』裡救公主騎士，可惜這只是白費力氣。」

「傳道師」語帶嘲諷地這麼說，但聲音有些含糊不清。

「這個城市就要毀滅了。地面上那些蠢貨全都得死。吾神將會再次降臨世間。」

「你這蛆卵太陽神的跑腿小弟敢說我還不敢聽呢。」

「憑你現在的靈魂當然無法理解。可是，只要你累積修行，提昇自己的靈魂，到時候自然就能領悟了。『馬修』，接受自己的命運吧。」

正當我準備反駁這個瘋狂信徒騙人入教的說詞時，突然發現一件事。

「你該不會就是那位『教祖』吧？」

信仰太陽神的邪教團體「神聖太陽（Sol Magni）」跟其他「傳道師」也關係匪淺。就算教祖本人就是「傳道師」也不是什麼奇怪的事。

「……想逃走就趁現在吧。我不忍心殺掉你。」

「傳道師」沒有否認，但也沒有承認。算了，就算他不是教祖，我也要殺掉會危害艾爾玟的傢伙。事情就是這麼簡單。我現在就送你下地獄去。正當我準備說出這句話時，就瞥見某人動了起來。

「不管你是誰都無所謂。」

艾爾玟站了起來，再次拿起了劍。

「你殺了我的同伴，那我就一定要讓你償命。賤人！給我站在那裡別動！」

「傳道師」的身體突然抖了一下，還稍微壓低重心，但很快就停住不動了。這個動作有些不自然。這難道是敵人的戰術嗎？還是發動某種術法的預備動作？

正當我緊張地擺好架式時，「傳道師」突然虎軀一震，握緊了拳頭。敵人狠狠瞪著艾爾玟，伸出自己的手臂，自手掌周圍發出藍白色的電光。那股力量明明還沒釋放出來，餘波就已經讓我的皮膚隱隱作痛了。這下不妙。看來敵人打算使出某種強大的攻擊。

「……不許命令我！」

不知道是什麼原因激怒了那傢伙。敵人情緒激動地準備使出必殺的一擊。

「別想得逞！」

艾爾玟揮劍砍過去，想要搶先一步擊敗敵人。

「妳快逃！」

我大聲叫她快逃，同時使勁踹向地面。我沐浴著「片刻的太陽」發出的光芒衝過去。我握緊拳頭，朝著眼前的「傳道師」揮了出去。我有信心不管擊中哪裡都能把敵人打飛，就算無法殺掉他，也能讓他無法擊中艾爾玟。我也做好最壞的打算，準備用身體幫艾爾玟擋下這一擊了。

然而我的拳頭與身體都揮了個空，直接穿過「傳道師」的身體。我完全沒有打中東西的感覺，在身體重疊的瞬間，我好像還跟他對上了視線。敵人眼中充滿著愉悅、歡喜與嘲笑。那雙巨大眼睛顯露的情感讓我忍不住咂嘴，同時整個人狠狠撞上牆壁。

我在一瞬間感到頭昏眼花，但很快就重新站起來。

就在這時——

從「傳道師」手中發出的電光，化為一道迅速閃過的光束。爆炸聲讓空氣為之一震，瞬間就破壞艾爾玟從祖先手中繼承的劍，貫穿她本人的胸膛。

世界彷彿失去了色彩。

斷劍落地的聲音響起了兩次。第一次是從中折斷的劍尖掉在地上，第二次則是劍柄從艾爾玟手中滑落的聲音。

艾爾玟嘴裡吐出紅黑色的鮮血，露出難以置信的表情朝著我伸出手，就這樣往後倒在地上。

「艾爾玟！」

我立刻抓起她的披風，按住她胸前的傷口，卻完全止不住血。

「馬……馬修，對不起……」

「別說話。不然傷口會裂開的。」

「『深紅的公主騎士』最後落得這種下場，還真是叫人不勝唏噓。」

「傳道師」聳聳肩膀，語帶嘲諷地說出這句話，然後從體內拿出一顆黑球。他對著那顆像是黑曜石的黑球詠唱出某種咒語。

「吾神在上，宴會就要開始了。」

黑球表面浮現出不可思議的文字，就這樣飛了起來，在「傳道師」頭上盤旋。

「求您降福於我們。」

黑球在最後飛向他腳邊，掉落在「迷宮」的地面。下個瞬間，黑球在地面掀起一道波紋，無聲無息地被吸了進去，只剩下彷彿什麼事都不曾發生的地面。

「這樣就結束了。任何人都無法阻止『大進擊』了。」

「傳道師」回過頭來，朝著我們伸出手，而且那隻手還在發出不斷閃爍的光芒。這是剛才那招嗎？

「妳一定很痛苦吧？我現在就讓妳解脫。」

「傳道師」原本還高高在上地這麼說，但卻突然說不出話，痛苦地抓著自己的胸口，呼吸也變得急促。到底發生什麼事了？

「可惡，明明只差一點了……」

他先是瞥了我們一眼，然後不屑地笑了出來。

「算了，反正妳那傷勢也撐不了多久。就讓妳痛苦久一點吧。」

那傢伙放聲大笑，身體也立刻被一團白霧壟罩。當那陣霧散去之後，「傳道師」的身影也已消失無蹤。

「……他逃走了嗎？」

他明明可以把我跟艾爾玟一起殺掉，難道是因為我是「受難者」，他才會放我一馬嗎？

痛苦的呻吟聲打斷了我的思考。現在可不是想事情的時候。

「……馬修。」

「道歉或道謝還是罵人都之後再說。我現在必須先幫妳療傷。妳千萬不能昏過去！」

「我好像……到此為止了……」

艾爾玟伸出被鮮血染成紅色的手，抓住我的手臂。

「我不要……我還不想死……」

「沒錯，我不會讓妳死在這種地方的。妳不是還要衣錦還鄉嗎？不是要消滅故鄉的魔物重振王國嗎？」

她傷得很重。那一擊直接貫穿了身體。那似乎就是剛才殺掉魔術師克里夫的招式。這可不妙。要是再這樣下去，她恐怕撐不到一百秒就會死了。

周圍的霧逐漸散去。八成是因為那個「傳道師」離開了吧。這陣霧肯定是那傢伙弄出來的。

「眼前一片漆黑……馬修，你在哪裡？」

艾爾玟的手變得無力。

「喂，有人聽到嗎？這裡有傷患。拜託快來幫忙！」

就算聲音引來魔物，我也會全部解決掉。我只希望快點有人來幫忙。

又來了嗎？我到底還要失去多少重要的東西？

正當我快要被絕望擊垮時，聽到有腳步聲往這邊接近。

「你沒事吧？」

是尼古拉斯。其他冒險者也來了。

「我在這邊。醫生，拜託你快點過來。艾爾玟受了重傷！」

尼古拉斯趕了過來，在看過艾爾玟的傷勢之後搖了搖頭。

「……很遺憾，她已經沒救了。」

我只覺得眼前一黑，好不容易才撐著沒有倒下。

「喂，拜託你別跟我開玩笑了！」

「如果你不相信，可以去問問其他治療師的意見。就算用魔法也救不了她。她現在還活著已經是奇蹟了。」

尼古拉斯平靜地這麼說，讓我放開原本抓著他的手。

要是就這樣失去艾爾玟，我有種一切都會完蛋的感覺。別說是要重振馬克塔羅德王國了，這個遇上「大進擊」的城市和我也會完蛋。

「……只有一個辦法可以救她。」

我猛然抬起頭來。尼古拉斯一臉神祕卻又平靜地繼續說了下去。

「不過，這應該會讓她背負沉重的枷鎖吧。說不定讓她就這樣死去還比較好。」

艾爾玟原本就背負著重要的使命。她還有征服「迷宮」重振祖國這個無比遠大的目標，承受著巨大的壓力，而且還抱著「迷宮病」與「解放」這兩個不可告人的煩惱。如果還要讓她背負更多壓力，天曉得她會有多麼痛苦。別說是救她了，這只會把她推落到更深的地獄。就算變成這種結果也不奇怪。

如果讓她死在這裡，應該就能從各種痛苦中得到解脫了吧。

「你要怎麼做？」尼古拉斯這麼問我，但我早就做出決定了。

「這不是問題。不管她沉得有多深，我都會把她拉上來。」

要是艾爾玟死了，我就會失去依靠，至今所做的一切也都會化為泡影，但這些盤算與理由都不重要。因為艾爾玟親口對我說她不想死。不，其實理由比這還要單純多了。

我不想讓艾爾玟死去。就只是這樣罷了。

我只是出於個人自私的願望，才希望讓她繼續活下去。我願意為此負任何責任。

「我明白了。」尼古拉斯重重地點了點頭，露出男人下定決心的眼神。

「那我現在就施展祕術，看看能不能救她一命。這招很危險，你們要離遠一點。」

他把其他人從艾爾玟身邊趕走，只留下我一個人。

「你打算怎麼救她？」

尼古拉斯揚起嘴角。

「我要仰仗『神的力量』。」

如此說道的他把手放在胸口上，從體內拿出一塊骯髒的破布。那是「貝蕾妮的聖骸布」。據說那是沾著比馬屁股還要欠打的太陽神之血，過去曾經引發許多奇蹟的聖遺物。尼古拉斯有辦法保持人類的模樣，似乎都是多虧了這塊破布。

尼古拉斯把從胸口取出的布撕成兩半，將其中一半重新放回自己的胸口，另一半放在艾爾玟的胸口上。

然後，他在艾爾玟的胸口上張開雙手，詠唱了幾句咒語，從掌心滴下半透明的黏液。

「你到底要做什麼？」

「我要以聖骸布為媒介，用自己的血肉幫她療傷。」

「你連這種事都辦得到嗎？」

「如果傳說屬實就辦得到。」

傳說中的聖骸布甚至能憑空變出麵包，要治好傷口當然不算什麼。

「我也是頭一次做這件事，不過你就看著吧。」

滴落在聖骸布上的黏液不斷流進艾爾玟的傷口。隨著黏液不斷增加，她的傷口也跟著逐漸癒合，出血好像也停止了。還不只是這樣，聖骸布也變得愈來愈小。

「我剛才就說過了吧？我要以聖骸布為媒介。」

看樣子聖骸布應該是變成了中間的媒介，才讓尼古拉斯的血肉跟艾爾玟的血肉得以相容。

我不知道他到底花了多久的時間。

「結束了。」

艾爾玟的傷口完全癒合了，連一點傷痕都沒留下，聖骸布也消失了。她也確實還在呼吸。

「她好像還沒恢復意識，但只要好好靜養，應該遲早會醒過來吧。」

尼古拉斯疲倦地在原地坐下。

「我還是第一次挑戰這件事，幸好順利成功了。」

「醫生，謝謝你。」

我握住尼古拉斯的手。

「這都是你的功勞。」

聽到我宣布成功救回艾爾玟後，諾艾爾與拉爾夫立刻衝了過來。

「公主！」

「公主大人！」

因為他們只受了輕傷，所以早就請其他治療師幫忙治療，傷口也完全治好了。

「維吉爾呢？」

聽到我這麼問，諾艾爾搖了搖頭。是嗎？結果還是救不回來嗎？

其他失蹤冒險者的屍體好像也都被找到了。

「總之，這樣就算是找到所有人了。」

克里夫、賽拉菲娜、維吉爾……六個人之中死了三個。這樣「女戰神之盾」也算是半毀了。

我成為艾爾玟的小白臉也有一年多了。這三個死掉的傢伙也大多都待在「迷宮」裡，跟我沒有很深的交情。他們每次跟我說話都很不尊重我，我也知道他們看不起我。自從路特維奇離開之後，他們更是不斷起內訌，甚至跟黑道起衝突。

老實說，我甚至感到很憤怒，覺得他們都是些沒能保護好艾爾玟的廢物。

不過，我們還是一起喝了好幾次酒，也曾經開心地閒話家常。他們沒能保護好艾爾玟，也是因為被「傳道師」偷襲。純粹是因為敵人太強。

所以，我願意不去追究過去的種種。你們就先到冥界等我吧。

還活著的人必須為將來做打算。當務之急是幫艾爾玟等人療傷，還有重組「女戰神之盾」。就算請路特維奇幫忙招募新隊員，也還要重新培養整個隊伍的默契。問題可說是堆積如山。

雖然我想早點回到地面，但大家一路上都在戰鬥，早就都累壞了。

我們決定稍微休息之後，出發回到地面。

我當然是忙著照顧艾爾玟。

諾艾爾與拉爾夫正忙著為回程做準備，在離我們有段距離的地方，跟其他隊伍的人一起幫死者處理後事。他們正在幫死去的維吉爾等人整理遺物，回收他們的會員證，燒掉他們的遺體。他們心裡現在應該充滿著無力感與後悔吧。為什麼我沒能拯救同伴？為什麼我還活著？我很能體會他們的心情，但也只能讓他們自己想辦法跨過這一關。因為冒險者本來就是與死亡為伍的職業。

我才剛鬆了口氣，就立刻想到其他問題，轉頭詢問身旁的尼古拉斯。

「對了，關於我剛才提到的怪物，那果然是——」

「我想那傢伙應該是『傳道師』吧。」

尼古拉斯充滿恨意地說出這個詞彙。

「他的目的應該是要讓『大進擊』快點發生。」

就算出現徵兆，但大進擊到底何時會爆發，也得看「迷宮」的心情。這個過程有時候甚至會超過一年。那傢伙應該是為此感到心急，才會前來加快這個過程吧。這我可以理解。

「那傢伙途中突然收手，沒有給我們最後一擊就走了，我想不通他這麼做的理由。」

「我猜應該是沒時間了吧。」

「你這話是什麼意思？」

「因為太陽神的力量無法傳遞到『迷宮』裡，所以『傳道師』也無法長時間活動。」

這就是他打到一半就撤退的理由嗎？這也讓我搞懂太陽神要收集「受難者」的理由了。因為祂需要能派進「迷宮」裡的軍隊。

「我早就覺得太陽神明明有能力大量製造那種怪物，卻還想要得到普通的人類，這點實在很不合理。」

「其實太陽神沒辦法大量製造『傳道師』。」

尼古拉斯搖了搖頭。

「經驗告訴我，『傳道師』的數量並不多。不知道是因為時間還是力量的問題，太陽神能創造出的『傳道師』數量應該是有限的。」

可是，這也讓我想到其他問題。

「那你就沒問題嗎？」

尼古拉斯其實是背叛太陽神的「傳道師」，應該也跟剛才那傢伙有著同樣的限制，但我看他並沒有感到特別難受的樣子。

「因為我有這個。」

尼古拉斯指了指自己的胸口。「貝蕾妮的聖骸布」本身就會釋放出太陽神的力量，而且幾乎是無限的，所以就算在「迷宮」裡也能發揮效果。

「既然這樣就能解決問題，為什麼那個混帳敗家太陽神會……啊，我懂了。」

就算他想要大量製造聖骸布也做不到。因為祂早就被諸神封印了，所以才要叫賈斯汀把聖骸布搶回去。

而那塊聖骸布已經放進艾爾玟的胸口。要是被「傳道師」知道這件事，他們應該會不惜切開艾爾玟的胸口也要把聖骸布拿出來吧。這肯定會為她帶來更多麻煩。就算是這樣，我當時也無法眼睜睜地看著她死去。至少我是不可能那麼做的。

「聖骸布應該已經跟她的血肉同化，就算切開胸口也不可能拿出來了。」

雖然尼古拉斯說出這種話想要讓我放心，但人類是一種就算明知不可能也會去做的生物。做事不顧後果的人太多了。要是讓那些人知道這件事，他們應該會盯上艾爾玟吧。

即便如此，我也不感到後悔。我早就成了這位背負著一堆麻煩的公主騎士大人的「救命繩」。就算她身上又多了幾個麻煩我也不在乎。

「唔……」

當我輕撫她的臉頰時，她睜開了眼睛。

「艾爾玟，妳醒了嗎？」

聽到我的聲音，艾爾玟沒有起身，就這樣轉頭看了過來。

我告訴諾艾爾他們這個好消息後，他們立刻像老鼠一樣衝了過來。

「公主！」

「公主大人！」

他們一直說個不停，不是忙著獻上祝賀，就是羞愧地責備自己。

那些話還是晚點再說吧。

「嗨，睡得還好嗎？」

我這樣向艾爾玟打招呼。

「我聽說妳遇到危險，就立刻排除萬難趕來救妳。妳最心愛的王子大人來接妳回去了。妳現在應該抱住我獻吻才對。」

她沒有回答，而是用雙手抱住我的脖子。

這讓我也嚇到了。我沒想到她真的要這麼做。

拉爾夫跟諾艾爾也都睜大了眼睛。

「妳還真是性急。等我們回到家裡，我就會陪妳玩個過癮……」

即便感到困惑，我還是半開玩笑地這麼說，放開原本撫摸她的手，準備摟住她的肩膀。因為我發現她的身體抖得很厲害。

「艾爾玟？」

我探頭看了過去，發現她的臉色很蒼白，完全沒有血色。

當我再次呼喊她的名字時，她突然大聲叫了出來。

「艾爾玟，妳怎麼了？妳冷靜一點！」

不管我怎麼叫她，她還是跟個孩子一樣大吵大鬧。她的表情充滿了恐懼，讓我明白自己那種不好的預感成真了。

絕對錯不了。她的「迷宮病」復發了。那是一種會讓在生死邊緣遊走的冒險者，無法擺脫內心恐懼的疾病。如果情況太過嚴重，別說是要冒險了，就連日常生活都會變得無法自理。照理來說，艾爾玟早就無法戰鬥了。她只是靠著名為「解放」的「禁藥」，勉強控制住症狀，才能一直戰鬥至今。雖然她最近一直沒有發作，但這次受到瀕死的重傷，應該讓症狀一口氣惡化了吧。

「妳不要激動。這裡都是自己人。誰也不會傷害妳。」

「別碰我！」

艾爾玟把我推開，就這樣逃到牆邊。她激動地甩著那頭長髮，眼淚流個不停，還粗暴地推開試圖安撫她的我。

也許是因為聽到吵鬧的聲音，其他冒險者也聚集過來了。

「喂，你也過來幫忙！」

我不想讓艾爾玟面對那些好奇的目光。可是，就憑我現在的軟腳蝦力氣根本壓不住她。儘管內心悲痛欲絕，我還是叫拉爾夫過來幫忙，但美麗的公主騎士大人突然變成這樣，似乎讓他嚇傻了，完全沒有要過來幫忙的意思。

雖然臉色蒼白的諾艾爾試著幫我制服艾爾玟，但她好像還是有所顧慮，伸出去的手很快就被揮開，再也不敢靠過來。就在這時，一根魔杖突然從旁邊伸了過來。

「『沉睡(Sleeping)』。」

在聽到咒語的同時，艾爾玟的身體也晃了一下。她慢慢閉上眼睛，彷彿有某種沉重的東西壓在眼皮上。最後就這樣倒在地上睡著了。

賽希莉亞．瑪雷特輕描淡寫地這麼說。

「這樣比較省事。」

我抱住艾爾玟，假裝幫她整理頭髮的同時蓋住她後頸上的斑點。這是她身為「解放」成癮者的證據。

「怎麼會變成這樣……」

「這也是沒辦法的事。畢竟她差點就沒命了。」

尼古拉斯平靜地這麼說，一副事不關己的樣子。我想也沒想就抓住他的胸口。

「這到底是怎麼回事？你不是治好她了嗎？還是說，這就是你說過的沉重枷鎖？」

「跟我的治療無關。這是她自己的問題。」

尼古拉斯好聲好氣地這麼說，輕輕移開我的手。

「她胸口上的傷毫無疑問痊癒了。可是，看來她受到的心靈創傷並沒有痊癒。」

「醫生，如果你覺得自己說了句好話，那我就要給你打零分了。我只想知道一件事。那就是這種病能不能治好。」

就在這時，我想到了一個好主意。

「你就不能用剛才那種力量幫她治療嗎？這次就連心靈創傷也一起治療吧。」

尼古拉斯一臉遺憾地搖了搖頭。

「就算依靠神的力量，也無法解決人心的問題。」

他平靜地說出這個殘酷的事實。我這時才發現這位大叔果然是個聖職者，就只有在說出神與命運這種超凡脫俗的詞彙時，才會露出那種得意洋洋的表情。

「然後呢？」

這道冰冷的聲音讓我回過頭去，看到賽希莉亞用魔杖敲著肩膀，低頭看著艾爾玟。

「你們誰要負責帶公主騎士大人回去？」

看樣子要是把她叫醒，她應該又會開始吵鬧，只能讓她繼續睡下去了。換句話說，必須讓某人負責把艾爾玟帶回地面上。

「這個嘛……」

我沒有那種力氣。就算我做好覺悟，冒著真實身分曝光的風險，當眾使用「片刻的太陽」，時間也完全不夠用。雖然這讓我非常惱火，但這個任務還是交給別人比較好。反正諾艾爾的傷已經治好了，應該是個合適的人選。正當我起身準備拜託她時，感覺有東西拉住了我的手。

我回頭想要確認對方是誰，結果驚訝地睜大了眼睛。原來是艾爾玟的食指不知道在什麼時候勾住了我的袖子。我探頭看向她的臉，但她好像還沒醒來。也許是因為睡著之前還在哭喊，讓一顆透明的淚珠從她的眼角滑落。即便閉著眼睛，她依然痛苦地咬緊牙關。那表情就像是正在作惡夢，也像是個跟父母走丟了的孩子。我把艾爾玟的手指從袖口拿開，重新握住她的手。

「那就讓我來……」

「不。」

我打斷拉爾夫的話，舉起自己的手。

「我來揹她。」

「什麼？」

拉爾夫冷眼看了過來。

「這裡可輪不到你出場。小白臉，你還是滾到一邊去吧。」

「那是我要說的話。你這個傷兵還是滾開吧。」

這一路上的戰鬥應該也讓拉爾夫累壞了。就算治療魔法可以療傷，也無法幫人恢復體力。他頂多只能照顧好自己。

「再說了，憑你的力氣揹得動公主大人嗎？你連比腕力都會輸給一個女孩子了，頂多只能在半路上哭著求別人接手吧？」

「你以為我是誰啊？」

區區一兩個女人，我就算用小拇指也抱得動。如果是以前的我就辦得到。

「那就讓我來吧……」

諾艾爾舉起手來。我搖了搖頭。

「我很感激妳願意自告奮勇，但我們回去的路上應該也會遇到魔物。如果讓某人來揹艾爾玟，那個人就會無法戰鬥。既然這樣，那我就是最合適的人選了吧？」

雖然我們已經努力建立起安全的路線，但魔物的數量比想像中還要多。安全路線也可能早就在某些地方斷掉了。為了以備不時之需，能夠戰鬥的人還是愈多愈好。至少拉爾夫比現在的我還要能打。

也許是終於搞懂現在的狀況，拉爾夫小聲說了句「好吧」，然後就瞪了我一眼。

「要是你敢讓公主大人摔下來，我一定會宰了你。」

「小夥子，這場打賭你輸定了。」

因為我絕對不可能放開她。

「你們談妥了嗎？」

賽希莉亞不耐煩地從旁插嘴。到底該由誰來揹艾爾玟這種問題，對她來說應該完全不重要吧。她應該只想快點回到地面上。

「抱歉。我會負責揹她。可以幫我個忙嗎？」

我先幫睡著的艾爾玟脫下鎧甲，然後才把她揹起來。雖然覺得不太好意思，但她的劍與裝備只能請其他人幫忙帶回去了。

我趴在地上，讓別人把艾爾玟放在我背上。單膝跪地試著站起來，卻在一瞬間失去平衡，身體晃了一下，好不容易才穩住身體。拉爾夫好心罵了我一句，要我小心一點，而我也在同時向前彎下腰，用雙手繞過艾爾玟的膝蓋底下，抱住她的大腿。這樣就行了。

我現在就覺得有些難受了。汗水也很快就從額頭上滑落。我能不能把她揹回地面並不是問題。我只能這麼去做，也只需要這麼去做。

「妳稍微忍耐一下。」

我對背後的艾爾玟這麼說，但她沒有回答。

「那我們要回去了喔。」

碧翠絲一聲令下，我們就動身準備回去了。

在經過轉角的時候，我回頭看到了那些燒焦的屍體。那是維吉爾、克里夫與賽拉菲娜，也是拉爾夫等人剛才親手燒掉的屍體。我聽到走在後面的拉爾夫吸鼻水的聲音。那些傢伙絕對不是弱者。他們也累積了不少實力與經驗，就只是運氣不好。而諾艾爾與拉爾夫的運氣比較好。差別就只有這樣。

至於艾爾玟……也可以算是幸運了。就當作是這樣吧。

我在其他冒險者的保護之下，爬上通往第十二層的階梯。以前如果只是一個女人，就算要我抱上一整天也行，但現在只是走一小段路，我的身體就快要不行了。真是丟臉。

「你流了好多汗。」

拉爾夫似乎看不下去，跑來找我說話。

「你也看到了，誰叫我是個瘦皮猴呢。」

看來明天應該會肌肉痠痛吧。雖然那個亂尿尿太陽神害我變得這麼柔弱，但也有不曾改變的事。那就是我好像比別人來得善於忍耐。這讓我不怕拷問。我在傭兵時代曾經被敵人抓住，為了逼我說出同伴的藏身之處與戰術，敵人還對我嚴刑拷打。跟那比起來，「聖護隊」舉辦的遊樂會簡直就是小兒科。就算是會讓其他傭兵哭喊著「拜託殺了我」的痛楚，我也能輕易撐過去。

「還是換我來吧。」

他明明自己都站不穩了，竟然還有臉說這種大話。

「與其擔心我，你還不如多注意周圍。在回到地面之前，冒險都還不算結束喔。」

據說比起去程，在回程時遇害的冒險者還比較多。只要一個大意，就有可能瞬間丟掉性命。

「不重嗎？」

這次換成碧翠絲問我。

「輕如鴻毛。」

就算再怎麼樣，我也不能喊重。要不然我之後肯定會被她宰掉。為了艾爾玟的名譽，我必須事先聲明，我會累成這樣是因為自己沒用，絕對不是因為艾爾玟太胖了。不過，因為她有在鍛鍊身體，所以確實比同樣體格的女人還要重，我如此心想。

「馬修，還是換我來吧。」

搬運者老頭好聲好氣地這麼說，向我伸出了援手，但我搖頭拒絕了。

「別看我這樣，其實我這人是個醋罈子，不想看到她被其他男人抱著的模樣。」

總覺得背上的艾爾玟好像又變重了。也許是因為我說了太多話，精神也跟著放鬆了吧。馬修，你要撐住啊。你不是無敵的「巨人吞噬者」嗎？

意識開始變得模糊，但我還是不可能選擇把她丟下。

因為我是艾爾玟的救命繩。要是我撐不住了，又有誰能支撐艾爾玟？

我爬上樓梯，走上一段路，然後再次爬上樓梯。不斷重複著這樣的過程。這個過程不僅單調，還跟在泥沼裡前進一樣艱難。我快要昏過去了。

「我們現在到哪裡了？」

這裡原本就很昏暗了，汗水又跑進我的眼睛裡，讓我完全搞不清楚現在的位置。

「我們才剛踏進第十層。」

某人這麼回應我。

我們是在第十三層找到艾爾玟，所以離地面還遠得很。我不需要想那些多餘的事情，只需要想著怎麼走出下一步。我要踏出下一步，成功踏出去之後，就再踏出下一步。那些小事交給其他人去處理就行了。我只需要移動雙腳。

「喂，你走快一點！」

前面傳來叫我走快點的聲音。我好像在不知不覺中落後隊伍了。

真是不好意思，都是因為後面有人一直叫我吻她，我才會不小心走太慢。

我想要發揮「嘴砲王(Wisecrack)」的本領，跟平常一樣開玩笑，但卻無法發出聲音。我的體力應該快要耗盡了吧。視野變得模糊，也開始聽不見聲音了。可是，這個問題不算什麼。因為要是我倒下了，艾爾玟也會跟著摔倒。前方傳來了戰鬥的聲響。

如我所料，因為安全路線斷了，讓魔物朝我們衝了過來。以瑪雷特姊妹為首，拉爾夫與諾艾爾也在拚命戰鬥，所以保護艾爾玟就成了我的任務。我原本就快要耗盡體力了，現在不但要找暗處躲起來，還要時而停下腳步，時而快步奔跑，讓體力消耗得更快。可是這也不算什麼。

我只需要邁出腳步，不斷前進。體力耗盡與死亡這種小問題，等到以後再來煩惱就行了。

我們停下來戰鬥了好幾次，但依然沿著通往地面的路不斷前進。幸好隊伍中沒有出現死者。

「我們現在到哪裡了？」

「第六層。」

這是拉爾夫的聲音。這代表我們已經走了超過一半的路。想不到我還挺能撐的。

身體狀況還是一樣糟糕。我全身上下都是汗水。要是坐下，我恐怕就再也站不起來了，剛才隊伍休息的時候，我也只有站著喝了點水。

我走在靠近隊伍最尾端的地方，身後只有拉爾夫與諾艾爾。雖然他們忠心耿耿是件好事，但我只希望他們不要放鬆對周圍的警戒。

正當我這麼想的時候，看見一道奇怪的影子從視野邊緣閃過。

「別發呆。」

也許是因為我的腳步慢了下來，拉爾夫用手肘撞了撞我的手臂。

「想不到竟然要把公主大人交給你這種差勁的廢物照顧……」

這個笨蛋只顧著小聲抱怨，但我卻好心給他忠告。

「喂，那根柱子後面有敵人，你最好小心一點。」

「笨蛋，那只是普通的石像。」

「你才是笨蛋。天底下哪有姿勢會改變的石像。那是……」

敵人應該是知道自己被發現了吧。那傢伙瞬間就從石像變成紫色的小惡魔。

那是石像惡魔（Gargoyle）。

敵人展開背後的翅膀，從我們頭頂上迅速衝了過來。

「危險！」

諾艾爾大喊一聲，同時朝敵人擲出飛刀，但全都被敵人堅硬的身體彈開了。拉爾夫跟著揮劍砍過去，但石像惡魔從他身旁鑽了過去，就這樣繞到我背後。敵人伸出白色的利爪，像是揮舞草叉般揮了下來，準備收割我的生命。

在感受到衝擊的同時，眼前瞬間暗了下來。額頭被利爪撕裂，把我的視野染成紅黑色。

我差點倒下，但還是勉強站穩了腳步。艾爾玟也平安無事。石像惡魔愉悅地在我頭上留下傷痕後，又重新繞過柱子一圈，再次往這邊飛了過來。

「馬修先生！」

我在泛紅的視野中看到諾艾爾跑過來。

「這只是擦傷。別管我了，妳還是提高警覺吧。敵人又要過來了！」

如我所料，石像惡魔就這樣在空中到處亂飛。敵人應該是在尋找我們的破綻吧。

「可惡！」

拉爾夫胡亂揮劍試著趕走敵人，但石像惡魔只是跟我們保持距離，完全沒有要放棄的意思。

「就算你拿著劍亂揮，也不可能打倒敵人。等敵人靠近一點再攻擊！」

「吵死了！給我閉嘴！」

拉爾夫無視於我的忠告，就這樣追著石像惡魔到處跑。那個笨蛋完全失去理智了。他像是要洩憤般追著石像惡魔跑，在不知不覺中把敵人逼到了牆邊。

「你無處可逃了。」

因為天花板變低了，就算敵人想從拉爾夫頭上飛過去，也會先被他的劍砍中。

「喂，別過去！那是陷阱！」

其實你並沒有把敵人逼入絕境。對方是故意要引誘你過去的。

「結束了！」

拉爾夫高高舉起劍，準備使出必殺的一擊。下個瞬間，另一隻石像惡魔從旁邊衝向他。他完全沒有防備，就這樣彎著身體被打飛出去，劍也脫手而出掉在地上，發出清脆的聲響。雖然拉爾夫想要站起來，但身體似乎動彈不得。我不是早就警告過你了嗎？

誰說魔物只有一隻了。

愚蠢的獵物上鉤之後，兩隻石像惡魔在空中飛來飛去，愉悅地笑個不停。

我還以為敵人會直接殺掉拉爾夫，但牠們在拉爾夫頭上繞了幾圈後，就兩隻一起飛過來了。牠們應該是認為拉爾夫無力再戰了吧。

我不但揹著艾爾玟，還因為額頭受傷看不清楚東西。這樣下去我們兩個都會變成石像惡魔的飼料。我不可能丟下她不管。就算我丟下她自己逃走，也只能多苟活一小段時間。我可不想抱憾而終，所以我什麼也沒做，就只是揹著艾爾玟站在原地。

就算兩隻石像惡魔的利爪逼近眼前，我也還是站著不動。

因為這樣『她』比較好行動。

「千萬別亂動！」

在聽到聲音的同時，巨大的刀刃也越過我們頭上飛了過來。折成兩截的彎曲刀刃不斷旋轉，狠狠地斬下兩隻石像惡魔的翅膀。當兩隻石像惡魔一起重重摔在地上時，我看見那道黑影踩著柱子跳了起來。那人正是諾艾爾。她從手甲裡拔出刀子，然後刺進石像惡魔的背。石像惡魔發出奇怪的呻吟聲，就這樣保持著被刀子刺穿身體，努力伸出手臂的姿勢變回原本的石像，最後碎裂成無數碎片。另一隻還活著的石像惡魔無法飛走，只能用四隻腳在地面上爬行逃跑。

「別想逃！」

這次諾艾爾從手甲裡射出鐵絲。鐵絲前端綁著秤錘，就這樣纏住石像惡魔的脖子。石像惡魔的脖子被鐵絲拉住，只能仰起上半身停下腳步。

這下子就只能比誰力氣大了，但這對體重較輕的諾艾爾不利。雖然她站穩了腳步，但還是被敵人慢慢拖著走。

「我說過了。別想逃。」

諾艾爾從腰際後方拿出金色的長針。如果要用在裁縫上，那根針實在太長太粗了。更重要的是，那似乎不是由金屬製成的東西。諾艾爾靠著射飛刀的技巧，把金色長針射了出去。雖然針精準地刺進石像惡魔的後腦杓，但也就只有這樣。這一擊遠遠不足以致命。

雖然石像惡魔有一瞬間停住不動，但很快就再次動了起來。就在這時，牠突然開始痛苦掙扎，胡亂抓著被針刺中的後腦杓，發出不知道是慘叫還是求饒的鬼叫聲，最後吐出紫色的鮮血倒在地上。雖然牠的身體抖動了幾下，但很快就再也不會動了。現場只留下粉碎的石塊，還有那根金色長針。

當我低頭看著掉在地上的長針時，諾艾爾很快就把那根長針撿起來了。

「你沒事吧？」

她還拿出布幫我擦拭額頭。她應該是想要幫我療傷，但我的傷口早就不再流血了。我現在更在意另一件事。

「那是蠍尾獅的毒針對吧？就是上次被妳擊敗的那隻蠍尾獅。」

「請你幫我保密。」

諾艾爾說這句話時沒有看著我的臉。

「這又不是什麼見不得人的事。」

有些冒險者會使用具備魔物特性的武器與道具。而毒就是其中最具代表性的東西。不但可以拿來殺死敵人，還能讓敵人睡著、麻痺、魅惑、混亂與發狂，甚至是引發燙傷、凍傷、石化與各種異常狀態。只要運用得當，這也能變成一種必殺的武器。這種招數也被稱作「忌毒術」或「魔毒法」。

「這種招數配不上公主的隊伍。」

雖然這種招數很有用，但也有很多人不喜歡。因為下毒這種事就是會給人一種卑鄙的感覺。

而且有不少人都討厭那種依靠魔物施展的可怕招數。更重要的是，魔物的毒本來就不好運用。據說還曾經有人在戰鬥時不小心讓毒液流出來，結果害死了整個隊伍。

因此，就只有極少數的冒險者會使用「忌毒術」。比如說，那些曾經當過斥候與武士，而且通常都是單打獨鬥的傢伙。

「這樣有損她的名聲。」

「我倒覺得艾爾玟不會在意這種事。」

因為她其實也偏離了正道。

「要是為了維持形象而無法保護重要的事物，不就本末倒置了嗎？」

要是她當時也對那個「傳道師」下毒，艾爾玟說不定就不會變成現在這樣了。

「……」

諾艾爾沉默不語。

「先不說這個了，妳要放著那個快死掉的笨蛋不管嗎？我是無所謂啦。」

聽到我這麼說，她才猛然回過神來，慌張地跑向拉爾夫。

看著她的背影，疲憊也一口氣向我襲來。

我原本就沒什麼體力了，剛才那麼一搞，更是讓我澈底耗盡體力。真是慘到不行。

過了不久之後，肩膀與手臂都纏著繃帶的拉爾夫就衝了過來。他的傷勢似乎沒有看起來那麼嚴重。雖然肩膀受了傷，但傷勢並不嚴重。

「公主大人沒事吧？」

這傢伙總是這副德性，其實反倒讓我頗有好感。

看到我背上的艾爾玟之後，他先是鬆了口氣，然後瞪了我一眼。

「你剛才怎麼不逃跑？不會是想要害公主大人身陷險境吧？」

「因為我無法逃跑。」

要是我在那種情況下閃躲，就會害背後的艾爾玟被擊中。如果我倒下了，沉睡的公主也會被迫醒來。

「先不說這個，前面那些人怎麼了？不會是丟下我們自己離開了吧？」

「那種事……」

「當然有可能。」

早就沒人還有體力去照顧扯後腿的傢伙了。就算我們被隊伍拋棄，也不是什麼奇怪的事情。

「喂——」

當我們走在通往第五層的路上，想要追上隊伍時，尼古拉斯等人高舉著手跑了過來。

「抱歉，剛才隊伍被魔物襲擊了。解決敵人之後，我才發現你們不見了，害我嚇得要死。幸好你們平安無事。」

他露出鬆了口氣的表情，施展治療魔法輪流幫我們療傷。

「這是付費服務嗎？」

「我會幫你記在帳上。」

「到時候麻煩你向那個蠢蛋請款。」

我無視於拉爾夫的抗議繼續前進。只要再撐一下就到了。

當我感到放心的同時，背上的艾爾玟好像又變重了。真是可惡。

前面有人叫了我的名字。我抬起頭來，一位年過三十的男子把手擺在我的肩膀上。

「真虧你能撐到這裡。再來就交給我們吧。只要來到這裡，之後就很好走了。」

這個跑來稱讚我的傢伙正是「黃金劍士」的隊長雷克斯。

「不，不用了。」

我揮開他那隻準備伸向艾爾玟的手。

「反正都走到這裡了。我要揹完全程。你的好意我心領了。」

「我知道你不想讓別人碰心愛的公主騎士大人。我會讓我們隊伍中的女性來揹她。這樣總行了吧？」

拜託別擅自為我做決定。

「掉以輕心可是大忌。後面那個拉爾夫就是因為太大意才會受重傷。」

「我們才不會犯下那種錯誤。」

這可難說。那種以為自己與眾不同的傢伙總是會先死。我見過太多了。

「你還是別逞強了。如果要配合你的速度，我們就無法準時回去了。」

「你總算說出真心話了。」

一開始就直接這麼說不就行了嗎？結果這傢伙還假裝親切，故意吹捧了我幾句。

「要我走快點是吧？沒問題，我明白了。我現在就拿出全力衝到地面，你們要好好跟上喔。」

「你也就只有那張嘴巴厲害。」

雷克斯不屑地笑了出來。

「看看自己的樣子吧。你全身都在發抖，體力就快要耗盡了吧？」

「我聽你在放屁。」

我的體力早就耗盡了。

「別堅持了，乖乖把公主騎士交給……」

他表現出不耐煩的樣子，硬是把手伸向艾爾玟。當他扶著艾爾玟纖細的肩膀，彎下腰準備把她抱走時，整個人突然僵住不動。

「……」

雷克斯變得臉色蒼白，往後退了幾步。一個殺死過許多魔物的五星級勇者，突然變成了一隻膽怯的小老鼠。

「怎麼了？我臉上有沾到什麼東西嗎？」

「沒……沒什麼……」

他狼狽地搖了搖頭。

不過就是被我這個小白臉瞪了一眼，就讓他心生畏懼這種事，他應該不想承認吧。膽小鬼一個。既然會怕就不該用你的髒手碰她。

「發生什麼事了？」

也許是因為聽到爭吵的聲音，瑪雷特姊妹也回來看看情況了。

「沒事，因為馬修走得有點慢，我才過來關心一下。」

雷克斯支支吾吾地找藉口。這小子真的有卵蛋嗎？

「原來如此。」

碧翠絲仔細端詳著我。

「魔物好像變得比想像中還要活躍。根據公會那些人的說法，現在已經連安全路線都快要無法維持了。」

「好像是這樣沒錯。」

我們剛才走過的路線已經快要消失了。時間過得愈久，路線就會變得愈難維持。

「要是你沒辦法跟上，我們就會捨棄你跟艾爾玟，這樣也行嗎？」

「沒問題。」

如果沒有那種程度的覺悟，我也不會說要自己揹她回去。

「是嗎？」

碧翠絲轉過身體，一副對我失去興趣的樣子。

「那我先走一步了。麻煩你們殿後吧。」

碧翠絲跟姊姊一起率先走向通往地面的階梯。安全路線早就有許多地方都斷掉了，她應該是想要先去開路吧。雷克斯也尷尬地看了我一眼，然後就小跑步跟著那對姊妹離開了。拉爾夫立刻靠了過來。

「你真的確定要這樣？」

「別抱怨了，你還是去後面看著吧。我們要保護好艾爾玟。」

我對拉爾夫小弟沒有絲毫期待。要是讓這傢伙先被幹掉，我們成功逃走的機率也會變高。眼前就是樓梯了。而且這條樓梯還跟山路一樣陡峭，落差也很大。雖然要爬上去很不容易，但我已經說要這麼做了，那就只能硬著頭皮去做。

「那我就負責殿後吧。」

諾艾爾走到我們後面，然後往前彎下了腰。她似乎正從背後幫我撐著艾爾玟。

「這樣你總該沒意見了吧？」

諾艾爾語帶得意地這麼說。

「你應該不會叫我不要幫忙吧？」

我笑了出來。

「謝了。」

拉爾夫也在途中過來幫忙推人，讓我們順利地往地面前進。

我們沒有遇到戰鬥，就只是偶爾會跨越魔物的屍體。

眼前突然亮了起來。我能隱約看到微弱的光芒。

「看到出口了！」

拉爾夫大聲叫了出來，推著艾爾玟的力量也加重了幾分。

「笨蛋，你想壓扁艾爾玟嗎？別顧著看前面，給我多注意周圍。」

很多人都是死在「迷宮」的第一層。

那些因為這裡都是弱小魔物就掉以輕心的笨蛋，還有以為快到地面就放鬆警戒的蠢貨，經常沒注意到那些偷偷靠過來的哥布林、狗頭人與史萊姆這類低級魔物，因為遭到偷襲而失去性命。更重要的是，「大進擊」就快要爆發了。就算這裡出現地獄犬或紅帽妖精那種超出預期的強悍魔物，也不是什麼奇怪的事。

「馬修，你快看後面！」

拉爾夫洋洋得意地拍了拍我的肩膀。我不用回頭去看也知道他這麼做的理由。都聽到這麼清楚的腳步聲了，我要是還沒發現才有問題。

一群哥布林與狗頭人就快要追上我們了。那群傢伙互相推擠，爭先恐後地衝了過來，準備把我們大卸八塊，看起來就像是一道黑色的海嘯。

「快跑！」

被追上就死定了。我使出最後的力量拚命奔跑，連要拿出「片刻的太陽」的餘力都沒有。

雖然諾艾爾會不時回頭擲出飛刀與武器，但還是完全擋不住敵人的腳步。因為敵人會毫不猶豫地跨越同伴的屍體。

「別理牠們，專心奔跑就對了。」

「那你就跑快一點啊！」

拉爾夫在我前面奔跑，同時大聲這麼喊著。不用他說我也知道。我從剛才就已經拚命在跑，只是雙腿不聽使喚。我的雙腳早就沒感覺了。

「你們就是最後了。快點出來！」

一群公會職員站在出口旁邊大聲呼喊。那裡有好幾個人正在待命，只要我們一衝出去，他們就會立刻把門關上。

「動作快！」

諾艾爾樓梯爬到一半就停了下來，對我們這麼喊道。

哥布林大軍已經逼近我身後了。

「你們先出去！」

諾艾爾率先衝出去，然後拉爾夫也跟著衝到地面。我目送著他們的背影，快步衝上樓梯。還有五步、四步、三步……就在這時，我的身體突然被人往後一拉。我想也沒想就回過頭去。

要是諾艾爾與拉爾夫停下腳步，他們也會跟著沒命。

原來是衝在最前面的哥布林，用爪子勾住了艾爾玟的衣服。

我甚至敵不過哥布林的臂力，整個上半身都跟著艾爾玟一起往後仰。這下糟了。要是我在這裡停下腳步，其他哥布林也會立刻追上來。到時候我們就得兩個人一起下地獄了。可是，我早就沒有足以擺脫敵人的體力。

「混帳東西！」

「真是的。」

一根巨大的魔杖從出口伸了進來，像是長槍一樣幫我揮開背後那隻哥布林的爪子，緊接著又把哥布林推下樓梯。

「你動作太慢了。我還以為你早就沒命了。」

當碧翠絲．瑪雷特說出這句話時，我感覺到有股強大的魔力聚集在魔杖上。在我們衝到地面上的同時，她也朝著「迷宮」放出魔法。

「轟飛一切吧！『爆裂（Detonation）』！」

我隱約感覺到一陣熱風從背後傳來。爆炸聲也蓋過了慘叫聲。爆炸的氣流重重壓在背上，讓我差點跌倒，忍不住跪了下去。

「趁現在！快點把門關上！」

在我們衝出來的同時，公會職員立刻全員出動把門關上。那是特別訂做的鐵門，而且還用魔法做過強化，照理來說不可能被打壞。

「辛苦你了。」

碧翠絲不以為意地丟下這句話，然後就走向賽希莉亞了。

「謝了。」

即便聽到我道謝，她也只有舉手致意。

所有參加救援隊的冒險者，全都在外面坐著休息。

我還以為大家都累壞了，但也有人正在談天說笑，甚至有人馬上就開始喝酒慶祝。這些傢伙還真有精神，不像我早就快要昏過去了。

我直到這時才察覺現在是晚上。人只要進到「迷宮」裡，就會變得日夜不分。酒館和旅館也沒什麼亮光。看來現在已經是深夜了。矮冬瓜應該也睡著了吧。夜風吹在身上的感覺很舒服。我不小心放鬆精神，身體也逐漸變得無力。我差點就這樣癱坐在原地，但又趕緊重新把艾爾玟揹好。我可不能讓她摔下來。

某人呼喊我的名字。我回頭一看，發現諾艾爾靠了過來，溫柔地輕撫艾爾玟的背。

「馬修先生，公主就交給我……」

「不了，我要直接帶她回家。」

我搖了搖頭。

「冒險者公會裡那種又硬又臭的爛床，無法讓她放心睡個好覺。妳今天應該也累了吧。詳細的事情我們明天再談。再見。」

我丟下還沒把話說完的諾艾爾，就這樣繼續邁出腳步。

我花了比平時多上一倍的時間回到家裡，還成功跨越最後的難關，爬上通往二樓的階梯，讓艾爾玟躺在自己的床上。艾爾玟還沒醒來。

我們總算是回來了。雖然我們付出巨大的犧牲，也失去了許多東西，但我還是成功救回了艾爾玟的性命。我才剛鬆了口氣，就再次感到全身無力。這次我沒有抗拒。我坐在床邊，背靠著床鋪。我還有許多非做不可的事。可是，至少現在就先讓我睡上一覺吧。我累了。閉上眼睛之後，我就此失去意識。

第三章

消失

回到家的隔天早上，我才發現自己昨天實在太逞強了。當我醒過來時，全身肌肉都痛到不行，光是稍微動一下就會感到劇痛。但我吃了一大堆肉之後，隔天睡醒的時候就幾乎不痛了，而且好像也沒有留下後遺症。我這人受傷總是好得很快，這點就跟以前毫無分別。

艾爾玟得救之後已經過了五天。

她在成功獲救的隔天早上醒了過來。傷勢不成問題，胸口上的洞已經連傷痕都看不到了。可是，她的心傷還沒治好。雖然她不會發狂，卻跟小老鼠一樣怕得渾身發抖，有時候還會被換氣過度的症狀折磨。

這樣當然不可能去冒險，只能待在家裡靜養。雖然她有乖乖躺在床上睡覺，但一直躲在房間裡不肯出來，連吃飯都要我把餐點端進房間給她吃。她不肯出門。雖然她曾經想要出去，但很快就鐵青著臉躲回家裡了。

艾爾玟疑似「迷宮病」發作的傳聞好像早就傳開了。

據說冒險者公會裡的人都說「女戰神之盾」已經沒救了，還說艾爾玟要解散隊伍，離開這個城市。

事實上，這個六人隊伍裡死了三個人。別人會這麼想也是無可厚非。活下來的諾艾爾每天都會來探望我們。她總是會陪艾爾玟聊上一段時間，留下禮物之後才離開。我曾經問她這幾天都在忙些什麼，她說她澈底體認到自己的不成熟，最近都在城外鍛鍊自己。說到鍛鍊自己，拉爾夫好像也是一樣。聽說他一直在公會的訓練場裡拚命揮劍。

諾艾爾還說她已經用飛鴿傳書聯絡路特維奇了。新隊員遲早會來到這個城市。可是，就算新隊員趕來了，如果最重要的艾爾玟無法戰鬥，那結果也不會改變。

不過，至少我們不用擔心會被其他隊伍搶先一步。因為冒險者公會與其他冒險者也顧不得挑戰「迷宮」了。

身為公會長的葛雷戈里老頭決定暫時封鎖「迷宮」。雖然他派人關上大門，還做過了補強，但據說偶爾還是能聽到魔物從內側用爪子抓門的聲音，以及用身體撞門的震動。

如果冒險者無法踏進「迷宮」，就會影響到整個「迷宮都市」的發展。因為這就跟礦山變得挖不到礦是一樣的道理。未來就只能逐漸步向衰退。急性子的冒險者都離開這個城市了。還留在這裡的傢伙也只能到城外挖挖石頭或收集藥草，靠著這種寒酸的工作勉強餬口。雖然有些生性樂觀的冒險者一直吵著要再次踏進「迷宮」，但老頭子完全不理會那些人的要求。可是，如果讓這種情況繼續維持下去，冒險者就會全部離開，讓整個城市走向衰敗。老頭子現在應該也是左右為難吧。

不安的氛圍也在城裡擴散開來。因為實力派隊伍「女戰神之盾」已經瓦解，「迷宮」也被封起來了。據說「神聖太陽」也趁著現在人心動盪，忙著暗中擴展勢力。

我原本還以為他們暫時安分下來了，結果又偷偷增加了許多信徒。有時候還會用上跟綁票差不多的手段逼人入教。據說他們還會處死想要逃跑的信徒，不然就是把純潔少女獻為活祭，簡直就是崇拜惡魔的邪教。

就像是要印證這些傳聞一樣，城裡最近到處都能找到孩童與年輕人的屍體。

據說還能在屍體上找到遭受拷問與挖掉心臟的痕跡。

衛兵和「聖護隊」因此認定「神聖太陽」是邪教團體，開始加強取締他們。雖然衛兵和「聖護隊」破獲了他們的幾個據點，但都只能抓到底層的信徒。看來只要那位「教祖」還活著，就無法阻止這個教派。文森特現在應該也是愁眉苦臉吧。如果情況允許，我也想去幫忙，但我無法放著現在的艾爾玟不管。

洗好衣服之後，我來到二樓，聽到自己的房間裡發出聲響。

「妳在做什麼？」

艾爾玟回過頭來，尷尬地垂下目光。

「今天的分不是已經給妳了嗎？」

「拜託你。我現在只能靠那個了。」

「不行。」

我不是醫生也不是藥師，但我看過太多這種癮君子，也見識過他們逐漸走上絕路的樣子。

「我正在幫妳逐漸減輕劑量，要是妳在這時突然大量服藥，症狀就會一口氣惡化，到時候妳就再也回不來了。」

那會讓我們這一年來的努力化為泡影。還不只是這樣，她甚至有可能沒命。

「無所謂。那是我現在唯一的依靠。」

「不行。」

「馬修，拜託你。」

我搖了搖頭。

她這幅模樣實在不堪入目，根本毫無氣質可言，就只是個普通的毒蟲。如果我現在要她張開雙腿，她說不定也會乖乖張開。

「這就是妳想要的東西吧？」

我從懷裡拿出一個小袋子。當我從裡面拿出一顆綠色糖果時，艾爾玟的眼睛立刻亮了起來。

「馬修，算我求你。」

就連正在發情的狗都比她還要理智。

「想要的話就拿去吧。」

我把糖果丟了過去。艾爾玟接住半空中的糖果，直接用手丟進嘴巴。她讓糖果在嘴裡滾了幾下，然後露出覺得奇怪的表情。

「那是藥草糖。不過糖放得比較少，吃起來可能會有點苦。」

「不對。不是這種東西！」

她吐出嘴裡的糖果，衝過來抓住我。雖然我有試著反抗，但還是被她輕鬆壓在牆上。

「在哪裡？你到底放在哪裡！」

「在妳房間裡。」

她連滾帶爬地回到自己房間，開始到處翻箱倒櫃。

「不對。也不是這個。你到底把東西藏在哪裡！」

她憤怒地把衣服與各種小東西丟到窗外。

「妳不用著急，我現在就拿給妳。」

如果她真的這麼想要，我就讓她吃個過癮。

「拿去。」

我拿起一面小鏡子，就這樣拿到她面前。

「這個也送給妳。」

我從抽屜裡拿出一條項鍊，掛在她的脖子上。

那是她們一族代代相傳的寶物，但她曾經為了得到「禁藥」拿去賣掉。

艾爾玟絕望地睜大眼睛。

她此時此刻的心境，如果不問她，我也無從得知。我只知道她突然小聲呻吟，然後就轉頭對著地板嘔吐。因為她這幾天沒吃什麼東西，所以幾乎都是胃液。

當我輕撫著她的背時，我聽到了啜泣聲。

「抱歉。」我在她背後小聲道歉，讓她的身體抖了一下。

重新幫她整理好衣服後，我讓她躺回床上。

「別急，妳只要慢慢振作起來就行了。太過心急只會遇到挫折。」

「……」

「身上有哪裡會痛嗎？」

畢竟她當時差點就要沒命了。可能會有哪邊留下後遺症。艾爾玟沒有回答。

「妳還是去休息吧。妳現在應該好好休養。」

我輕輕撫摸艾爾玟的頭，讓臉色蒼白的她恢復平靜。如果是平常的話，她會氣得鼓起臉頰，叫我別把她當成孩子，但她現在似乎沒那種精神。

「馬修……」

她反倒向我伸出手，一副要向我求救的樣子，而我也立刻握住那隻手。

「沒事的。」

我也不知道自己憑什麼這麼說，但我還是不得不這麼說。

因為就算我只是隨口說說，話語中的心意也絕非虛假。

「要是有什麼需要就叫我。晚安。」

整理好房間後，我關上房門。看來我事先把武器與防具放進倉庫是對的。

「真是夠了……」

這種事到底要持續到什麼時候？

可惡，快點回來啊，德茲。我現在只能靠你了。

我來到一樓踏進院子。艾爾玟剛才從窗戶丟出來的東西散落一地。要是不趕快撿回去，恐怕就要被小偷拿走了。

「喂。」

當我忙著撿起衣服與書本時，一道聲音從我頭上傳來。我抬頭一看，發現有個女人從圍牆上方探出身體。她有著一頭及肩的灰金色長髮，還有一雙淡褐色的眼睛，年約二十歲左右，長得相當漂亮。

「這個掉下來了。」

她不太客氣地這麼說，把一本書拿到我面前。那本書好像掉到馬路上了。

「啊，抱歉。」

我一邊搔著頭髮一邊接過書本，但她依然趴在圍牆上不肯下來。

「艾爾玟……大人怎麼樣了？」

她抬頭看向二樓的窗戶。看來她是想要打聽這件事。

「不好意思，她現在不方便見客。」我揮了揮手。「如果妳是來要簽名的，那麼請妳改天再來。」

「這樣啊……」

女子垂下目光，一副彷彿早就猜到的樣子。看來她不是因為好奇而跑來偷窺。

「妳是……？」

「……叫我菲歐娜就行了。」

這位自稱菲歐娜的女子對我眨了眨眼睛。

「你就是馬修對吧？謝謝你。」

我還來不及問她的名字，她就先一步向我道謝，讓我有些無所適從。

「你上次在『迷宮』裡救了我，所以我才能再次回到地面上。」

「原來如此。」

我沒有在救援隊裡見過她，看來她應該是當時受困的冒險者。仔細一看就能發現，她的手掌上留有握過劍的痕跡，從手臂的肌肉也看得出她是一位戰士。我不記得自己當時有救到她，應該是被其他人救出來，不然就是自行抵達安全路線的冒險者吧。

「妳是艾爾玟的朋友嗎？」

「她以前相當照顧我。我想知道她『後來』怎麼樣了。」

「至少命算是保住了。」

只可惜靈魂還在「迷宮」裡徘徊。

「所以你才會幫她做家事嗎？」

「這一直都是我的工作。」

因為她很愛乾淨，卻不曉得該如何整理環境。我剛來到這裡時實在是慘不忍睹。

「她的傷治得好嗎？」

「天曉得。」

可能治得好，也可能治不好。

「不過我已經為此做了一切努力。她目前正在休養。」

「那道傷也是這樣來的嗎？」

她注視著沾在我手臂上的鮮血。這應該是艾爾玟剛才撲過來的時候，不小心抓到我留下的痕跡吧。

「這只不過是擦傷罷了。」

根本不必大驚小怪。我上次帶女人回家，結果被她用劍柄敲頭的時候，比這還要痛多了。

菲歐娜瞇起眼睛，一副很羨慕的樣子。

「你就是這樣努力治療『那女孩』的吧？」

「不，妳誤會了。」

我斬釘截鐵地這麼說。

「艾爾玟也很努力。她也在奮鬥。」

如果想要治好疾病，最後還是得靠病人自己的體力與鬥志。想要得到糖果，也是她試圖打破現況造成的結果，只是完全用錯方法了。她這人總是這樣。

她總是想要用絕對不該用的方法解決問題。

菲歐娜有一瞬間愣愣地眨了眨眼睛，然後才滿意地點了點頭。

「我聽說你是個沒出息的爛男人，但我發現你其實挺有一套的。」

「那都是別人亂說的。那些愛嫉妒的傢伙就是喜歡亂說話，我也覺得很傷腦筋。如果有機會的話，希望妳能幫我糾正他們。妳就說『馬修先生是個真誠正直的好人，也是表裡如一的天下第美男子』吧。」

「我只覺得你這位『嘴砲王』果然不是浪得虛名。」

真沒禮貌。

「如果妳知道有什麼效果不錯的藥，就跟我說一聲吧。」

「要是我找到了，絕對會第一個告訴你。」

「那就麻煩妳了。」

只要不是可疑的「禁藥」，我都想要試試看。

「妳要不要進來喝杯茶？」

「下次再說吧。」

「再見。」丟下這句話之後，菲歐娜就無聲無息地跳到地上，不知道跑去哪裡了。

我不認為她是來探路的小偷。

房東之前來探望艾爾玟的時候，才剛告訴我們最近有可疑人物在附近亂晃。我猜是那些小偷知道公主騎士大人生病了，正在尋找進來偷東西的機會吧。對強者阿諛奉承，對弱者落井下石，就是這個城市……不，是這個世界的常識。因為倫理與道德無法填飽肚子。

我重新開始打掃，當我忙著在玄關打包垃圾時，碰巧看到了菲歐娜剛才幫我撿回來的書。

我對那本書的封面還有印象。那是帕西．摩爾杜豪斯這位詩人寫的詩集。艾爾玟之前曾經唸這本書給我聽，但那些肉麻的華麗詞彙害我笑翻了。我平常絕對不會看這種東西，但我現在心情不好，需要一點笑料。

「原來是這種故事啊……」

雖然書裡都是些肉麻的句子，但其實就只是個頌揚騎士道的故事。因為我不擅長閱讀，所以都是跳著看，但還是有看懂故事的概要。

主角是一位出身名門的騎士，他一邊在各個國家四處流浪，一邊為了正義與人民擊敗魔物，勇敢地對抗敵國的軍隊。

他在激戰中不斷受傷，無法痊癒的傷口也愈來愈多。

最後，騎士的外表變得慘不忍睹。

他為自己的外表感到羞恥，躲在黑暗之國的地底深處不肯出來。

公主大人在這時出現了。她是某個王國的公主，為了幫助拯救過自己與人民的騎士，她冒著危險踏進魔物的巢窟，尋找魔法靈藥，然後獨自前往騎士躲藏的地底，在那裡跟騎士重逢了。

我之前看過的肉麻詩詞，就在這段故事之中。

騎士用魔法靈藥治好身上的傷，重新振作起來擊敗壞人，帶著勝利回到故鄉。

我原本以為騎士跟公主會結婚……但騎士又再次為了幫助世人，踏上沒有目的地的流浪之旅。就在公主等待騎士回來的時候，王國被敵國攻陷，公主也受到瀕死的重傷。就在公主快要蒙主寵召的時候，騎士終於回來與她重逢了。然後公主大人向騎士告白，結束了她短暫的一生。故事也到此結束。

「無聊死了。」

我原本以為這本書會更好笑，但結果完全笑不出來，心情反倒變得更差了。最近還真是做什麼都不順利。我忍不住發出咂嘴聲，然後就回到屋子裡了。

後來又過了幾天，但艾爾玟的病情一直沒有好轉。雖然她很少自己去找糖果了，但每天一顆糖果好像還是無法滿足她。當我拿糖果給她的時候，她也都不太在意我手上那顆糖果，而是飢渴地看著我手中的袋子。

為了避免被整袋搶走，我現在都只帶一顆糖果進她房間。其他都只是普通的糖果。因為要是一開始就只帶一顆糖果進去，艾爾玟就會覺得我不信任她，為此感到沮喪。這女孩還真是難搞。

當我回到樓下時，聽到了敲門聲。我小心翼翼地走向家門。因為現在大家都知道公主騎士大人失去戰鬥能力，前天才剛有小偷跑進家裡。我把那傢伙變成一具屍體，拜託「掘墓者（Gravedigger）」布拉德雷幫忙處理掉了。這害我多花了一筆錢，「片刻的太陽」也正在做日光浴。因為那東西只要耗盡力量，就得曬太陽半天才能復原。

為了保險起見，我還上了兩道門鎖。

我從門縫偷偷看了出去，發現銀髮少女對我露出僵硬的微笑。

「聽說馬修先生在『迷宮』裡一直揹著妳喔。妳還記得嗎？」

艾普莉兒專程來探望艾爾玟。她坐在艾爾玟的床邊，興奮地比手畫腳說著這些話。

「他明明沒什麼力氣，連跟我比腕力都贏不了，但妳遇到危機的時候，他還是主動跑去『迷宮』裡救妳。這讓我很感動呢。因為他平常明明是個懶惰鬼，在緊要關頭還是會挺身而出。要是他平常也能這麼努力就好了。」

矮冬瓜，妳太雞婆了。

「我當時還叫他千萬不能去，結果他竟然說『只要是為了我心愛的艾爾玟，就算要我上刀山下油鍋，我也要去接她回來』。」

不要瞎掰好嗎？

她還開心地說了自己在育幼院裡遇到的趣事，還有那些搞砸的事情。

「……」

可是，艾爾玟始終沉默不語。頂多就是偶爾被陽光刺得眨眨眼睛，不然就是隨意看她一眼。

發現艾爾玟沒什麼反應後，艾普莉兒站了起來，手舞足蹈地繼續說下去，但只得到反效果。

她顯然是要幫艾爾玟打氣，卻只是白忙一場，就像是個觀眾不愛的小丑或藝人。

結果她們沒能說上幾句話，艾爾玟也沒有太大的反應，就只有時間白白流逝，就這樣來到黃昏時分。

艾普莉兒也差不多該回家了。

「抱歉。難得妳來探望她，她卻是這副德行。」

「沒關係。你別這麼說。」

艾普莉兒堅強地這麼說。我都快要哭出來了。

「艾爾玟小姐不會永遠都是這樣了吧？我聽說『迷宮病』是一種絕症……」

「也有人治好過。」

事實上，我就曾經聽說過這種事。只要症狀輕微，這種病很快就能治好。也有人在病好後再次踏進「迷宮」。有些人就算無法再次踏進「迷宮」，也可以在外面正常戰鬥。可是，如果症狀太過嚴重，患者就會連日常生活都無法自理。遺憾的是，艾爾玟的症狀算是相當嚴重。

「欸，馬修先生……」

艾普莉兒膽怯地叫了我的名字，一副有問題想要問我，但又害怕知道答案的樣子。

「……」

我靜靜地等待。因為我覺得主動問她有什麼事，反倒會讓她更開不了口。

艾普莉兒稍微猶豫了一下，但最後還是下定決心，握緊拳頭開口了。

「……請你不要拋棄艾爾玟小姐好嗎？」

她不像是在跟我開玩笑，眼神中充滿著不安，表情也很緊繃。

我微微一笑。

「妳怎麼會有這種想法？」

「因為……你之前不是有個女朋友嗎？你當初就是跟她分手了，才會跟艾爾玟小姐在一起。」

她口中的那個人應該是波莉吧？因為我曾經做過那種事，就算這次又跑去跟其他女人交往，也不是什麼奇怪的事情。更何況艾爾玟還變成現在這種樣子。換成是普通的小白臉，應該早就拋棄她去找其他女人，不然就是把公主騎士大人賣到娼館了吧。

「當時是我被別人拋棄。」我這麼告訴她。「結果慈悲為懷的公主騎士大人才收留了我。」

男女之間的關係就是這麼脆弱。就算當事人曾經真心說出「永遠愛你」或「這輩子只愛妳一個」這種話，一旦感情冷卻了，還是會立刻結束。

「可是，艾爾玟小姐已經無法戰鬥，這樣你們就沒有收入了……」

「錢的問題總會有辦法解決。」

可別小看馬修大爺的本事。畢竟我很擅長賭鬥雞，也還有跟德茲借錢這招能用。更何況，艾爾玟會過得這麼辛苦，都是因為那些親戚太沒用了。我只要叫他們出錢就行了。我們不是只靠著金錢與肉體維持關係，不是那種隨處可見的小白臉與飼主。至少我們不是那種毫無拘束的關係，沒辦法看到苗頭不對就輕易捨棄對方。

「我再也不會有機會跟這種美麗的公主騎士大人交往，不可能因為這點小事，就把這個天賜良機丟到臭水溝裡。我可沒有那麼瘋狂。」

「可是，要是有個比艾爾玟小姐更漂亮的有錢人找上你，你又會怎麼做呢？」

「到時候我會這麼告訴對方，『不好意思，我目前已經預約滿了，妳還是過了百年後再來吧』。」

「可是……」

「再說……」

我彎下腰去，輕輕撫摸她的頭。

「艾爾玟會好起來的。畢竟還有妳這麼關心她。」

「那……」

「我當然不會拋棄她。只要我還有一口氣在。」

艾普莉兒笑了出來。

「真的嗎？」

「當然是真的。」

「絕對不能騙我喔。」

「我保證。」

「那就好。」

艾普莉兒輕撫自己的胸口。

她應該一直很擔心這件事吧。

「對不起，我不該懷疑你。」

「沒關係，妳不用放在心上。」

在認識波莉之前，我也還有其他交往的女友。因為我不是那種專情的男人，就算她會這麼看待我也不奇怪。這都是我自作自受。

「再見。馬修先生，艾爾玟小姐就交給你了喔。」

她就這樣跑掉了。真是活潑的女孩。真希望她可以健全地長大，別變得跟那個臭老頭一樣。

我目送著她離去的背影。當我準備回到家裡時，突然聽到慘叫聲。

那是艾普莉兒的聲音。

我趕緊衝向聲音傳來的地方。

在太陽即將西沉的巷子裡，有一群用黑布蒙面的傢伙抓住艾普莉兒，準備把她塞進旁邊那輛帶蓬馬車。

「給我站住！你們這群變態！」

我立刻衝了過去，但對方輕鬆躲開我揮出去的拳頭，還反過來把我打倒。

「馬修先生！」

我聽到沉悶的聲響。我就這樣倒在地上，看著艾普莉兒被人丟進馬車，逐漸離我遠去。

這些蠢貨到底是哪裡來的？竟然偏偏想要綁架冒險者公會的會長孫女。還有，那些護衛到底跑去哪裡了？那個臭老頭暗中派來的護衛，應該隨時跟在艾普莉兒身邊才對。

我定睛一看，發現一對男女倒在地上。我見過他們。他們似乎是突然被人從背後偷襲打昏的。他們還有一口氣在。女人手上好像握著某種東西，應該是她跟對方搏鬥時趁機搶下的。這不是「神聖太陽」的紋章嗎？這群傢伙真是瘋了。

當我忙著觀察周圍時，馬車也逐漸遠去。

從對方襲擊帶著護衛的千金大小姐這點看來，這似乎是早就計劃好的犯罪行為。對方應該是想要拿到贖金，不然就是要抓人質對老頭子施壓吧。不過目的不是重點，問題在於被抓走的矮冬瓜會有什麼下場。

在這個城市裡，遭到他們綁架的孩子可不算少。

如果那群人會在達成目的後乖乖釋放人質，就不會被認定為邪教了。

「沒辦法了。」

我衝回自己的房間，拿起擺在窗邊的「片刻的太陽」，就這樣從窗戶跳了出去，在雙腳落地之前詠唱咒語。

「『照射（Irradiation）』。」

在我詠唱咒語的同時，水晶球飛到半空中，放出耀眼的光芒。我感覺到全身充滿力量，立刻伸手抓住雨水槽，就這樣爬到屋頂上。

如果我直接追上去，對方就會提防我，也會引人矚目。我一邊踩碎屋瓦，一邊追趕著馬車。雖然屋頂上不太好跑，但距離還是逐漸縮短了。因為如果馬車在街上全速奔馳，就會非常引人矚目，所以對方必然會減速。

當我回過神時，馬車已經在我的腳底下奔馳了。我一口氣跳了起來，直接跳到馬車上。我一腳踩破馬車的頂蓬，就這樣單膝落地。「片刻的太陽」發出耀眼的光芒，照亮了狹窄的馬車內部。馬車裡一共有四個人。艾普莉兒被布條蒙住眼睛，嘴巴裡也被塞了東西。這些傢伙還真是過分。不過這樣我也比較省事。

那些蒙面客的眼神中充滿著驚訝。

「你是誰！」

我沒有回答，而是直接一拳打在那傢伙臉上。鮮血從面罩裡噴了出來。鐵銹味在馬車裡擴散開來。即便看到同伴倒下，另一位蒙面客也沒有驚慌，立刻從車夫座位向我撲了過來。他還從腰際拔出短劍。他就是剛才揍了我一拳的傢伙。

對方先做了兩三次假動作，然後才俐落地一劍刺向我的胸口。在短劍刺中左胸的前一刻，我側身揮出拳頭。短劍從我的胸膛劃過，而我揮出的反擊拳打中那傢伙的臉，讓他的臉像是熟過頭的番茄一樣凹陷下去。

也許是知道打不贏我，剩下的兩個蒙面客試圖跳車逃跑。這是個明智的決定，只可惜還是太遲了。我先揮出一拳，打在背對我的傢伙後腦杓上，然後又用手臂繞過最後一個人的脖子，一口氣折斷頸骨。

把所有人都變成屍體後，我跳到車夫座位上，讓馬停止奔跑。我發現這裡是位在城裡西北方的「紅鯨大道」。

我猜這些傢伙的根據地應該就在這附近，但還是以後再來調查吧。

我回到馬車的貨台上，在那裡找到艾普莉兒。她現在動彈不得，只能像毛毛蟲一樣不斷掙扎。她不知道現在是什麼情況，看起來好像很害怕。為了避免被她看到我，我從背後用皮袋罩住她的頭，然後才跳出馬車。

雖然這樣有些可憐，但還是得請她忍耐一下。

艾普莉兒放棄反抗，像隻鼠婦一樣緊緊縮起身體。

我把她扛在肩膀上環視周圍，思考該怎麼處理這傢伙。

現在這樣會讓人誤會我是綁匪。雖然我很想直接把她帶回老頭子那邊，但又懶得解釋太多。

我看向大街，尋找適合接手照顧艾普莉兒的傢伙，結果真的讓我找到了。那就是「聖護隊」裡的翹鬍子與黑肉男。他們也認識艾普莉兒，可說是合適的人選。我就把這個功勞送給他們吧。你們可要感謝我啊。於是我幫艾普莉兒鬆綁，讓她坐在那兩個傢伙會經過的地方，然後迅速離開現場。

當我重新回過頭去，躲在暗處偷看時，翹鬍子與黑肉男正慌張地衝向艾普莉兒。這樣就行了。

現在已經是晚上了。真是的，竟然給我添了這麼多麻煩，「片刻的太陽」也因為這樣用盡時間了。我肚子餓了，口也渴了。雖然我很想找個地方吃點東西，順便喝個小酒，但長時間放著現在的艾爾玟不管，總是讓我不太放心。

還是趕緊回家吧。

於是，我急忙趕回家裡。

艾爾玟現在應該也覺得很寂寞，想要我快點回去吧。當我想著該怎麼做出能刺激食慾的晚餐時，發現家門竟然是開著的。奇怪了。我剛才出門的時候，門應該還是關著的。我進到家裡一看，在地板上發現了別人的腳印，沿著樓梯往樓上前進。而且還不是只有一個人的腳印。

在感覺到全身起雞皮疙瘩的同時，我迅速衝往二樓。

我衝上樓梯，直接衝進艾爾玟的房間。

房間裡有一群小混混。對方一共有四個人。他們所有人一起壓住艾爾玟的手腳，正準備脫掉她的睡衣。

艾爾玟只能大聲哭喊，完全無法做出反抗。本來她就算赤手空拳也能輕鬆解決掉這些傢伙。

「你們這群混帳！」

我立刻準備衝過去，背後卻突然挨了一記重擊。劇痛讓我倒在地上。我往上一看才發現門旁邊還躲著一名男子。男子丟掉手中的木棒。原來他們還有其他同伴嗎？那傢伙用繩子把倒在地上的我綁了起來。

疼痛與憤怒讓我眼冒金星，但我還是偶然瞥見某樣熟悉的東西。那是冒險者公會的會員證。

我想起來了。這幾個傢伙都是冒險者。我在公會裡見過他們幾次。他們總是躲在角落，只會怨恨地看著艾爾玟與其他冒險者風光的樣子，在背後說別人壞話。是群連人渣都不如的傢伙。

「小白臉，你就在那邊看著吧。」

其中一個人渣硬是把奇怪的液體灌進我嘴裡。

「這是用來對付魔物的麻醉藥。雖然藥效有點強，但還不至於要你的命，所以你大可放心。」

確實如他所說，我原本就已經很遲鈍的身體，現在又變得更遲鈍了。

艾爾玟只能鐵青著臉叫他們住手。

「聽說公主騎士大人失去戰鬥能力了，看樣子好像是真的呢。」

「別擔心。我不會殺了你們。請她陪我們玩玩之後，我們就會離開這個城市。我們大家會一起疼愛她的。」

那人脫下褲子，把那根我實在不願形容的短小東西當成魔劍拿出來炫耀。

誰准你讓她看那種骯髒的東西了？

我聽到了慘叫聲。

「馬修，救我！」

艾爾玟叫了出來，但巴掌聲與嘲笑聲蓋過了她的聲音。

「她竟然向這傢伙求救耶。這個大塊頭又能做些什麼？」

沒錯，我可是毫無戰力的馬修小弟。

就算跟你們打上一百次，我也毫無勝算。

可是，心愛的公主騎士大人指名要我救她。

那我當然只能挺身而戰了吧？

「公主騎士大人很快就會拋棄你這種人，主動含住本大爺的老二了。」

「是啊，真是遺憾。」

我調整呼吸，在腦海中扯斷綁住我全身的鎖鏈。

我緩緩站了起來。

原本綁著我的繩子也被扯斷，就這樣掉在地板上。

「可惜我不能慢慢玩死你們。」

這是我的「骨氣」。雖然那個賤貨太陽神的詛咒讓我的身體變得無法隨意行動，但我還是能在短時間內發揮出原本的實力。我原本的力量是一百，但現在的力量就只有一，所以只要我使出一萬的力量，就能暫時使出一百的力量。代價則是只要我用過這招，身體就會因為副作用變得動彈不得。

我撲向那群壓著艾爾玟的人渣，從背後劈開其中一人的頭顱，折斷另一人的脖子，接著雙手分別抓住一顆腦袋，然後把兩顆腦袋狠狠撞在一起。

揍了我的傢伙鐵青著臉轉身逃跑。我撿起那根木棒，直接劈在準備下樓的那傢伙頭上。頭蓋骨陷了下去，讓木棒卡在腦袋上。對方甚至沒能發出慘叫，就這樣從樓梯上滾了下去。

「艾爾玟，妳沒事吧？」

她似乎昏過去了。我鬆了口氣，同時也深感絕望。想不到艾爾玟竟然完全無法反抗。現在的她甚至比尋常女孩還要柔弱。心中充滿恐懼的人無法成為戰力。換句話說，她的「迷宮病」就是這麼嚴重。

我突然感到全身劇痛，忍不住在床邊蹲了下去。這就是我使出最後王牌的代價。看來我暫時應該無法動彈了。

我該怎麼處理這些屍體？我看也只能麻煩「掘墓者」布拉德雷來處理了。這些傢伙都是人渣，就算他們失蹤了，公會應該也不會過問。問題在於我又該怎麼向艾爾玟解釋這一切。如果我告訴她有個正義英雄在緊要關頭出現，把這些傢伙全殺掉了，不知道她會不會相信呢？我想應該不會吧。

乾脆我也假裝昏死過去，直接裝傻到底算了。

當我這麼盤算時，我聽到某人走上樓梯的聲音。而且不是只有一個人。這些傢伙該不會還有其他同伴吧？

這可不妙。我現在這樣無法反擊。我心裡想著至少要給敵人一擊，但我還來不及起身，那些人就衝進房間了。

雖然這些人都是些陌生的面孔，但他們給人的感覺都不是什麼善良百姓。我猜他們應該是冒險者或黑道，不然就是那些傢伙的同道中人吧。

看到房間裡的屍體後，那些傢伙小聲叫了出來。

「不會吧？他們怎麼全死光了？」

「不過毒好像生效了。你看，那傢伙的臉色就跟死人差不多。」

我懂了，剛才那些冒險者就是這些人派來的。那瓶麻醉藥應該也是這些人準備的。

他們到底是什麼人？

我很快就知道答案了。我聽到另一個人走上樓梯的聲音。

那傢伙走進房間裡，吹了吹口哨。

「你果然不是普通人。」

「你是……」

我見過這個男人。他是「三頭蛇(Tri Hydra)」的雷吉。我從未忘記。他是在一年多前專門綁架幼童，以販賣人口為業的男人。因為我跟艾爾玟介入其中，讓他沒能成功賣掉那些幼童，組織也毀滅了。

「想不到你還活著。」

我聽說他逃到其他城市了，不知道他是什麼時候回來的。

「你來這裡做什麼？明天才是簽名會。最近的粉絲太過狂熱，真的讓人很傷腦筋。」

「那還用說嗎？我是來報仇的。目標就是你，還有那位公主騎士大人。」

雷吉開心地笑了出來。

「那些小混混是你派來的嗎？」

「這是為了保險起見。」

他應該是聽說艾爾玟失去戰鬥能力，才會趁機跑來報仇，而且還細心地唆使那群無賴，讓他們先來打頭陣。

「先說好，我跟那些只想強暴女人的下三濫可不一樣。」

雷吉甩了艾爾玟一巴掌把她叫醒，硬是把她從床上拖下來，然後把劍丟到害怕地縮起身體的她面前。

「怎麼了？反抗啊？憑妳的實力，要把我們大卸八塊根本易如反掌吧？」

「艾爾玟，快點動手。妳辦得到的。」

「妳的小白臉都這麼說了，妳還不動手嗎？」

艾爾玟搖了搖頭。

雷吉抓住她的頭髮，硬是逼她起身，然後又把她重重摔在地板上，一腳踩在她背上。

即便如此，艾爾玟還是只會害怕地發抖。

「無聊死了。」

也許是覺得玩膩了，雷吉興致缺缺地小聲這麼說。

「算了，那我就先砍下公主騎士與小白臉的腦袋吧。先從公主騎士大人開始。這樣好像比較有趣。」

他笑著這麼說。

「可惡！放開我！」

我想要衝過去救人，但剛才喝下的麻醉藥與最後王牌的副作用讓我動彈不得，而且雷吉的手下還緊緊壓著我。即便只有三個人壓在我身上，我還是無法掙脫。

馬修，你到底在做什麼？心愛的女人就要死在你眼前了，你還在悠哉地睡午覺？身體真的有那麼痛嗎？又不是手腳被人砍斷了。體力用盡了又如何？不管是身體以後再也動不了，還是我自己的死活，這些全都不是問題。現在可是艾爾玟的生死關頭啊。我不斷鞭策自己，試著讓身體動起來，但還是辦不到。如果只靠毅力與意志力就能解決問題，就沒人需要依靠神明了。

「先從眼珠開始吧。」

雷吉舉起刀子。

「住手！」

「不管你叫得多大聲，都不可能有人來救你們。」

「抱歉，這裡就有一個。」

某人冷冷地這麼說，窗戶也在同時被轟飛了。好幾顆火球立刻飛了進來，讓雷吉的手下全身著火，一個接一個變成黑炭。我趁著壓在身上的傢伙跳開時站起來，勉強移動痛到不行的身體，衝過去趴在艾爾玟身上。我回頭一看，發現房間裡的活人只剩下我和艾爾玟，還有在千鈞一髮之際躲開火球的雷吉。

火焰在房間裡蔓延開來，空氣中充滿焦臭味，讓我身體底下的艾爾玟不斷咳嗽。

「糟糕，這可不行。」

水球立刻飛了過來，澆熄房間裡的火焰。火勢完全熄滅後，房間裡冒出好幾股白煙。到處都是燒焦的痕跡與屍體。

「不好意思，這麼晚了還來打擾。」

我驚訝地睜大眼睛。

身穿黑衣的魔術師在四處散落的窗戶碎片上著地。

「我突然出現好像嚇到你們了呢。等我把事情辦完，就會立刻回去了。你們不需要跟我那剛洗好澡的叔叔一樣緊張。」

那人輕快地這麼說著。她就是「蛇之女王」的賽希莉亞・瑪雷特。

「妳是什麼人？」

看到其他不速之客闖進來，讓雷吉變得殺氣騰騰。

「我是將要咬死你的毒蛇。」

賽希莉亞的魔杖發出雷光。雷吉有驚無險地避開這一擊，同時朝賽希莉亞衝了過去。可是，她早就準備好接下來要施展的魔法了。

「『漂浮(Floating)』。」

雷吉整個人飛到半空中。雖然他試著抵抗，但也只能在空中胡亂揮舞手腳，看起來應該逃不掉了。雷吉的身體就這樣飛越壞掉的窗戶，在空中停住不動。

「這裡應該就沒問題了吧。」

賽希莉亞拿出另一把魔杖，從前端放出特大號的火球。

雷吉的身體被烈火包圍。他大聲慘叫，整個人變成一團焦炭，就這樣飛向住宅區的另一邊。

「你被打得還真慘。」

賽希莉亞一邊苦笑一邊用魔杖指著我。魔杖發出微弱的光芒，我身上的傷也逐漸痊癒。原來她還會使用治療魔法嗎？雖然麻醉藥的效果也因此消失，但我全身上下還是痛到不行。不光是肌肉，就連骨頭都在哀號。換成是拉爾夫的話，恐怕早就昏過去了吧。雖然我還想繼續躺著休息，但我早就習慣痛楚了。

雖然沒有完全復原，但我稍微可以行動了。

「艾爾玟，妳沒事吧？有沒有受傷？」

我輕輕搖晃艾爾玟的肩膀後，她立刻趴在我的胸口。只見她面無血色，呼吸也很急促。

「馬修，我好怕……」

「真可憐，妳應該嚇壞了吧？別擔心，壞人都被燒死了。」

我輕輕撫摸她的背。艾爾玟的身體突然抖了一下。下個瞬間，她直接吐在我身上。

「沒關係。妳不用在意，想吐就吐吧。妳現在應該很難受吧？」

把胃裡的東西全都吐出來後，她再次全身無力地趴下。她好像昏過去了。

我幫她換好衣服，還讓她躺在我床上。

「妳在這裡好好休息吧。」

當我離開房間時，賽希莉亞已經坐在樓梯上等我了。

「衛兵剛來過了，我隨便找了個藉口，只說是冒險者之間的糾紛，沒說出公主大人的事情。」

「深紅的公主騎士」大人完全對付不了一群小混混，還差點被人強暴。要是讓這種事傳出去，也只會讓別人看笑話。

她甚至還顧慮到了這些，實在讓我感激不盡。我深深地低下了頭。

「謝了。要不是妳及時趕到，我跟艾爾玟早就沒命了。真的很感謝妳。」

我欠了她一個天大的人情。

「我沒辦法報答妳太多，至少讓我改天請妳喝個酒吧。妳想喝什麼酒都行。」

「隨你高興。」

賽希莉亞興致缺缺地這麼說。我在她身旁坐下。雖然有點擠，但她沒有抱怨。

「妳怎麼會在這裡？」

「我準備回旅館的時候，有個像是冒險者的傢伙叫住我。她說你跟公主騎士大人有危險，拜託我過來救你們。」

「對方是什麼樣的人？」

「她是個金髮女子。不過我以前沒看過她。」

金髮女子？誰啊？

「不過，從她給我的感覺看來，我猜她應該是……」

賽希莉亞一臉不可思議地小聲這麼說，但很快就搖了搖頭。

「忘了吧。我也會忘記這件事的。你就當作我只是碰巧路過吧。」

她似乎不想繼續說下去，硬是結束這個話題。我猜賽希莉亞應該沒有說謊。如果她想要說謊或是隨便敷衍我，應該還有更好的藉口。她只要說自己是「碰巧路過」就行了。她不願說出那位救了我們的冒險者到底是誰，應該也不是沒有理由。

「這些人好像是來報仇的。太受歡迎也很辛苦呢。」

既然她故意轉移話題，就代表她不想繼續聊這件事了吧。我也只好放棄追究，配合她轉移話題。

「我可不想要那種惡劣的粉絲。」

畢竟要趕走那種傢伙可不容易。

「妳妹妹呢？妳們今天沒有一起行動嗎？」

「碧跑去『夜光蝶大道』了。她還說今天要一次找兩個。」

那裡是有許多娼館的紅燈區。雖然為數不多，但有些店裡也有男娼。

「她最近心情很差，想用那種事發洩一下情緒。我只希望她不要太過粗暴。」

看來她的嗜好比較特別。那些只有長相跟老二能看的傢伙可能應付不來。

說到這裡，賽希莉亞對我露出挑釁的笑容。

「你該不會以為女人沒有性慾吧？」

「怎麼可能？那種想法等於是完全否定我的職業。」

不管是男人還是女人都有著同樣的慾望。人類就是這種生物。事情就是這麼簡單。

「有道理。」賽希莉亞抬頭看向上方。

「雖然我跟碧是最棒的姊妹，但就只有那方面的興趣合不來。這讓我一個人跑去喝酒，但明天還要早起，我才想要早點回去休息。」

「有什麼事嗎？」

「我要去把碧帶回來。我們跟委託人約好明天見面，但她肯定會忘記這件事。」

自從無法踏進「迷宮」之後，冒險者就只能到城外獵殺魔物或是採集藥草，靠著做這些野外工作勉強餬口，想不到連「蛇之女王」也是如此。不知道是因為「迷宮」被封閉的影響，還是因為隊長胡亂揮霍，看來她們的財務狀況比我想像中的還要糟糕。

「看來保護妹妹也不是什麼容易的事情。」

「誰叫她是『蛇之女王』的隊長。」

「不過，妳才是真正的領導者吧？」

畢竟她很冷靜，腦袋也動得很快。雖然只要遇到跟妹妹有關的事情，她就會變得有些容易失去理智。

當我們一起參加救援隊時，從策劃作戰到思考對策，還有決定是否要撤退，全都是由賽希莉亞這位副隊長負責做決定。

碧翠絲只負責用魔法狂轟，但又沒有艾爾玟那種在前線帶領眾人的領袖魅力。她確實很強，個性也很開朗，而且很有衝勁，適合鼓舞眾人的士氣，但我很懷疑她是否適合當個隊長。

碧翠絲擔任精神領袖，賽希莉亞負責處理實務。我覺得她們是一支跟以前的「女戰神之盾」很像的隊伍。

「我勸妳還是管好自己的妹妹比較好。」

說到這裡，我趕緊閉上嘴巴。因為賽希莉亞用魔杖指著我的臉。

「先說好。」她不太高興地瞪著我。

「『蛇之女王』的隊長是碧。這是千真萬確的事實。」

「妳來當隊長不行嗎？」

「不行，因為我沒有那種行動力。」

「妳這話是什麼意思？」

於是賽希莉亞開始談起了兩人的往事。

賽希莉亞和碧翠絲出生在邊境的某個小村子，是一戶農家的長女與次女。

雖然她們是雙胞胎姊妹，兩個人長得一模一樣，但個性卻截然不同。

賽希莉亞的個性既乖巧又認真。她是個優秀的孩子，不管是讀書還是運動都比較厲害。碧翠絲與她正好相反，學業與運動能力都很平凡。她的個性比較頑皮，做事都不經過大腦，也不懂得忍耐。

「其實我小時候一直很看不起碧。因為我們明明長得一樣，她卻凡事都比不上我。」

雖然她們都深受家人喜愛，過著平凡安穩的生活，但這種生活在她們八歲時出現了變化。

因為村子裡來了一位占卜師。

他在村外住了下來，成功預言到幾次飢荒與災害，很快就得到村長與村裡有力人士的信任。

「那位占卜師說了。他說村子裡最近這幾年缺水，都是因為古代的土地神發怒了。」

為了讓神明息怒，就只能每年獻上一個孩子當成「活祭品」。村子裡多了這個習俗後的第四年，賽希莉亞成了被占卜師選上的活祭品。

當時賽希莉亞的家人也早就變成占卜師的信徒了。

「媽媽哭著對我這麼說：『這都是為了村子，妳要忍耐，我愛妳。』她相信一個來歷不明的占卜師說的話，準備犧牲自己的女兒，這種母親到底哪裡愛女兒了？」

賽希莉亞說帶諷刺地這麼說，但我還是能從話語中感受到女兒被母親捨棄時的哀怨與絕望。

「可是，我從未想過要反抗父母的命令。當我想著自己死定了，半夜躲在床上哭泣時，碧倫偷跑到我床上，對我這麼說道：『希，那個想要犧牲妳的占卜師跟神明大人，絕對不是什麼好東西。』」

於是，她們決定聯手調查那位占卜師的底細。

原來那位占卜師是從鄰國逃過來的邪教幹部，那些活祭品全都被賣給人口販子了。

因為她們姊妹揭穿真相，讓那位占卜師露出馬腳逃離村子，但還是無從得知那些孩子被賣去哪裡，結果連一個都找不回來。

雖然賽希莉亞成功撿回一命，但也付出了巨大的代價。她跟家人之間多了一道無法填補的鴻溝。因為就結果來說，他們一家人還是被邪教徒欺騙，差點就要賣掉自己的女兒。而且她也因此被村長等人冷眼對待。他們彷彿在說，都是因為妳做了那種多餘的事情，才會害得我們被人當成那個騙子的共犯，妳要怎麼補償我們？

賽希莉亞變得無法相信任何人，在村子裡被人孤立。

「結果碧再次給了我建議，她說要跟我一起離開村子。」

既然大家都不要我們，那我們只要離開這裡就行了。世界上不是只有這個地方。反正我從以前就想要去看看這個世界了。因為碧翠絲也有幫忙趕走那位占卜師，讓她在村子裡也待不太下去。於是，她們兩個留下紙條，在半夜偷偷跑出村子。

「後來我們就向碰巧路過的魔術師拜師，學會了魔術，也才能夠有今天。」

「原來如此。」

率先說出自己的理想與夢想，讓其他同伴追隨自己。這確實是身為領導者該有的資質。

對賽希莉亞來說，妹妹是她的救命恩人，也是為她指引生存之道的勇者。

可是，空有理想是不夠的。為了實現夢想，補給食物和物資，還有與別人交涉這種無聊的實務工作，也必須有人去做。

而她這個姊姊就主動跳出來當參謀，一肩扛起那些工作。真令人羨慕。不像艾爾玟只有一個饒她身子的童貞聖騎士大人。

「可以換我發問了嗎？」

賽希莉亞這麼說，語氣像是急著打斷無聊的話題。

「你到底是什麼人？我還沒進來救人之前，對方就死了好幾個人，那應該不是公主騎士大人幹的好事吧？」

「那是因為他們起內訌了。他們為了誰要『先上』的問題爭吵，吵到最後就拔刀相向了。」

「有人腦袋被敲碎，也有人的脖子被折斷了，這些都不是憑普通人的力氣辦得到的事。」

「因為他們之中有個食人魔與半獸人的混血兒。妳看，就是那個鼻子像豬的傢伙。」

我做出邏輯清晰的反駁，但賽希莉亞看起來完全不相信。

「更何況，要是我有那種蠻力，就不會當小白臉了。我會找個普通的工作，不然就是去當個冒險者。」

「這就是我想知道的事情。」

賽希莉亞用魔杖指著我，一副她就是想問這件事的樣子。

「你今後有何打算？」

「妳這話是什麼意思？」

「你應該發現了吧？那位公主騎士大人已經沒救了。」

她輕描淡寫地這麼說，一副剛跑去丟完垃圾的樣子。

「別說是無法保護自己了，她甚至不想挺身戰鬥，根本沒資格當個冒險者。雖然我對『迷宮病』不是很了解，但我覺得她還是回故鄉靜養比較……啊，我忘記她早就失去故鄉了。」

她輕聲笑了出來。馬克塔羅德已經變成魔物的巢窟了。就算是以前的我走進去，也不見得能活著出來。

「看樣子她應該也很難做其他工作賺錢，頂多只能去賣身了吧。」

小白臉都需要一個會賺錢養他的女人。現在的艾爾玟無法靠著戰鬥賺錢，當然也就無法維持生計。

說到這裡，賽希莉亞探頭看向我的臉。

「如果你不嫌棄，要我養你也不是不行。」

「謝謝妳的好意。」

不過，我才剛跟艾普莉兒說好絕對不會捨棄艾爾玟。就算沒有做過這種約定，我也不可能捨棄她。

「如果我會現在拋棄她，當初就不會跑進『迷宮』救她了。」

「是嗎？」

我也不知道賽希莉亞說這話是不是認真的，只知道她滿意地點了點頭。

「反正那種換主人跟換衣服一樣的傢伙，我也不可能會喜歡。」

語畢的她起身走下樓梯。

「那我差不多該回去了。」

接著轉頭看了過來。

「我走了。改天見。」

家門關上了。

屋裡變得鴉雀無聲，我低頭坐在地板上，無力地嘆了口氣。

今天發生太多事情，我早就累壞了。雖然我想趕快去睡上一覺，但還有些工作必須先做完。因為艾爾玟的房間還沒整理，那些屍體也都還沒處理掉。而且我還需要找個新住處。讓艾爾玟繼續待在這裡太危險了。跟剛才那些人一樣的蠢貨還是可能再次跑來襲擊我們。

等到天一亮，就要帶著艾爾玟去諾艾爾他們住的旅館避難吧。

明天就去跟他們商量吧。正當我起身準備去探望艾爾玟時，我聽到敲門聲，心臟猛然一跳。拜託千萬不要再有麻煩事找上門來了。雖然我暗自這麼祈禱，但我對這種敲門聲有印象。我立刻去開門。

「你到底幹了什麼好事？」

才剛看到我的臉，大鬍子就指向上方，不太高興地這麼問我。

「二樓怎麼燒焦了？這裡該不會失火了吧？」

德茲穿著外出旅行的服裝，一臉狐疑地皺起眉頭。

我當天晚上就帶著艾爾玟到德茲家避難了。德茲的家位在「打鐵街」，這裡的居民我都認識，而且他們都是些朝氣十足的工匠，要是有道上弟兄混進來，我馬上就會發現。更何況，這裡還有天下無敵的德茲老大。

德茲家是一棟兩層樓的三房屋子。我向他借用了一個房間。我讓艾爾玟睡在床上，自己睡在地板上。

「是嗎？那可真是辛苦你了。」

隔天早上，我簡單說完事情的經過之後，德茲深深地點了點頭。艾爾玟還在樓上的房間睡覺。德茲的太太出門幫艾爾玟購買她會用到的東西與雜貨了。德茲的兒子也還躺在小床上睡覺。

「喝吧。」

他拿出放了很久的蒸餾酒。一大早就拿出這麼貴的酒請我喝，可見他應該也在同情我吧。德茲就是這種人。

「我晚點再喝，先告訴我你到底跑去哪裡了？」

這傢伙會請假出遠門，一定不是為了小事。

聽到我這麼問，德茲拿出一把我從未見過的劍。

那是一把細劍，但劍身很厚，銀色的劍身上還有著金色的裝飾。劍顎狀似翅膀，劍柄則纏上了紅布。紅布上畫滿奇怪的花紋。

雖然現在的我揮不動這種東西，但這似乎是一把寶劍。

「娜塔莉的父親把這把劍送給了我。」

「哈。」我很自然地笑了出來。

「你見到那傢伙了嗎？你怎麼沒找我一起去？她過得好嗎？」

「我沒有見到她，也不知道她過得好不好。」

德茲一臉寂寞地這麼說。

「那傢伙已經躺在墳墓裡了。」

聽到這句話的瞬間，我緊緊握住劍柄。

我跟德茲以前曾經當過冒險者。我們兩個和其他隊友組成了一支名叫「百萬之刃」的七人隊伍。隊伍全員都是七星級的強者，也立下了不少豐功偉業。

而娜塔莉就是其中之一。大家都叫她「暴風（Tempest）」的娜塔莉。

她有著一頭黑色短髮，還有一雙黑色的鳳眼。雖然我不曾跟她上床，但她長得還算漂亮。她是我們七人之中最年輕的成員，也是個本領高強的劍士。我認為她在這塊大陸是屈指可數的頂尖高手。

我背靠著椅背，抬頭看向天花板。

因為喉嚨異常地渴，我把酒一口氣喝光，然後才開口：

「……是因為『詛咒』的緣故嗎？」

「對。」

就跟我和德茲一樣，娜塔莉也被那個吃屎太陽神詛咒了。

娜塔莉被奪走的事物是「慣用手」。她失去了左手的握力，別說是要拿劍了，她連杯子都拿不起來。她失去苦心鍛鍊的劍技，心灰意冷地回到位在大陸邊緣的故鄉。我聽說她後來回去跟自己父親一起生活了。

「聽說她用自己的劍自刎了。」

那傢伙生前親手砍死一堆魔物與壞人，結果最後砍斷的東西竟然是自己的脖子，這還真是讓人笑不出來。

據說是娜塔莉的父親發現她的屍體，把她葬在村子裡的共同墓園。

那個垃圾蒼蠅太陽神終於害我連同伴都沒了。雖然我早就猜到會有這一天，但我實在想不到會是那傢伙先死。真是太可惡了。

我曾經見過娜塔莉的父親一次。他是個製作家具與日用品的工匠，所以跟德茲莫名地合得來。德茲也是因為她父親寄過來的信，才會得知娜塔莉的死訊。

「這就是你出遠門的原因嗎？」

如果他是去幫同伴掃墓，那我也無話可說，問題就只有時間太不湊巧了。就算他找我一起去，我應該也會拒絕吧。就算沒有這次的事情，我也不可能放著艾爾玟不管。

「可是，這不是那傢伙的劍吧？」

娜塔莉的愛劍比這把劍還要細，上面也沒有這樣的裝飾。雖然她還有好幾把備用的劍，但這不是她會喜歡的劍。

「雖然掃墓也是其中一個原因，但我其實是為了那把劍才會跑這一趟。」

如此說道的德茲從我手中搶走娜塔莉的劍，然後把一封信擺在桌上。

「她父親寫給我的信裡有提到，他在女兒的收藏品中找到一把沒見過的劍。」

信裡還細心地畫出那把劍的樣子。

「這有什麼問題嗎？那傢伙本來就喜歡劍，就算有這種東西也……」

「你看這裡。」德茲打斷了我的話，把劍柄的前端拿給我看。我突然感到一陣噁心。因為上面刻著牛糞太陽神的紋章。

「我們之前不是曾經聊過這件事嗎？世上有著專門給『受難者』使用的武器。這把劍就是那種東西。」

原來如此，看來這把劍就是要給娜塔莉使用的「神器」。聽說她父親也不曉得娜塔莉是怎麼得到這把劍的。娜塔莉已經無法揮劍，但屬於她的「神器」偏偏是一把劍。這已經不光是一種諷刺，甚至能讓人感受到敵意了。

「這把劍名叫『曉光劍（Dawn Blade）』。劍名就刻在劍身上。」

「這東西要怎麼使用？該不會是只要詠唱咒語，這把劍就會自己飛進痔瘡太陽神的屁眼吧？」

「你看好了。」

德茲握住那把劍，嘴裡唸唸有詞。雖然我聽不清楚他在唸些什麼，但那好像是一種外國的語言。下個瞬間，我看到那把劍像是心臟跳動般跳了起來。還隱約看到他手背上有紅色的東西在動。那種像是紅色鱗片的菱形物體，就像是蟲子一樣從指縫與劍鍔不斷跑出來，在德茲的手臂上到處亂爬。

「喂！」

我趕緊大聲叫他之後，德茲就把手放開了。那把劍掉在地板上。那些像是紅色鱗片的東西也化為塵埃消失了。

「剛才那是什麼鬼東西？你沒事吧？」

我抓起他粗壯的手臂仔細檢查，但他好像沒有受傷。

「別碰我。」

德茲不耐煩地揮開我的手。我明明是在為他擔心，結果這個大鬍子竟然恩將仇報。

「我並不覺得痛，只覺得力量被吸走了一些。」

看來這是那種必須吸收主人的生命力，才能發揮出力量的魔劍。

「剛才那些紅色的東西是什麼？」

「我實在不喜歡這種鬼東西。」

雖然德茲對武器很了解，但他不是很喜歡魔劍與魔法道具之類的東西。

「我猜應該跟這把劍本身的力量有關係，但我用不來。」

看來這不是給德茲使用的武器。雖然我也試用了一下，但那種東西像是蟲子一樣在手上亂爬，感覺實在很噁心，所以我立刻就放開了。原來如此，看來這把劍也不是要給我用的東西。

「連用法都搞不清楚的魔劍啊……」

那傢伙竟然留下這種奇怪的東西。這種東西明明只要拿去刷馬桶就行了。

「也可能是只有太陽神的信徒才能使用吧。」

德茲說出這樣的蠢話。正當我想要阻止他的時候，他竟然又說出更不該說的話。

「『萬物皆無法逃過太陽神的法眼（Sol Near Spectus）』嗎？」

「不准說！」

我忍不住大聲喝止。為什麼得聽一個男人中的男人說出對那個邪魔歪道阿諛奉承的話語啊。

「你那張滿是鬍鬚的大嘴巴該說的話，就只有對美麗妻子與心愛兒子的感謝與愛情。就算只是多一次也好，你也要在死前不斷說著『我愛你們』！」

「……」

德茲轉過頭去沉默不語。他應該是試著想像那個畫面，結果感到害羞了吧。他跟老婆連孩子都生了，事到如今又有什麼好害羞的？

「要是你沒那麼做，可是會被老婆與孩子討厭的。你就趁現在說個過癮吧。反正你的鬍鬚也不會因為這樣變少。」

「你給我閉嘴！」

德茲揮拳打過來，但我早就拉開距離，讓他只能揮了個空。

「我才要問你到底有何打算。」

德茲不太高興地在椅子上重新坐好。

「你打算怎麼處理公主的問題？」

雖然話題被德茲扯遠了，但我們總算又能回到正題了。

我試著整理現況。

因為「大進擊」與那位「傳道師」的緣故，讓「女戰神之盾」的六位隊員裡死了三個。

艾爾玟也身受重傷，但還是勉強撿回了一命。可是，她的「迷宮病」也因此惡化，別說是要戰鬥了，就連日常生活都無法自理。「迷宮病」沒有特效藥，也還沒找到治療的方法。就算我給她吃加了「解放」的糖果，想要暫時幫她壓下症狀，也沒有任何效果。可是，要是我加重劑量，那她恐怕必死無疑。而且她還在眾人面前醜態百出，在冒險者公會裡的評價也一落千丈。撿回一命的拉爾夫與諾艾爾也還沒從失敗的陰影中走出來，連在背後支持自己公主的使命都無法達成。

而且昨晚還被一群腦袋不正常的混混闖進家裡，差點連命都丟了。她失去了同伴、名譽、驕傲與鬥志，就只是在苟延殘喘。

這就是「深紅的公主騎士」大人目前的處境。

前途可說是黯淡無光，也可說是慘上加慘。

「你要請那個名叫尼古拉斯的藥師幫她看看嗎？」

「不。」

我第一個就跑去找他幫忙，但早就被他拒絕了，就算我再次跑去拜託他，他也不可能答應。更何況，他正在開發的是「解放」的解毒劑，不是「迷宮病」的治療藥。

「我要帶她出去旅行。」

我到底該怎麼做才能幫助艾爾玟？我不斷用自己不靈光的腦袋思考這個問題。雖然我曾經想過要獨自前去，但這次的事情讓我澈底明白了。我果然還是不能讓她留在這裡。

雖然很危險，但我還是只能帶著她一起去。

「你打算去哪裡？」

我沒有回答這個問題，而是把寫著重要教誨的書丟了過去。除了必備的用品與換洗衣物之外，我還順便把這本書帶來了。

德茲看向那本書的封面，那道粗眉毛也跟著抖了一下。

「這是什麼？」

德茲看著帕西．摩爾杜豪斯的詩集，不太高興地這麼問我。因為他也跟我一樣從來不看書。

「我想要效仿前人的做法。」

雖然我不是那種會想要依靠奇蹟的人，但我只能想到這個辦法了。

「那個地方有點遠。我希望你陪我們一起去。」

「你到底要去哪裡？」

德茲又問了一次同樣的問題。

「我要去她的故鄉。」

我這麼說道。

「也就是馬克塔羅德王國的王宮。」

第四章

暫時中斷

德茲扳起臉孔。我不知道他是想要生氣還是感到傻眼，我猜應該連他自己都不清楚吧。

「此話當真？」

「你何必明知故問？」

他應該早就知道我這人腦袋不正常了。

「為了什麼？」

「當然是為了艾爾玟。因為這個城市無法讓她放心靜養。我覺得讓她回到故鄉靜養比較好。這也是個好機會。你就跟我們一起去度假吧。」

「告訴我實話！」

德茲敲打桌子。

「你不可能為了那種理由讓現在的公主以身涉險！」

「……」

「快說。馬克塔羅德王國有什麼東西？你打算做些什麼？」

我果然還是瞞不過德茲這位老朋友。如果是拉爾夫，就絕對會被我騙過去。

「我沒有騙你。我是要去幫艾爾玟治療。」

我嘆了口氣，然後繼續說了下去。

「我只是想去那裡幫她拿特效藥。」

「特效藥？」

「就是她當年『忘記帶走的東西』。」

現在的艾爾玟遺忘了許多東西。不管是要繼續挑戰「迷宮」，還是要就此放棄，她都需要找到繼續奮鬥（Origin）的動機才能振作起來。而她以前曾經告訴過我，到底是什麼樣的動機，一直支撐著她心中那個想要變強的願望。

「據說在王宮的庭院裡有一棵『卡麥隆的大樹』，而她非常喜歡那棵樹。她從小就一直很崇拜那棵樹。那裡就是這趟旅行的終點。」

雖然我不可能把整棵樹拔起來帶走，但我想要順手帶走一根樹枝。

德茲露出難以置信的表情。看到這傢伙驚訝的表情，總是讓我樂不可支。

「只要找到那棵樹，就能治得好公主嗎？」

「天曉得。」

如果採用正規的治療手段，沒人知道要花上多少年，所以我才要嘗試非正規的手段。這是一場不是全贏就是全輸的賭注。而且「迷宮病」也不是不治之症。有時候也會因為突如起來的契機，讓患者的症狀開始好轉。我希望這趟旅行可以變成那個契機。

「就算這樣無法治好她，至少也能給她點鼓勵。」

只要讓艾爾玟看到那棵樹即便被魔物蹂躪，變得傷痕累累也依然扎根於大地，堅強地活著的證據，說不定就能讓她有所改變。

「馬克塔羅德王宮應該是魔物最多的地方吧？你覺得種在那種地方的樹，現在有可能還完好無缺嗎？」

「我不知道。」

畢竟王宮可是被魔物大軍占領了好幾年。那棵樹很可能早就被推倒或是啃倒，不然就是沾到魔物的毒液枯死了吧。不管到底是怎麼樣，我都不認為那棵樹依然完好無缺。就算只剩下樹根，也已經算是奇蹟了。

「你就隨便找根樹枝……不過我想這招應該行不通吧。」

「當然行不通。」

艾爾玟從小就一直看著那棵樹，我不認為有辦法騙過她的眼睛。更何況，我根本不知道那棵「卡麥隆的大樹」長什麼樣子。

「你覺得現在的公主有辦法踏進那裡嗎？」

「所以我會獨自前去。」

人們談到馬克塔羅德王國時，經常會用到「滅亡」、「瓦解」與「全滅」這樣的詞彙，我自己也一直都是這樣。可是根據諾艾爾的說法，其實馬克塔羅德王國就只有王城與主要城市，還有由王室建立的政治體制毀滅了。國境附近還有一些沒被魔物蹂躪與破壞的土地和村子，而且那些地方至今依然有村民勉強過著日子。不過，那裡的魔物不但變得比以前還要多，也跟其他村落完全失去聯絡了。

據說諾艾爾在王國瓦解之後的任務，就是到處巡視那些村子，幫助那些村民逃往鄰國，或是提供生活物資給他們，不然就是幫忙討伐魔物，種植可以驅魔的香草，藉此保護居民的安全。即便國家、王室與騎士團都瓦解了，她也還是為了人民努力奮鬥，可說是騎士的榜樣。

在諾艾爾負責巡視的村子之中，有個名叫尤利亞的山村。聽說那裡離王城只有不到半天的路程。我要把艾爾玟帶去那裡。因為要我把她交給別人照顧好幾天，實在是太危險了。

「你知道去馬克塔羅德王國要花上幾個月嗎？」

我們必須從這裡穿越亡靈荒野，還要翻過好幾座險峻的山脈，才能抵達馬克塔羅德王國。健步如飛的諾艾爾倒是無所謂，現在的艾爾玟應該無法忍受這樣的長途跋涉才對。

「所以我才要拜託你這位矮人幫忙。你這次應該也是從那裡回來的吧？」

聽到我這麼說，德茲驚訝地睜大眼睛。

「你該不會是要我讓你使用『大龍洞』吧？」

「你答對了。」

矮人是一種習慣在地底下挖洞居住的種族。這些傢伙在地底下挖了許多條隧道，而且還能通往這塊大陸的各個角落。這些隧道當然無視於人類制定的國境。矮人們把這些隧道稱作「大龍洞」。可是，據說在好幾百年前，曾經有某個國家的國王想要將之據為己有，還為此攻打矮人的聚落。

因為不想被人類拿去利用，矮人們便親手毀掉「大龍洞」，假裝「大龍洞」完全無法使用了。可是，其實只有一小部分的「大龍洞」被毀掉，還有好幾條隧道可以通往大陸的各個角落。據說就只有各個聚落的首領，以及特別得到許可的矮人才能加以運用。

「你怎麼會知道這件事？」

「你太看得起自己的同胞了。」

矮人並非都是德茲這種正派的男人。即便矮人乍看之下都很頑固，但還是有些口風不緊的傢伙。只要請他們喝酒，順便吹捧個幾句，他們就會什麼都告訴你了。我還曾經聽說過德茲以前的豐功偉業。

「你當然有資格使用吧？畢竟你可是救國的英雄。」

據說德茲的故鄉以前曾經冒出許多巨大的螞蟻。那種螞蟻的體型跟人類差不多大，而且數量多達成千上萬。面對這樣的螞蟻大軍，即便是勇猛的矮人族也陷入了苦戰。就算他們想要逃到地面，但出口也早就被敵人堵住了。正當他們快要全滅的時候，有一位矮人挺身而出了。

那位平凡無奇又沉默寡言的不起眼矮人，就這樣裝備著自己打造的武器與鎧甲，獨自衝向巨大螞蟻的軍團。經過長達七天七夜的激戰之後，他成功殺光所有巨大螞蟻與蟻后。他沒有用任何小手段，就只是憑藉著自己強悍的實力。

因為這個功蹟，讓德茲被人稱為英雄，還得到了許多獎勵。而「大龍洞」的使用權也是其中之一。據說矮人自治區的首領還想把女兒嫁給德茲，讓他擔任下一任區長，但他只想當個藝品工匠，於是就捨棄了那種地位，跑到人類的世界。後來又發生了許多事情，讓他加入「百萬之刃」，最後變成現在這樣。

「回到原本的話題吧。我聽說『大龍洞』的其中一條隧道通往馬克塔羅德王國的國境附近。只要使用那條隧道，就只需要花上三到四天。如果把前往『大龍洞』的旅程也算進去，大概需要十天左右吧，我有說錯嗎？」

「你要我讓你這個人類使用『大龍洞』？」

「沒錯。」

因為過去的歷史，人類在原則上是無法使用「大龍洞」的。可是，那終究只是原則，據說以前就有矮人帶著人類部下進去的前例。雖然我很不想當這傢伙的部下，但我願意為了艾爾玟這麼做。我可以把眼淚吞進肚子，向德茲搖尾乞憐。

「那裡跟地面上不一樣，是個不見天日的地方。你們必須在比『迷宮』昏暗的地洞裡前進好幾天。你覺得現在的公主有辦法忍受嗎？」

「這個問題我自己會想辦法解決。」

「你們成功抵達王國後有何打算？地面上可是魔物的巢窟喔。」

「我正好有個適合幫忙帶路的人選。」

就是那位直到最近都還在王國裡四處奔走的女孩。

「要是在晚上或太陽照不到的地方遇到魔物，你們就死定了。憑你現在的實力，應該瞬間就會沒命了吧。」

「這我心裡有數。」

「你有多少勝算？」

「一半一半吧。」

因為我不確定那棵樹是不是還在，所以機率是二分之一。

「真是太誇張了。」

德茲不屑地笑了一聲。

「我從以前就覺得你很蠢，但你這次真是蠢到極點。簡直就是瘋了。」

「你又不是第一天認識我。」

要是我腦袋正常的話，恐怕早就躺在墳墓裡了。

「就算是這樣，你還是要去吧？」

「對。」

自從認識艾爾玟以後，我就一直都在處理各種麻煩，但德茲說得沒錯，這次真的太誇張了。連我自己都沒什麼信心。我這次很可能會沒命。

不過，其實這也不是什麼大問題。雖然我不想死，但也不怕死。

如果要我捨棄自己的生命，我覺得現在就是最合適的時候。

畢竟為了女人賭上性命是男人的榮幸。

德茲嘆了口氣。

「公主還真是倒楣，竟然被你這個麻煩的男人看上。」

「你錯了，是我被她看上才對。當初是她要我當她的小白臉。」

「我聽你在放屁。」

這明明就是事實。

「你打算什麼時候出發？」

德茲沒好氣地這麼說。

「你不會說要立刻出發吧？」

我努力不讓自己笑出來，稍微想了一下才開口回答。

「應該是後天吧。畢竟我也需要做些準備。」

「是嗎？」

「抱歉了，德茲。」

他明明才剛回來，我就請他再次陪我出遠門了。

德茲先瞪了我一眼，然後才興致缺缺地這麼說。

「你不是說自己在緊要關頭總是特別好運嗎？」

「那當然。」

我點了點頭。

「你是個好人。我很感謝你。幸好有你這個朋友。」

「噁心死了。」

德茲的臉整個皺成一團。

「不，這是我的真心話。如果我是女人，肯定會變成小三把你睡走。」

我挨了一拳。

「話說回來……」

當我忙著扶起跟自己一起倒地的椅子時，德茲小聲這麼說道。

「你根本沒必要帶著公主一起去吧？如果你不放心，不是還能把她暫時交給公會長照顧嗎？」

「不，我不信任那老頭。他是個混帳。」

要是發生什麼狀況，他肯定會輕易犧牲艾爾玟。

「那種事情……」

「我就是知道。」

我這麼說道。

「因為那老頭跟我是『同類』。」

後來，我跟德茲一起討論旅行的計畫。據說在北方的山脈就有一個「大龍洞」的入口。他不能告訴我詳細的位置，所以要等我們上路之後才能說明。這點我也只能相信他了。

再來就是為旅行做準備了。我請德茲幫忙準備馬車、行李與食物這些物資。這件事我可以放心交給他。做這些事讓我覺得很開心，有種彷彿回到過去的感覺。如果可以就這樣跟德茲一起出去冒險，應該會是一大樂事吧。

可是，現實是殘酷的。德茲已經有家室了，而我在不見天日的地方連哥布林都打不贏。而且我連錢都沒有，連購買物資的錢也是德茲出的。

就算我怨天怨地，也無法改變現狀。我只能做好自己該做的事。要是一味依靠德茲，我可能又會挨揍，所以我也得去準備一些必要的工具與物資。我知道要找誰幫忙。

「怎麼？小白臉先生，你要回故鄉探親嗎？」

「不是回我的故鄉，我是要去艾爾玟的故鄉。」

我來到冒險者公會的鑑定室。鑑定師葛羅莉亞．畢修普就在這裡。雖然這間鑑定室是由三位鑑定師共同使用，但現在就只有葛羅莉亞一個人在。雖然我也可以去她家找她，但我們曾經在那裡大打出手，讓我決定在這裡跟她談談。

「我都聽說了。她好像生病了對吧？請多保重。」

葛羅莉亞側身面對著我，一邊用銼刀修指甲一邊這麼說。

「然後呢？我明明沒跟公主騎士大人說過幾句話，為什麼非得幫助她回故鄉不可？」

「這就是所謂的人情義理。妳不覺得她很可憐嗎？」

「一點也不。」

葛羅莉亞朝著自己的手指吹氣，然後仔細觀察修好的指甲，心滿意足地點了點頭。

「而且我早就覺得她遲早會變成這樣了。畢竟那位公主騎士大人是個『假貨』。」

「妳這話是什麼意思？」

正當我準備站起來時，葛羅莉亞拿著銼刀揮了揮手。

「我不是說她是公主的替身，也不是說她沒有王家血統，而是在說她給我的感覺。」

「麻煩妳說得簡單一些，不然我這個笨蛋可聽不懂。」

「簡單來說，就是這裡的問題。」

說完，葛羅莉亞指著自己的胸口。

「那位公主騎士大人確實會用劍，長得又漂亮，言行舉止也威風凜凜。她好像也不笨，不管是身為公主還是騎士，我都覺得她是一流的。不過，我覺得她只是在勉強自己。不知道是信念還是勇氣，還是戰鬥的動機，反正就是有某樣東西並不屬於她自己。這讓她看起來有些扭曲且脆弱。如果要我比喻，我覺得她就像是名人打造的精美仿冒品（Replica）。」

「……」

雖然這個比喻很獨特，但我覺得她對艾爾玟的看法完全說中了。艾爾玟背負著眾人的期待，身邊沒有人可以依靠，即便身患「迷宮病」，只能依靠「禁藥」過活，她也還是在戰鬥。世人的期待與她本人資質的差距，至今依然折磨著她。

「先說好，我沒有要嘲笑她的意思。我這反倒是在誇獎她。如果沒有超凡的努力與意志力，就不可能辦得到那種事。冒牌貨想要把自己偽裝成真貨就是這麼困難的事情。」

這種評價還真有贗品收藏家的風格。

「那妳自己呢？」

「我當然是真貨。我是真正的葛羅莉亞．畢修普。」

葛羅莉亞擁有確切的自我。不是因為長得漂亮，也不是因為身手高強。即便她有著戒不掉的壞習慣，左手腕因此被人砍掉，只能裝上義手，她也覺得葛羅莉亞．畢修普就是這種人，接受了這樣的自己。這應該是因為她很單純吧。如果艾爾玟也能看得這麼開，應該就不需要依靠「禁藥」了。可是，艾爾玟跟葛羅莉亞的處境與使命可說是天差地遠。一個肩負著眾人命運的人，跟一個只需要考慮自己死活的人，根本無法比較。

「我今天可不是來聽妳朗讀的。」

我開口說道。

「我不是很想說這種話，但妳應該還欠我一份人情才對。」

「不，我沒欠你。」

「那我們說好要共度一晚的約定呢？妳還沒實現自己的承諾。」

「抱歉，我沒聽清楚你說什麼。我最近聽力好像變差了。可以請你再說一次剛才那句話嗎？如果可以的話，最好是在公主騎士大人面前。」

「這點小事不算什麼。反正跟你讓老頭子顏面無光那件事比起來，我被揍一頓不過就像是被蚊子叮到一樣。」

公會長應該會笑著砍斷她剩下的右手吧。

葛羅莉亞不耐煩地歪著頭。

「我這人可不喜歡跟別人比耐性。」

她轉身面對著我，隔著鑑定室的玻璃窗用銼刀指著我。

「你到底有何目的？先說好，我是真的沒錢。」

「我不是要錢，只是希望妳用自己的名義幫我弄到幾樣東西。」

「你要我去偷公會裡的東西？還是要我幫忙盜賣鑑定品？」

「都不是。畢竟妳是鑑定師，應該跟許多商會都有聯繫吧？我希望妳幫我弄到幾樣東西。」

「不會是『禁藥』吧？那你可就找錯人了。」

「不，我是要驅魔菊的粉末與黑藻鹽。雖然我很想叫妳幫我儘量弄多一點，但只要至少各有一袋就夠了。」

葛羅莉亞小聲驚呼。

驅魔菊一如其名，就是一種可以驅魔的香草。只要點火燃燒，就會發出魔物討厭的臭味，可說是在野外露營過夜的至寶。黑藻鹽一如其名，就是一種完全漆黑的鹽巴。雖然也能用來做菜，但會讓食物看起來很難吃，所以通常都是拿來刷牙。這兩樣東西在「灰色鄰人」都幾乎找不到。因為只有高級店與非法黑店可能有庫存，就算我這種人身上有錢，也不可能買得到。

「你怎麼會想要找那種東西？」

葛羅莉亞會感到狐疑也很正常。因為不管是驅魔的香草還是鹽巴，只要是其他種類都能立刻買到。雖然這兩樣東西都很優質，但還不至於需要為了買到這些東西，就讓她欠我的人情一筆勾消。如果是「正常用途」的話，我確實沒必要這麼做。雖然我沒必要隱瞞用途，但還是有些難以啟齒。這讓我覺得有些過意不去。

「因為我是個有所堅持的男人。」

雖然最好是不要有機會用到這些東西，但考慮到這趟旅行有多麼「危險」，我就覺得應該做好準備。雖然放棄一夜春宵有些可惜，但德茲手邊也沒有這些東西，所以這也是沒辦法的事。

「拜託妳幫個忙。就算要我留下白紙黑字也行。」

「……我明白了。」

雖然不明白我這麼做的理由，但她也懶得繼續為了人情債的問題跟我爭吵。這種想法都寫在葛羅莉亞臉上了。

「我知道哪些店家可能會有那種東西，等我工作做完，我就會幫你問問看。」

「感激不盡。」

後來我們又討論了該怎麼交貨的問題。當我準備離開的時候，突然想到一個問題。

「對了，關於妳剛才提到的真偽論，妳覺得我這個人怎麼樣？我是真貨還是冒牌貨？」

「我看不出來。」

葛羅莉亞微微歪頭，一副要舉手投降的樣子。

「你看起來像是冒牌貨，但又像是個真貨。就是硬把泥巴塗在真正的寶物上那種感覺。就像是偽裝成冒牌貨的真貨。」

哎呀，她還真是有眼光呢。

「小白臉先生自己又是怎麼想的？」

「當然是真貨。」

我這麼說道。

「我可是貨真價實的小白臉。」

準備工作大致都完成了。再來只剩下說服艾爾玟了。

才剛聽到我提議回國，艾爾玟就露出彷彿世界末日到來的表情。

「不要！我不想回去！」

她像個孩子一樣不斷掙扎拚命搖頭。她應該是覺得這代表她冒險失敗，感覺像是聽到死刑宣告吧。我一邊輕撫情緒激動的艾爾玟背後，一邊儘量用最溫柔的語氣安撫她。

「我們只是要回去幾天。要是又有上次那樣的混帳跑來找麻煩，妳也無法好好靜養。只要等妳恢復得差不多了，我們就能重新回到這個城市。」

我還告訴她德茲與諾艾爾會跟我們一起同行，在這趟旅途中保護我們，而且只要使用祕密通道，就能在短時間內在兩地之間移動。

「妳現在需要好好靜養。就算妳繼續勉強自己，也不會有什麼好結果。雖然看起來像是在繞遠路，但其實這才是最快也是最好的做法。」

「可是，我不可能成功踏出這個城市……」

她伸手撫摸自己的後頸。她脖子上有著黑色的斑點。那就是她依賴「解放」的代價。只要讓內行人看到那種斑點，馬上就會知道她是個癮君子。服用「禁藥」在這個城市也是違法行為，負責看守城門的衛兵肯定會立刻看穿。

「那種東西只要拿塊貼布蓋住就行了。妳只要說自己受傷了，衛兵就不會刁難妳。」

雖然只要我們拿錢賄賂，衛兵應該就會輕易放行，但這就等於是主動告訴別人自己有問題。如果我們去拜託「青犬街」的托比大叔幫忙，就有機會不通過盤查直接出城，但回來的時候還是會遇上麻煩。

「可是……」

艾爾玟還在猶豫。即便「迷宮病」變得更為嚴重，失去了鬥志，現在也還為此所苦，她也還是沒有放棄復興王國的夢想。她應該是想放棄也放棄不了吧。

「來到這裡之後，妳連一次都沒有回去看看吧？我覺得妳現在應該回去親眼看看自己的故鄉，這樣對妳的未來也有幫助。」

我再次強調我們這次只是暫時回國。要是我不這麼說，艾爾玟就不會點頭。而我自己也是為此行動。

「……好吧。」

沉默許久之後，艾爾玟不情願地答應了。

「反正就算我堅持要留在這裡，也只會給你添麻煩。」

她似乎想起上次遇到襲擊的事情，表情再次變得緊繃。

「我一點都不覺得麻煩。妳現在只需要好好靜養。我們回國之後的落腳處，只要交給諾艾爾去打點就行了。」

其實我才正準備去拜託她幫忙，但我想她應該不會拒絕才對。

「馬修……」

艾爾玟躺在床上，把手伸了過來。

「嗯。」

我抓住她的手，緊緊握在掌中。

自從前陣子被壞人襲擊後，艾爾玟就變得不願意離開我了。她無時無刻都在尋找我的身影。

她現在就像是一隻離不開父母的雛鳥。如果我沒有在她睡覺時這麼握住她的手，她好像就睡不著覺了。

雖然受到信賴讓我覺得很開心，但我不希望她變得只會單方面依賴我。她應該只是內心不安，才會忍不住要依賴我吧。她已經是個能夠獨立自主的成年女性了。這種關係可算不上健全。更重要的是，我是個小白臉，不是保姆。

向女人撒嬌討賞才是我的工作。

後來，我前往諾艾爾在「五羊亭」居住的房間。因為出了「大龍洞」之後才是真正的難關。我聽過德茲的說法，又研究過地圖之後，發現從出口到王城至少要花上半天。這段路上當然會有許多凶惡的魔物四處徘徊。要是跟那些魔物正面對決，我們應該到不了那裡吧。

我想拜託諾艾爾帶我們前往王城。如果情況允許，最好是能把我們帶到王宮附近。

因為我不可能是為了靜養帶艾爾玟前往那種地方，所以我還說是為了幫助艾爾玟，才想帶她去看看王宮。

「我記得那棵樹好像叫做『卡麥隆的大樹』。我還記得艾爾玟一直很在意那棵樹。我想去看看那棵樹。如果有機會的話，我還想要幫她拿根樹枝回來。」

「……這太亂來了。」

「這我早就知道了。」

我很清楚她會反對。畢竟交涉都是從被拒絕之後才正式開始。

「我沒有要妳陪我做到那種地步。妳只需要幫我帶路就行了。」

「……我辦不到。」

諾艾爾搖了搖頭。我嘆了口氣。

「因為妳沒能保護好艾爾玟嗎？」

她輕輕點了點頭。

「我無法在緊要關頭保護好她，差點害得公主失去性命。我原本應該以身為盾，替她擋下攻擊才對。」

如我所料，她還無法擺脫上次失敗的陰影。年輕人就是這樣。

「我辦不到……我沒有納德雷大人那麼厲害。」

「那傢伙又是誰啊？」

「她是陪公主來到這個城市的護衛。我聽說她在『迷宮』裡戰死了。」

「我想起來了。」

她是說那個被林德蟲咬死的傢伙吧。我記得那傢伙好像叫做珍娜。因為那件事是艾爾玟的心靈創傷，讓我不敢過問太多。既然諾艾爾叫她「大人」，我想她應該也是貴族吧。

「她很強嗎？」

「雖然我不曾親眼見識，但我聽說她的劍術跟公主不相上下。」

「妳不就是被選來代替她的人嗎？憑妳的實力……」

「你錯了。」

諾艾爾變得臉色蒼白，彷彿自己的罪行被人揭發。

「我本來不應該來到這裡的。」

據說被選上的候補隊員原本另有其人。那人是馬克塔羅德王國騎士團的倖存者，武藝也很高強，而且還很年輕，體力不是問題，肯定能成為戰力。不過，據說那人在出發前留下一封信就逃走了。聽說那人在信裡寫說他早就決定要去其他國家當官，沒辦法陪艾爾玟挑戰「迷宮」，追求那種不切實際的夢想，拐著彎指責艾爾玟的做法。

「妳舅舅為此傷透腦筋，才會改派妳過來嗎？」

馬克塔羅德王國早就滅亡，許多騎士與士兵都喪生了。雖然活下來的傢伙剛開始也想要報仇與復興王國，但只要時間一久，腦袋就會冷靜下來，開始為自己親人的生活做打算。畢竟人類的肚子就是會餓，也不能沒有衣服與住處。如果想要弄到食物就需要錢。如果有家人就必須想辦法扶養他們。當他們為了生計煩惱的同時，理想也會跟齒輪一樣不斷磨損，最後只剩下殘骸。

不管是好是壞，現實總是會輕易擊潰人們的意志。

「我現在知道妳只是候補隊員的代替品了。那其他候補隊員什麼時候會來？妳應該已經跟妳舅舅聯絡了吧？」

就算艾爾玟重新振作起來了，只靠三個人挑戰「迷宮」還是很困難。至少還要再有兩到三個人。王國騎士團的倖存者應該還有不少才對。

「不會有人來的。」

「咦？」

「我就是最後一個……聽說我就是最後一位戰士了。在我來到這裡之前，舅舅是這麼告訴我的。」

雖然也有人是因為死掉了，但其他人好像都拒絕前來幫忙。據說他們不是去其他國家當官討生活，就是成為傭兵在外地漂泊，甚至還有人改行當起農民與商人。

「雖然舅舅已經動用所有關係到處找人，但好像已經沒人願意前來挑戰『迷宮』了。」

更何況，騎士的工作應該是在戰場上立功，所以不擅長在昏暗的「迷宮」裡冒險。雖然也有人認為兩者都是在戰鬥，但他們不願踏進不熟悉的「迷宮」也很正常。

「艾爾玟知道這件事嗎？」

「舅舅當初是這麼告訴我的。」

對了，我記得諾艾爾剛來到這裡時，艾爾玟的表情有些微妙。原來是這麼回事嗎？因為諾艾爾是最後的王牌，同時也是最後通牒。她的到來代表不會再有戰士過來。

「看來是無計可施了呢。」

我無奈地望向天空。

「不過，這個問題以後再來煩惱就行了。」

如果不會有候補隊員前來，我們只要自己找人就行了。如果艾爾玟可以重新振作，應該還會有人想要加入隊伍。我們只需要趕走拉爾夫，讓更厲害的冒險者加入就行了。

「我要先解決艾爾玟的問題。我再說一次，我需要妳幫忙帶路。跟我們一起去吧。」

因為魔物大軍四處破壞，那裡的地形應該早就改變，讓某些路變得無法通行。而諾艾爾即便在馬克塔羅德王國滅亡後，也一直在國內四處行動。就某種意義來說，她可說是最清楚王國現況的人。

「可是，我沒有那種能力……」

「妳四肢健全，也還活得好好的，就只是受到巨大的挫折，為此感到沮喪不是嗎？」

「你又知道什麼……」

我把手擺在諾艾爾的肩膀上。

「我不知道妳原來是個這麼樂天的人。妳坐在這裡哭泣，艾爾玟的情況就會好轉嗎？」

「這……」

諾艾爾尷尬地別過頭去。她心裡應該也很明白。我們的當務之急既不是逃避現實，也不是設法撫平心中那股罪惡感，而是幫艾爾玟重新站起來。

「我記得妳曾經說過，妳來到這裡是為了幫助公主大人。原來那都是騙人的嗎？妳只是想要說些好聽話，才會隨便說幾句忠臣的台詞嗎？」

「不是這樣的！我是真的……」

「如果妳想要受到懲罰，就直接告訴我吧。我會盡力協助妳的。」

如果這樣就能讓她放下罪惡感，那我很樂意幫忙。我會如她所願，不管是要打屁股、打耳光還是要揮鞭子，我都願意去做。

「『直到妳滿意為止』。」

諾艾爾的身體抖了一下，臉色也變得慘白。她好像發現我是認真的了。

「如果妳有時間說那種喪氣話，還不如立刻起身行動。妳還活著。如果妳還有什麼更好的辦法，我也願意考慮去做。更重要的是，妳應該不是那種怪人，不至於聽不懂我說的這些話，難道不是嗎？」

「……」

「更何況，即便王國被魔物蹂躪，早就變得千瘡百孔，妳也還是一直在為人民奮戰，可說是騎士的楷模。妳無須感到羞愧。因為有些事只有妳辦得到。而我希望妳能助我一臂之力。」

諾艾爾沉默以對。既然我無法硬把她拖去，那就只能利用她的忠誠心了。

「我們後天出發。日出之前在北門集合。」

我自顧自地說出自己的安排。

「既然妳身為候補隊員的代替品，就應該完成自己的使命。而現在就是那一刻。我也差不多該走了。」

當我向她告別，準備走出房間時，我想起一件重要的事情。

「對了，請妳別把剛才那些話告訴艾爾玟。因為我不想讓她擔心。再見。」

我輕輕揮了揮手，然後走出房間。

我走下樓梯，同時忍不住發出咂嘴聲。每個傢伙都是這副德性。難不成他們以為只要抱頭苦惱，就會有人幫忙解決問題嗎？可惜誰也不會出手幫忙。這世道沒那麼簡單。

……沒錯，我早就知道世上不是只有無論如何都不會停下腳步的人，有些人就算想要行動也辦不到。就是因為這樣，我現在才會用不靈光的腦袋努力思考，拚命動著無力的手腳四處奔走。

「怎麼了嗎？我看你好像心情很差的樣子。」

一道聲音從上方傳來。我回頭一看，發現上次那位幫我把詩集撿回來的女子，從樓梯上方探頭看了過來。我記得她好像叫做菲歐娜。

「原來妳也住在這間旅館嗎？」

「我已經連天花板上有多少污漬都背起來了。」

看來她在這裡住了很久。

「我想請教一下。」

在這裡遇到她應該也算是有緣，我就順便問了自己一直很在意的問題。

「那個跑去向賽希莉亞……就是瑪雷特姊妹中的姊姊求救的人是妳嗎？」

雖然金髮的年輕女子有很多，但也許是因為前些日子的對話，讓我第一個就想到菲歐娜。

「沒錯。」

她深深地點了點頭。

「雖然我知道艾爾玟……大人遇到危險了，但我覺得自己幫不上忙，才會跑去拜託碰巧路過附近的那個人幫忙。」

「謝謝妳。妳幫了我一個大忙。請容我再次向妳道謝。」

畢竟敵人可是五位男性冒險者，還有像雷吉那樣的道上弟兄。雖說她是一位冒險者，但只憑一個女人的力量，要出手救人還是太困難了。她的判斷相當正確。

「拜妳所賜，我們才得以逃過最壞的結局。下次讓我請妳喝一杯吧。」

「有機會再說吧。」

菲歐娜似乎以為我要搭訕她，回應有些冷淡。其實我只是想要向她道謝罷了，絕對沒有心存僥倖，想要找機會一親芳澤……大概吧。

「妳的同伴呢？」

聽到我這麼問，菲歐娜嘆了口氣，自暴自棄地這麼回答。

「我正在享受自由活動的時間。不過還是遲早都得跟他們會合。」

我猜她應該是跟隊友們處得不好。在「千年白夜」重新開放之前，她的隊伍應該算是暫時解散了吧。這也是常有的事情。雖然隊伍的凝聚力對冒險者來說很重要，但他們還是很容易鬧翻。有可能是因為想法不合，也可能是因為分配報酬的問題與金錢糾紛，如果是男女混合的隊伍，也可能是因為感情上的問題。而且冒險者都是些很有個性的傢伙，要是看到別人放低姿態，就會立刻爬到對方頭上。正是因為這樣，冒險者團隊都會希望自己有個強悍的隊長，就像是「蛇之女王」與「女戰神之盾」那樣。

「先不說這個了。」菲歐娜故意壓低音量，一副不想讓別人聽到這些話的樣子。

「我聽到你剛才跟那女孩說的話了，艾爾玟大人真的要離開這個城市了嗎？」

「麻煩妳幫我保密。」

如果我們離開了，這件事當然會傳開來，但我不想在出發前引起騷動。

「我要帶她去靜養一段時間。如果她恢復得夠快，大概一個月就會……」

「別回來了。」

聽到她用哀求的口氣這麼說，讓我一時之間愣住了。

「別管什麼『星命結晶』與復興王國的夢想了。讓她繼續戰鬥下去又能得到什麼？她只會再次受傷罷了。說不定她下次真的會沒命……」

「妳說得對。」

菲歐娜沒有說錯。艾爾玟這次可以撿回一命，就已經算是奇蹟了。事實上，如果沒有尼古拉斯幫忙，她應該早就死了吧。

「可是，那得讓艾爾玟自己做決定。」

如果等她恢復平靜之後，決定放棄挑戰「迷宮」，我也覺得無所謂。我反倒希望她這麼做。這樣我就再也不用擔心她會不會無法從「迷宮」歸來了。另外找個安全的城市定居下來也不是件壞事。

不過，那終究只是我個人的期望，不是她本人的願望。可是，艾爾玟現在失去了內心的平靜。如果讓她在這種狀態下做決定，將來一定會後悔。不管是要前進還是後退，都應該讓她在仔細思考後做出決定。

「我很感謝妳的忠告。我會轉告她的。不過，我覺得最後還是得讓她自己做出決定。畢竟她這個人很任性，根本聽不進別人的勸告。」

「你說得對。」菲歐娜露出苦笑。

「我太多嘴了。該道歉的人是我。我不會告訴別人這件事的。」

「麻煩妳了。」

「艾爾玟就交給你了。」

「我會的。」

在出發前一天的晚上，我來到尼古拉斯的住處。

「我明白了。你們要出遠門是嗎？」

「我們會離開一段時間，請你在這裡等我們回來。這些是你這段期間的活動資金。」

我把裝著金幣的袋子擺在桌上。畢竟想要製作「解放」的解毒劑，總是不能沒有經費。

「你要去店裡找漂亮小姐玩是無所謂，但我希望你不要每天都去，也請你儘量找便宜點的店家。」

「……我很久不曾聽到這麼沒有意義的忠告了。」

尼古拉斯一邊苦笑一邊接過金幣。

「你們離開的時候，我也會繼續調查『迷宮』與那位『傳道師』的動向。」

「麻煩你了。」

雖然我很想儘快回來，但唯獨這件事我無法做出保證。

「對了，關於艾爾玟小姐的身體，我有件事要跟你談談。」

尼古拉斯略顯猶豫地開口了。我感覺到自己的眉毛跳了一下。

「就是我在幫她治療時，不是有用到自己身體的一部分嗎？我是在那時候發現的，她該不會……」

「醫生。」

我開口打斷他的話。

「我很感謝你。要是沒有你的話，艾爾玟早就沒命了。我這人平常總是喜歡說些蠢話，還因此得到『嘴砲王』這個稱號，但這些都是我的肺腑之言。你是我的恩人。我要再次向你道謝。真的很感謝你。」

「……」

雖然我深深地低頭鞠躬，但他沒有答話。

「我們兩個可以算是同志，目的都是要擊垮那個低能兒太陽神。儘管力有未逮，我也會儘量幫忙。今後還有許多地方需要借助您的力量。到時候我可能會給您添麻煩。不過，如果是您這邊遇到困難，那我也會盡全力幫忙。還請您儘量開口，不用跟我客氣。」

「……我明白了。」

尼古拉斯努力從嘴裡擠出這句話。

「我大概是搞錯了吧。我才要向你道謝。你真的幫了我很多，甚至還為我提供住處與金援。今後也要請你多多指教了。」

「不客氣。」

我們笑著握手。

雖然尼古拉斯的表情有些緊繃，但我應該也是看錯了吧。

後來我們又閒聊了幾句，然後我就離開了。我深深地嘆了口氣。

「拜託別再搞我了……」

多管閒事可不是什麼好事。我好不容易才找到有可能幫忙治好「解放」成癮症的人，應該再也沒機會找到尼古拉斯這樣的人才了吧。而且我也不想繼續弄髒自己的雙手。

為了保險起見，我已經警告他了，暫時應該不會有問題才對。可是，如果艾爾玟的症狀隨著時間逐漸惡化，他身為神父的道德與倫理思想說不定也會死灰復燃。

「你還是快點做出特效藥吧。那才是你的工作。」

「你的工作怎麼了嗎？」

某人突然從旁邊向我搭話。我驚訝地轉過頭去，發現「聖護隊」的隊長文森特就站在那裡。

他身後還帶著部下。

「文斯，原來是你啊。拜託別嚇人好嗎？」

因為我在想事情，所以沒發現有人走到旁邊。

「你總算想要工作賺錢了嗎？」

「我有在工作啊。而且還是全年無休的『肉體勞動』。」

就算找遍全世界，也絕對找不到像我這麼勤勞的小白臉。

「你怎麼會在這裡？」

這裡的治安很好，應該不需要「聖護隊」出動才對。

「我是來追查『神聖太陽』的。」

文森特氣憤地板起臉孔。

「可疑的地方全都調查過了。現在正準備擴大搜查的範圍。」

「是嗎？那你自己加油吧。」

「慢著。」

我舉手道別準備回家，但文森特叫住了我。我停下腳步回過頭去，但他遲遲沒有開口，看起來好像有些猶豫。

「還有什麼事嗎？」

聽到我主動這麼問，文森特略顯尷尬地開口了。

「就是……我聽說艾爾玟小姐受傷了。」

這傢伙應該早就知道艾爾玟得了「迷宮病」，只是因為有所顧慮才會這麼說吧。

「關於這件事，我已經決定讓她回國休養一段時間了。」

「回馬克塔羅德王國嗎？」

似乎連文森特都為此感到驚訝。照理來說，主動闖進魔物的巢窟無異於自殺。畢竟想到這個主意的傢伙，腦袋本來就不算正常。

「畢竟那裡並非到處都沾滿魔物的糞便，比這個城市更適合讓她靜養。」

至少不用擔心會有一群落魄冒險者闖進家裡。

「你也要跟去嗎？」

「那當然。」

我這麼說道。

「我們都相處超過一年了。我不可能因為她生病就輕易拋棄她。」

「……」

文森特難過地扭曲著臉。我好像害他想起那段想要遺忘的過去了。

他過去曾經為了出人頭地，對因為「禁藥」變得精神異常的父親見死不救，把所有問題都丟給妹妹凡妮莎解決。他好像一直無法擺脫那股罪惡感與悔恨。畢竟那種事也不是想忘就忘得了。

「抱歉，我沒有要挖苦你的意思。」

「不，沒關係。」

我老實地低頭道歉，文森特撩起自己亂掉的瀏海。

「……你們再也不打算回來了嗎？」

「那得看艾爾玟恢復的狀況。」

唯獨這件事我完全猜不到結果。要是去馬克塔羅德王國也無法讓她恢復，那就只能讓她放個長假了。

「等她痊癒之後，我還打算要回來。如何？在我出發之前，要不要跟我去喝一杯？」

「你怎麼還在說那種蠢話？」

他傻眼地皺起眉頭。

「我完全不打算跟你一起去喝酒！」

「別這麼說嘛。我一直很想跟你聊聊凡妮莎的英勇事蹟。比如說，她有一次讓遊手好閒的小白臉買下價值幾十枚金幣的壺那件事，還有她把一個賭鬼人渣賤賣給莊家抵債那件事。」

文森特發出驚呼聲。

「你是不是說反了？」

「不，我是說真的。沒騙你。」

我親眼看到的，絕對錯不了。

自從他們兄妹分開之後，凡妮莎也有許多文森特不知道的一面。隨著時間經過，故人的形象就會在生者心中不斷美化，最後只留下美好的回憶，離那人真正的面貌愈來愈遠。

「我最近記性好像變差了。如果你想聽那些故事可要趁早喔。」

「……趕快給我滾。」

這傢伙還是一樣冷淡。

「那我差不多該走了。在我回來之前，這個城市就交給你了。」

「哼，你以為自己在跟誰說話？」

「聖護隊」的隊長大人揚起嘴角。

「在艾爾玟小姐回來之前，我就會結束掉這一切。」

「那你可要保重自己。」

光憑一位騎士努力奮鬥，可無法掃除這個城市的黑暗。

出發當天的早晨終於來臨，我牽著艾爾玟的手，在日出之前走出德茲的家。

「你要把那把劍帶去嗎？」

我指著那把用白布裹起來的劍。我記得那把劍好像叫做「曉光劍」。

「這東西太不吉利了，我不可能擺在家裡。」

德茲原本是把這把劍擺在公會給他的休息室裡，但因為這樣有些危險，他就決定把劍帶在身上了。雖然我不是很喜歡這把臭腳太陽神的劍，但這東西說不定能派上用場。

我跟德茲一起前往冒險者公會，在那裡借了一輛馬車。這是一輛破舊的帶蓬馬車，雖然坐起來不像有錢人的馬車那樣舒適，但貨台相當牢固，車蓬也在前陣子換新了，不用擔心承受不住風雨。負責拉車的是一匹栗毛馬，體格相當健壯。雖然這匹馬應該跑不快，但看起來似乎很耐操。

「這匹馬好像有點年紀了。」

「牠原本是王國軍用來運送物資的馬，後來被我買下來了。」

「那可真是不錯。」

經驗豐富的老馬就算遇到突發狀況，也不太會驚慌失措。

我把行李擺到貨台上。艾爾玟的行李就只有換洗衣物跟其他東西。王家代代相傳的寶劍已經折斷，鎧甲也還在修理。雖然我姑且有帶著讓她用來護身的劍，但鋒利程度當然比原本的劍遜色許多。

我讓德茲負責駕車，然後就跳上馬車，讓艾爾玟坐在我旁邊。因為直接坐下屁股會冷，我還幫她準備了親手縫製的坐墊。她好像還是覺得很不安，主動握住了我的手。我回給她一個微笑，輕輕握住她的手。

我們沿著大街前進。在北門附近聚集著準備出城與進城的旅行者和馬車。

我要找的人就站在那裡。

「早啊，諾艾爾。」

聽到我從馬車裡這麼說，諾艾爾就跑了過來。她還揹著一個大背包。

「請多指教。」

她向我低頭鞠躬，臉上沒有一絲迷惘。看來她好像想通了。

「謝謝妳。」

謝謝妳願意參加這種魯莽的計畫。

「東西都有帶到吧？那我們要出發了。」

其實我還想去跟艾普莉兒道別，但老頭子已經禁止她踏出家門了。畢竟她差點被人綁架，這也是沒辦法的事。我已經拜託侍女幫忙傳話給她了。她現在應該正為了要跟馬修大哥哥分別而哭泣吧。

「那個……」

諾艾爾一臉不可思議地環視周圍。

「拉爾夫先生好像還沒到的樣子……」

這女孩在說什麼傻話啊？

「那傢伙不會來喔。」

「他身體不舒服嗎？還是身上有哪裡受傷了？」

「不，我只是沒去找他。」

諾艾爾驚訝地睜大眼睛。

「為什麼？」

「因為那傢伙派不上用場。」

他沒有德茲那種壓倒性的戰鬥力，跟我也不是什麼好朋友。如果要找人幫忙帶路，也已經有諾艾爾了。更何況，那傢伙經常對艾爾玟拋媚眼，而且動不動就隨便揍我。我完全沒理由要找他一起去。

「可是，他不是同一個隊伍的同伴嗎？」

「他是妳的同伴，不是我的同伴。」

「……」

「再說，那傢伙對這趟旅行有什麼幫助嗎？妳可別說只要他在就能多少派上用場，我不要聽那種含糊籠統的答案。」

諾艾爾稍微想了一下，想張嘴，但又說不出話。看樣子她也回答不出來。

「那我們就出發吧。」

因為好像沒人反對，我就坐上馬車了。雖然諾艾爾微微歪著頭，好像不確定這麼做是否正確，但這當然是個正確的選擇。只要拉爾夫不在，對我的心理健康也有幫助。諾艾爾就坐在艾爾玟旁邊。我跟諾艾爾兩個人剛好把艾爾玟夾在中間。

「停下來。」

我們在準備出城的馬車隊伍中排隊，當太陽完全升起時，終於要輪到我們出城了。

「我要檢查貨物。」

這是要防止有人把違禁品偷偷帶出城。要是在這種時候隨便反抗，只會讓衛兵覺得更可疑。

「各位請便。」

衛兵們探頭看向馬車裡頭，臉上隨即露出猥瑣的笑容。他們似乎認出艾爾玟了。我曾經想過要讓她披上兜帽，但反正遲早都會被人發現，還不如早點讓人認出她來。

「哎呀，那位小姐該不會是『深紅的公主騎士』大人吧？」

衛兵故意這麼說，讓其他衛兵也跑過來湊熱鬧。那些夾雜著好奇心與下流慾望的目光，讓艾爾玟小聲叫了出來，忍不住抱住我。雖然我有用貼布蓋住她後頸上的黑色斑點，但要是那塊貼布被人撕下來就完蛋了。而且掛在我腰際的袋子裡還有加了「禁藥」的糖果。如果只是被人看到就算了，要是被那些衛兵拿去吃，他們立刻就會發現那些糖果有問題。

「每天都努力挑戰『迷宮』的公主騎士大人為何要出城？不會是要夾著尾巴逃走吧？」

聽到對方語帶諷刺地這麼說，我握緊了拳頭。艾爾玟得到「迷宮病」的事情應該早就傳開了。貶低艾爾玟這個長得漂亮的名人，應該讓他覺得很爽快吧。這種人渣到處都有。如果是以前的我，這時候早就打斷他好幾顆牙齒了。

「可以麻煩您下車嗎？請務必讓在下拜見您的尊容……」

「遵命。」

我故意把臉貼到那些傢伙面前。只差一根手指頭的距離，我就可以親到他們的鼻尖了。

我就這樣把臉靠向衛兵走下馬車，攤開自己的雙手。

「你們不是想要調查嗎？隨你們高興吧。」

我知道這群好色的官兵只是想要以調查為藉口，趁機在艾爾玟身上亂摸。

「別客氣。來，你們不是想要脫衣服檢查嗎？那我就脫給你們看。」

我還順便脫掉衣服，連內褲也脫了下來，身上變得一絲不掛。因為這裡是檢查站，所以周圍聚集了很多人。眾人的目光從四面八方看向我。現場還有人發出慘叫。

其實脫光衣服對我來說不算什麼。別人想看就讓他們去看吧。反正我也不怕別人看。

「誰叫你脫衣服了！我們是……」

「那你們是想要脫誰的衣服？不會是那位大鬍子吧？難不成你們比較喜歡黑森林嗎？還是算

了吧。要是讓你們看到那個美景，你們那雙狗眼可能就要瞎掉了。」

「別跟我開玩笑！要是你敢來礙事……」

「到底是誰在礙事啊？」

我環視周圍這麼說道。

「各位應該也知道，『迷宮』已經暫時封閉了。我家的公主騎士大人只是想要趁機出城，跟舊王國的大人物們交流一下。拜託你們別來礙事。」

「這是我的任務！」

「那就快點搞定吧。後面還有很多人等著呢。」

只要往後一看，就能看到等著出城的馬車大排長龍。要是他們花太多時間盤查，太陽就要下山了。

衛兵斜眼看向自己的同伴。同伴們默默搖了搖頭，似乎是要告訴他沒有找到可疑的東西。

衛兵氣憤地用槍柄揍我。

「趕快給我滾。」

「遵命。」

我輕撫著挨揍的臉頰，就這樣坐上馬車。這種程度的暴力早就習以為常了。

「哎呀，真是傷腦筋呢。官員就是這麼難搞，那些人實在太死腦筋了。」

我一邊抱怨一邊從諾艾爾面前走過去，在艾爾玟旁邊坐了下來。

「不過我都談妥了。我們快點出城吧。旅行終於要開始了。」

我伸手摟住艾爾玟的肩膀，想要把她抱進懷裡，卻不知為何被她使勁推開。

我不明所以地眨著眼睛，艾爾玟拿起坐墊往我身上敲了幾下。

「怎麼了嗎？」

正當我感到納悶時，諾艾爾走到我面前。她滿臉通紅，雙手也抖個不停，激動到都快要哭出來了。

我嘆了口氣。

「因為我剛才帥到不行，讓妳不小心愛上我了嗎？不好意思，我已經有心儀的女人……」

「別再說了，請你快點穿上衣服！」

諾艾爾用劍柄往我頭上敲了下去。

雖然遇到了一些麻煩，但我們總算是順利出城了。

「想逃嗎！膽小鬼！」

「女人還是適合騎在男人身上扭腰啦！」

在馬車通過城門的瞬間，我聽到了怒罵聲。諾艾爾臉色大變站了起來，一腳踩在馬車貨台的邊緣上。

「讓他們去說吧。」

因為她一副隨時都會衝去揍人的樣子，我趕緊出聲制止她。

反正跟那種蠢貨認真，也只是在浪費時間。

「可是──」

「反正之後就輪到那些傢伙要倒楣了。現在就隨便他們吧。」

諾艾爾回頭看向艾爾玟。艾爾玟不發一語，就只是一臉憂鬱地低著頭。這讓諾艾爾再也無法反駁，只能懊悔地咬著嘴唇，回到原本的地方坐下。

「反正妳都要回去了，乾脆先含過我的老二再走嘛！淫蕩的公主騎士大人！」

我默默摀住艾爾玟的耳朵。「深紅的公主騎士」大人搭乘的馬車，就這樣在眾人的叫罵聲之中離開「灰色鄰人」。

馬車通過城門後，我們會先前往北方的「月光之泉（Moonlight Fountain）」這個城市，然後再前往鱗鎧山脈。據說「大龍洞」的入口就在那裡。

「我們的旅行才剛開始，大家先看看風景放鬆一下吧。」

不過這一帶都是荒野，其實沒什麼風景可以欣賞。

當我這麼說的時候，艾爾玟伸手指向後方。原來是有人從城裡往我們這邊跑了過來。

「那人好像是拉爾夫先生呢。」

諾艾爾從後面探頭看了過來。

「好像真的是他。」

要是世界上還有別人長得那麼蠢，我可是會受不了的。

「德茲，加快速度。把那傢伙甩掉。」

「等等，不該是這樣吧！」

諾艾爾連忙阻止我。她說得沒錯。我還真是糟糕，竟然不小心說錯話了。

「更正。讓馬車掉頭，撞飛那個臭小子。最好是等他倒地了就直接輾過去。」

「那樣一點都不好！」

結果馬車還是停下來等拉爾夫了。這根本就是浪費時間。

「終於讓我追上了……」

他一邊擦汗一邊抓住馬車的邊緣，好像快要喘不過氣了。

「其實你不需要來為我們送行。」

「別開玩笑了！你這是什麼意思！公主大人都要回國了，怎麼可以把我丟著不管？」

看來是我們去冒險者公會借馬車時，艾爾玟要回國的消息就此傳開，結果被這傢伙聽到了。

「你真的不需要來送行，還是趕快回去吧。」

「我當然也要跟你們一起去。」

「給我回去。」

我揮手趕人，但野狗拉爾夫拚命搖著尾巴，就是不肯離開。

「我可是『女戰神之盾』的隊員。不管公主大人要去哪裡，我都會跟隨到底，沒必要聽你的指示。」

「沒聽到我叫你滾回去嗎？」

「那個……我們還是讓拉爾夫先生一起去吧。」

諾艾爾似乎被他感動，主動跳出來幫他說話。

馬車裡的艾爾玟也點了點頭。

「就算妳們這麼說，但我不懂這傢伙到底有什麼屁用。」

「至少他還能幫忙戰鬥吧。」

我實在不敢相信，竟然連德茲都贊成讓這傢伙跟來。

「那傢伙好歹也是在『千年白夜』裡戰鬥超過一年的冒險者。你還是不要在那邊抱怨了，直接帶他一起去比較省事。」

這樣就是三比一了。少數服從多數，所以是我輸了。看來他們全都瘋了。

「那就這麼決定了。」

智障拉爾夫得意洋洋地坐上馬車。

這樣隊伍中就多了個累贅。我只希望他不要扯我們的後腿。

不幸的是，因為這輛馬車很寬敞，就算讓拉爾夫坐上來也不成問題。

不知道今後會發生什麼事。

只要從貨台後方看出去，就能看到車輪留下的兩道痕跡，往城市的方向不斷延伸出去。可是亡靈荒野上的熱風捲起沙塵，不需要太多時間，就讓那些痕跡消失無蹤了。

這樣你們就沒有退路了。我彷彿聽到有人對我這麼說著。

第五章

再次搜索

好久不曾這樣了。我想起過去。

我在傭兵時代也是一下子去這個戰場殺人，一下子又去那個戰場把敵人變成屍體。改行當冒險者後，我也經常跟同伴一起前往荒野斬殺魔物，不然就是進到山裡讓山賊改行當野狗的食物。

雖然我的人生充滿血腥味，但也過得還算開心。

「告訴我，我們要去馬克塔羅德做什麼？」

拉爾夫在我面前坐下，瞪著我這麼問道。

「去度假。」

我應該會先找個景色宜人的地方，看著大海藉酒消愁，然後要釣魚也行，去游泳也不錯。

「就這樣？」

「不然呢？」

拉爾夫激動地抓住我。

「你竟然為了那種小事勞煩公主大人……！」

「那個……其實馬修先生是想要讓公主大人親眼看看馬克塔羅德的風景。」

諾艾爾趕緊過來勸架。

「他覺得讓公主大人呼吸故鄉的空氣，說不定可以改變現狀。」

因為我還不打算告訴艾爾玟要去找「卡麥隆的大樹」這件事，才會不知道該怎麼解釋。

「你直接這麼說不就好了嗎？」

拉爾夫一臉不爽地重新坐下。

「公主大人，妳也贊成這件事嗎？」

他又改問艾爾玟的意見。聽到他這麼問，艾爾玟驚訝地睜大眼睛，但她很快就別過頭去。

「如果馬修想去，我沒有意見……」

「可是──」

儘管主人都這麼說了，拉爾夫還是不太高興地扳起臉孔。

「如果你有意見，現在就立刻給我跳車。這裡可不是你老媽的娘胎，別以為只要在那邊吃手手，別人就什麼都會聽你的。」

他沒有回話，而是故意大聲咂嘴。這個臭小鬼竟然給我耍脾氣。

我們出城之後就一路往北方前進。只要再過兩天就能抵達「月光之泉」了。那個城市就位在亡靈荒野的北方，是西方的「歪曲燈塔(Twisted Lighthouse)」與列菲爾王國的首都「高貴王冠(Noble Crown)」的中繼站，也因此得以繁榮發展。因為有來自北方鱗鎧山脈的地下水，讓那座城市有著豐富的水源與糧食。我們要先前往那個城市，做過補給之後再踏進鱗鎧山脈。

為了避免沙塵飛進來，我們還在車蓬後面也蓋上一塊布。雖然這樣外面的陽光就照不進來，讓馬車裡變得很暗，但外面的陽光本來就太過強烈，所以這樣還是比較好。

我得感謝頂著烈陽在外面駕車，而且沒有一句怨言的德茲。我晚點就來幫他梳理鬍鬚吧。雖然他肯定會揍我一頓就是了。

當太陽來到頭頂上時，我們讓馬車停在岩石的陰影底下，暫時下車休息。

「感覺如何？」

「……還好。」

艾爾玟輕輕點了點頭。

「那就好。」

光是她願意給我回應，就算是有進步了。

吃完午餐後，艾爾玟還是躲在馬車裡不太願意出來。

雖然我也不放心讓她到處亂跑，但一直待在馬車裡對健康也不好。身體會退化的。

「……我們去稍微散散步吧。」

不過，因為不能跑太遠，所以我們只有在岩場周圍繞圈子。

因為陽光是肌膚的頭號敵人，所以我讓艾爾玟穿著兜帽披風，還牽著她的手。

萬里無雲的藍天一直延伸到地平線的盡頭。放眼望去全是荒野，就只有岩石與沙漠，還有稀疏的雜草。

因為這一帶離「灰色鄰人」的通商道路很近，所以領主都會定期派遣騎士來消滅魔物。

魔物似乎也明白這點，幾乎不會在這條路上出現。就只有沙漠蜥蜴與沙漠蛇會偶爾躲在遠處偷偷觀察我們。

據說在王國建立這條安全通道以前，有許多想要通過這片荒野的人都喪命了。這就是此處被命名為「亡靈荒野」的緣由，卻不曾聽說這裡出現過不死生物或死靈系的魔物。也許是因為連幽靈都無法在荒野上停留吧。

我一手牽著艾爾玟的手，一手指著地平線這麼說。

「那邊就是我們今早離開的『灰色鄰人』，另一邊就是王城了。我們準備前往的『月光之泉』就在那邊。妳以前去過那裡嗎？」

「待過一下子……」艾爾玟不是很有自信地小聲回答。

「在來到這裡之前，我曾經在那裡待過一陣子。那是個很棒的城市。自然資源很充沛，所以食物很便宜，酒也好喝。而且有錢人都熱心公益，很少有窮人餓死，跟『灰色鄰人』簡直天差地別。」

可是，因為那裡是西方與東方的中繼站，讓許多金錢與物資都聚集在那裡，也讓許多貪圖那些利益的道上弟兄一擁而上，展開爭奪霸權的鬥爭。「斑狼團」與「魔俠同盟」在那裡也有分會，而「群鷹會」的大本營也在那裡。

「等我們到下一個城市就好好泡個澡吧。畢竟那裡完全不缺水，可以不用這麼節省。」

「……」

「妳這次可是要回國，一定要漂漂亮亮地回去。要是頭髮有分岔就不好看了。」

我捧起她的一束紅髮。光澤果然變得比以前還要差。看來精神狀況也對肉體造成了影響。

「我……」

艾爾玟低著頭小聲呢喃。

「你覺得人民看到我現在的樣子，他們會做何感想？」

「他們應該會以妳為榮吧。」

「你騙人。因為我……」

「妳又會怎麼看待自己？」

看到有人為了國家賭命戰鬥受傷回來，大家會去痛罵那些人嗎？還是會罵他們廢物，拿石頭丟那些人？

「妳以前曾經問過我，如果妳們成功征服『迷宮』了，我打算何去何從。那妳自己呢？妳有何打算？」

「你是說征服『迷宮』之後嗎？」

「不，我是說妳成功征服『迷宮』，把國內的魔物全部趕走，建立全新的馬克塔羅德王國，當上初代女王，建立一個妳跟人民都能安穩度日的國家之後。」

「……我從來不曾想過這個問題。」

如果沒有發生魔物大舉入侵的事件，她原本應該早就繼承王位當上女王了。然後她會從那些貴族之中選出一位王夫，跟對方生下孩子，把孩子培養成下一任國王。

不管是要建立國家，還是要把王位繼續傳下去，都是她人生中的重要任務。她應該是真的沒想過這個問題吧。

「這個問題沒那麼複雜。妳只要找個興趣或娛樂，或是自己想做的事情就行了。妳可以一邊當女王一邊畫畫，想要演奏樂器也無所謂。」

「就算你要我找個興趣，我也只會戰鬥，不然就是保養武器與讀書……」

「那些當然也算是興趣。」

如果她認真想把那些事情當成興趣，可以把全國的武器都拿去保養，也可以收集到堆積如山的書來讀。

「以前光是眼前的事情就讓妳忙不過來了。妳何不趁現在想想自己的未來？只要妳看得見未來，對現在的自己應該也會改觀。」

「馬修，我……」

風聲突然改變了。我才剛意識到這件事，一陣風就捲起沙塵吹了過來，瞬間就把我們的身體染成土黃色。

「沒事吧？」

我一邊幫她拍掉頭髮上的沙子一邊問道。艾爾玟輕輕點頭。

拍掉艾爾玟頭髮上的沙子後，我靜靜地低頭親吻手中的紅髮。

這種裝模作樣的舉動就只有帥哥做起來才好看，要是換成那些平凡的醜男來做，就只會令人反感。

就這點來說，我可是天下第一美男子，遠比那些貴族與騎士適合這種舉動。

「我們差不多該回去了。」

艾爾玟沒有回答我。雖然她有一瞬間驚訝得睜大眼睛，但跟我四目相對之後，她又小聲說了句「笨蛋」。

我握住她的手，準備帶她走回馬車。

我無意中看到拉爾夫站在岩石的陰影底下。

正當我準備問他有何貴幹的時候，他突然轉頭走向馬車。

那傢伙到底是怎麼回事？如果他對我有意見，怎麼不跟平常一樣直接揮拳揍過來？

我們當晚直接在野外露營。艾爾玟跟諾艾爾在馬車裡睡覺，我們這些男人則是在馬車外面輪流睡覺。

事情在隔天早上出現了變化。

我一早醒來就探頭看向馬車裡頭，卻沒有找到艾爾玟的身影，只有諾艾爾在裡面整理東西。

「如果你是要找公主，她剛才已經被拉爾夫先生帶走了。」

聽到諾艾爾這麼回答，我不由得皺眉。那個笨蛋找艾爾玟做什麼？該不會是要向她告白吧？有勇無謀也該有個限度。因為他絕對不可能讓艾爾玟動心，而且艾爾玟早就有我這個小白臉了。

為了避免他隨便亂來，我決定要去警告他一下。

我走向諾艾爾指示的方向。

我聽到說話聲從小山丘後方傳來。我沒有聽到嬌喘聲與肉體碰撞聲，這才放心地走過去，但我很快就忍不住痛斥自己的粗心。

「回去吧。我們現在可不能在這種地方停下腳步。」

在遠離馬車的岩石陰影底下，拉爾夫握著艾爾玟的手，激動地說個不停，但他不是在進行愛的告白。

「為了馬克塔羅德王國，請妳再次振作起來。」

「你不要再說了。」

艾爾玟搖了搖頭。雖然她的表情看起來很痛苦，但也許是因為太激動，拉爾夫完全沒發現。

「現在正是我們展現勇氣的時候。為了人民著想，我們不能現在回國。只要是為了達成使命，我願意做任何事！讓我們一起戰鬥吧！」

「那你現在就去死吧。」

我一腳踹在拉爾夫背上。他跌跌撞撞地走了幾步，但是沒有跌倒。

「妳有受傷嗎？」

我無視於那個大吼大叫的笨蛋，過去攙扶看起來隨時都會倒下的艾爾玟。

艾爾玟看著我微微張嘴，但好像說不出話來。

「妳什麼都不用說。」

我輕輕撫摸她的頭，然後吹了三聲口哨。

「發生什麼事了？」

諾艾爾很快就趕到了。

「抱歉，艾爾玟好像身體不舒服的樣子。妳可以幫我把她帶回馬車那邊嗎？」

「我當然沒問題，那你呢？」

「我還有點事要處理。等我搞定就會立刻過去。」

諾艾爾輪流看向我和拉爾夫，但最後還是揹起看上去身體不太舒服的艾爾玟，就這樣走向馬車。

我回過頭去。

也許是覺得我壞了他的好事，拉爾夫這個臭小子恨恨地瞪著我看。

我大大地嘆了口氣。

「自從我們認識之後，你這傢伙就經常對我拳打腳踢。」

「是又怎樣？」

他理直氣壯地這麼說。

「可是，我連一次都不曾反擊。你覺得我為什麼不打回去？」

「因為你沒種不是嗎？」

「是因為你不值得我動手。」

就算跟這種愚蠢無知又自大的蠢貨認真，也只是在浪費時間。正因為這麼做沒有好處，我才會讓他活到今天。雖然他無法成為戰力，但也不會背叛艾爾玟。因為他蠢得恰到好處，我才會放著他不管。

要不然我應該會在對付路特維奇之前，就先處理掉這傢伙了吧。

而且我以前還會顧慮到艾爾玟。畢竟他好歹也是隊伍的一員。

要是讓他受傷了，我也會感到過意不去。

可是，要是這傢伙會危害到艾爾玟，那我就不會手下留情了。

我應該早點解決掉他的。我對自己的天真感到憤怒。

「如果想回去城裡，你就自己一個人回去吧。以後別給我出現在艾爾玟面前了。」

「什麼？你憑什麼說這種……」

「對付你這種沒本事又愛裝模作樣的臭小鬼只會弄髒我的手。這是我最後的忠告。不管哪裡都好，趕快給我滾吧。」

「該滾的人是你！」

拉爾夫揮拳打過來。我無法閃躲，讓拳頭直接打在臉頰上。雖然我有一瞬間重心不穩，但也就只有這樣。

「就這樣？」

「混帳！」

他被我輕易激怒，連續揮了好幾拳，而且還忘記要手下留情，把我的臉跟肚子當成玩具亂打一通。

「你這個垃圾！人渣！只有嘴巴厲害的廢物！你這種傢伙憑什麼跟公主大人在一起！去死吧！你這個可惡的小白臉！」

我彎下身體，被他一腳踹在肚子上。我往後退了幾步，又立刻被他用膝蓋踢中。我整個人往前倒下，腦袋馬上被他當成球踢。我四腳朝天摔在地上，肚子立刻被他踩了好幾下。他還把全身的重量都放在腳跟上。換成是普通人被他這樣踩，就算運氣夠好也會骨折，如果運氣不夠好，恐怕早就內臟碎裂死掉了吧。

「男人的嫉妒還真是醜陋。」

可是，我原本就比普通人耐打，這種程度根本不痛不癢。他又像是踢球一樣把我踹飛出去。我順勢從地上爬起來，然後就這樣退向後方。

「你明明連馬克塔羅德是什麼樣的地方都不知道！」

「你說得沒錯。」

我連一次都不曾去過那裡。只聽別人說過那裡是什麼樣的地方。

「你以為我們去那裡可以得到什麼？那裡是怪物的巢窟，到處都是跟山一樣巨大的魔物！我們現在去那裡有何意義？只能得到絕望罷了。」

「解決那些魔物不就是你戰鬥的意義嗎？」

「你這不是廢話嗎！」

拉爾夫一邊大吼一邊衝了過來。

「那可是我的故鄉啊！」

我再次被他狠狠打飛出去。

「那我們現在回去又有什麼問題？」

「我不是說現在還太早了嗎！」

當我倒在地上時，拉爾夫立刻騎到我身上不斷揮拳。這傢伙的拳頭還是一樣軟弱無力。

「我們還沒征服『迷宮』，也還沒拿到『星命結晶』，現在回去也只是送死！而你卻想要把公主大人帶到那種地方，簡直就是瘋了。你想去死就自己一個人去吧。別把公主大人也拖下水！」

我抓準他揮拳動作太大的機會把頭往旁邊一撇。拉爾夫的拳頭直接打中地上的石頭。他大聲慘叫。我趁機從他的身體底下鑽出來。

我擦掉臉上的髒東西，伸手指向那個還在喊痛的蠢蛋。

「那你覺得無所謂嗎？」

「你是指什麼？」

「我是問你願不願意讓艾爾玟保持現在這樣。」

這代表艾爾玟必須整天擔心害怕，連一點風吹草動都會被嚇到，耗費好幾年的時間才能重新振作起來。

「當然不願意啊！」

我還是頭一次贊同他的想法。

「那我問你。你之前都在做些什麼？」

自從艾爾玟倒下之後，這傢伙只會借酒澆愁，不然就是胡亂揮劍。他就只是在獨自扮演一個受到挫折的悲劇主角，而且還演得很爛。不只是這次，他一直都是這樣。

「你都特地追著艾爾玟來到『迷宮都市』了，結果只會欺負一個被打也不還手的小白臉嗎？」

他是艾爾玟身邊的人。我當然早就調查過他的底細。

拉爾夫出生在馬克塔羅德王國，是一位獵人的兒子。他住在王國北方的一個山間小村，每天都跟著父親狩獵野鹿與山豬。他本來應該會一輩子都待在鄉下追著野獸跑，卻因為跟父親一起去辦事情，順便到王城參觀了一下。結果這位來自鄉下的青年，就愛上從王宮出來向國民打招呼的美麗公主了。

公主跟獵人的兒子當然不可能有交集。這注定是一段單戀。即便回到故鄉，他也還是無法忘記公主大人，當他每天都在鬱悶中度過時，那個魔物大舉入侵的事件正好發生了。幸好魔物沒有跑到鄉下地方，讓他的故鄉幾乎沒有受害。

可是，因為政治體系完全瓦解，導致國內治安惡化，到處都開始出現搶奪財物的山賊。拉爾夫的父母拋棄了他們出生長大的故鄉，搬到鄰國定居。

雖然拉爾夫也在新家園當起農夫種田，但他聽說公主大人前去挑戰「迷宮」後，一直封印在心底的情感就復活了。這個鄉巴佬誤以為自己是勇者或英雄，就這樣無視於父母的反對，帶著自己所有的武器與金錢離開家裡。後來他不但被飢餓的魔物追著跑，又被人騙走身上的財物，還差點被讓他借住的村民洗劫一空，經歷過這些搞笑的事情，最後才終於抵達「灰色鄰人」。

為了拜託艾爾玟讓他加入「女戰神之盾」，他在旅館門口坐了三天，最後成功利用艾爾玟的溫柔加入隊伍。雖然他得接受路特維奇的嚴格鍛鍊，但能待在自己憧憬的公主身邊，他應該每天都過得很幸福吧。

他根本就不曉得那位公主大人過得有多麼痛苦。

「你的夢想就是待在艾爾玟身旁吧？恭喜你。你實現夢想了。」

因為這傢伙只想維持現狀，所以不會有所成長。就算肉體成長了，精神也還是個孩子。他在我們初次見面時就揍了我一頓，跟現在這樣又有什麼分別？我們認識都已經超過一年了。

他上次跟艾爾玟一起來救我的時候，我還以為他稍微有所成長，為此感到高興，但結果他還是變回過去那個拉爾夫了。

「你只想就這樣一輩子當個跟班，而不是當個白馬騎士吧？」

就算一個鄉下獵人的兒子想當個白馬騎士，也不見得能實現。而且想往上爬可是很累人的。

「閉嘴！」

他再次大吼大叫，往我身上亂打一通，但都沒能造成傷害。一個沒有背負任何事物的男人，就算揮拳打人也是不痛不癢。

「想法被我說中，讓你惱羞成怒了嗎？」

就算這個得意忘形的跟班跟其他冒險者起衝突，讓艾爾玟跟其他人為了幫他擦屁股向對方低頭道歉，這傢伙也是一副事不關己的樣子。

「難怪你永遠都是『這副死樣子』。」

我走出岩石的陰影，讓早晨的耀眼陽光照在頭頂上。

「去死吧！」

「要死的人是你。」

拉爾夫大動作揮出拳頭，卻在途中停了下來。因為我揮出的上鉤拳狠狠擊中他的肚子。

拉爾夫彎腰跪了下去，臉色蒼白地趴在地上嘔吐。他聞著令人反胃的臭味，整張臉貼著自己的嘔吐物，痛苦地不斷掙扎。我都已經手下留情了，依然能把他打成這樣。

「怎麼啦？就算我是個沒用的小白臉，也還是有辦法打倒你。」

拉爾夫完全無法回嘴。他好像把肚子裡的東西都吐出來了，翹著屁股不斷顫抖，像是要勾引我一樣。我抓住他的頭髮，硬是讓他回過頭來。

「給我滾。你已經沒用了。你不夠格。」

他強迫艾爾玟接受自己的主張，讓脆弱的艾爾玟在精神上被逼入絕境。

我不需要這種傢伙。

「誰要聽你的……」

「是嗎？」

我用手掌摀住拉爾夫的嘴巴。為了讓他叫不出來，我原本想要掐住他的脖子，但這讓我想起討厭的往事，於是就停手了。只要我全力出拳，一拳就能送他下地獄去了。

「我會告訴艾爾玟她們，說你因為害怕逃回城裡。」

聽到我這麼說，拉爾夫面露懼色。他總算明白死亡來到眼前了吧。他也可能是想起眼前這名男子曾經獨自擋下衝過來的巨大林德蟲。嘴唇不斷顫抖，臉色變得慘白，眼角也冒出淚水。看起來真沒出息。

「至少你沒有求饒，這點倒是值得稱讚。」

我舉起拳頭。拉爾夫閉上眼睛。

我懷著殺意揮出這一拳，卻在擊中之前被一隻粗壯的手臂擋下。

我回頭一看，原來是一位滿身肌肉的鬍鬚男子從旁邊抓住了我的拳頭。

「拜託不要一大早就打架行嗎？」

德茲不太耐煩地這麼說，同時一把將我推開，讓我很自然地回到岩石的陰影底下。

「別攔著我。」

「……」

德茲默默地挺身站在拉爾夫前面。

我們瞪著彼此好一段時間，但他完全沒有要退讓的意思。

「嘖……」

這個大鬍子還真是愛多管閒事，竟然在不必要的時候跑出來礙事。

「我只是開個玩笑罷了。因為他對艾爾玟說話不客氣，我才會稍微嚇唬他一下。」

「……」

德茲沒有相信我的說詞，依然用銳利的眼神注視著我。看來只能放棄了。畢竟我也不打算認真跟德茲動手。

拉爾夫還站不起來，整個人一臉茫然。

「自己處理一下吧。要是不小心吃了你吐出來的東西，鳥兒可是會拉肚子的。」

我隨手把一顆大石頭丟到腳邊。這樣他就會誤以為我剛才是用石頭揍他……應該吧。

我轉身離開後，德茲也立刻從後面跟了過來。他還配合我的步伐來到我身旁。

「你跟那種小鬼頭認真做什麼？」

德茲看著前面小聲這麼說。

「如果不讓他嘗一次苦頭，那種笨蛋就永遠不會學乖。」

如果是針對我就算了，但他硬要逼艾爾玟接受那種自以為是的正義，我就無法忍受了。

他的所作所為只會造成反效果。

他應該是想要鼓勵艾爾玟，但這樣只會讓艾爾玟更走不出來。

因為艾爾玟就是聽從別人的鼓勵，也這麼鼓勵自己，藉此得到了勇氣，才會變成現在這樣。

她的心因此生病，被逼迫到不惜聽從惡魔低語的地步，也還是繼續戰鬥，最後終於再也無法前進。

正義、使命與勇氣根本無法拯救艾爾玟。

「那種無法打動人心的鼓勵，反倒是一種毒藥。」

「那你又打算用什麼樣的話語鼓勵她？」

「……我毫無頭緒。」

我搖了搖頭。

「雖然我一直在思考這個問題，卻完全找不到答案。」

無關緊要的廢話我隨時都想得到，最重要的話卻連一句都想不出來。

我到底該怎麼辦才好？真希望有人能告訴我答案。

「那我們要怎麼處置那傢伙？」

聽到德茲這麼說，我回頭一看，發現拉爾夫還趴在地上。這個臭小子竟然還用拳頭不斷捶地，為自己的無力感到懊悔。你還早得很呢。

「隨他去吧。」

如果他決定逃回城裡就算了。這樣我也可以省點力氣，不用去管那種笨蛋。

「你對那傢伙還是一樣溫柔。」

「有嗎？」

如果我對他溫柔，就不會想要殺掉他了。

「如果他是那種無關緊要的傢伙，你從一開始就不會教訓他了。」

「如果他不是艾爾玟的同伴，我早就那麼做了。」

他身為一位戰士與冒險者，也身為一個男人，如果不能有所成長，就無法保護好艾爾玟。因此，即便他經常揍我，我在這一年裡還是會觀察他，也會給他一些建議，但成果就是如此，只是在浪費時間。

「你何不多給他一點時間？」

「那你去照顧他啊。」

雖然我嘴巴上這麼說，但德茲根本做不來教育後進這種事。因為這傢伙的教育方針從以前就是「你們自己看著學」，可說是爛老師的楷模。就算有前途無量的年輕人想要加入「百萬之刃」，也被這傢伙趕走了好幾個。

「如果可以讓我用拳頭教訓，我倒是可以考慮看看。」

「我看還是算了吧。」

德茲不擅長說話，而且還是個急性子，總是很快就忍不住動手打人。雖然他本人覺得自己有手下留情，但他的力氣原本就大得誇張，只要被他隨便打一下，都跟被熊打到沒什麼分別。就連跟他同族的矮人都無法忍受，普通人類當然不可能受得了。所以就算大家都認同他的實力，也不會有人願意待在他身旁。總之，他也是一個不擅長跟別人溝通的傢伙。

其實這傢伙的內心意外地纖細。真希望他也能把那種溫柔稍微用在我身上。

當我們吃完早餐，東西也收拾好之後，終於要準備出發了。

諾艾爾不斷問我拉爾夫的事情，但我都隨便應付過去了。反正他應該不會回來了吧。那傢伙的冒險就到此為止了。最後的戰績是單挑輸給一個小白臉，還被打到跪地嘔吐。這實在很有拉爾夫的風格。不過，這種結局還是比死在「迷宮」裡好多了。

「不好意思，我來晚了。」

我原本是這麼想的，但拉爾夫還是在馬車出發前回來了。他一看到我就尷尬地別過頭去，跳到車夫座位上坐好。

雖然我之後一直小心提防，但他完全沒有要向艾爾玟或諾艾爾告狀的意思。不但如此，他還變得很少說話。我跟德茲就不用說了，他連對艾爾玟與諾艾爾也只會做出最低限度的回應。

他原本會一直跟別人說話，努力想要找話題，但現在就只會默默望著天空，不然就是看著遠方想事情。

「他沒事吧？」

雖然諾艾爾很擔心他，但我倒是覺得馬車裡變安靜是件好事。

「大概是青春期到了吧。讓他自己去煩惱吧。」

煩惱是上天賦予人類的特權。畢竟那些把腦子獻給神明的傢伙，可是連這種事都辦不到。就讓他盡情去煩惱吧。因為有句話是這麼說的：「男人的腦子會隨著年齡增長改變位置，年輕時都是用下半身在煩惱，等到會用腦子思考才算是開始轉大人。」

這可是大哲學家馬修博士的名言。

從「月光之泉」出發後過了整整兩天，我們從平坦的道路進到森林，最後又爬上險峻的山路，終於來到鱗鎧山脈。

從這裡開始就得由德茲來帶路了。我們穿過滿是雜草，跟獸徑差不多的山路，沿著狹窄的河邊小路前進。

「我們到了。」

我們來到半山腰的地方，但這裡就只有岩壁，根本看不到什麼洞窟。

「該不會是只要詠唱咒語，岩石就會自己動起來吧？」

「想也知道不可能吧。」

德茲在岩壁上摸來摸去，然後他粗壯的手臂就突然陷進去了。

就算我伸手去摸那個地方，也只有碰到堅硬岩石的感觸。

這是幻覺與結界的雙重機關嗎？就算有人摸到這裡，也只會以為這是岩壁。這個機關還真是用心。

「這裡面就是『大龍洞』了嗎？」

「正是如此。」

德茲點了點頭，讓拉爾夫與諾艾爾同時叫了出來。

「等等，你們說的不會是那個傳說中的『大龍洞』吧？」

「原來真的有那種地方嗎？」

看到他們兩個驚訝的樣子，我納悶地歪著頭。

「我沒說過這件事嗎？」

「沒說過！」

「我有跟諾艾爾說過這件事喔。」

要是跟拉爾夫說了，這件事恐怕早就傳遍整個大陸了。

「那馬車要怎麼辦？」

「當然是直接開進去。」

德茲一聲號令，馬車就穿過岩壁的幻影了。

裡面是個巨大的洞窟。雖然入口附近只有粗糙的岩壁，但只要進到裡面，就能在天花板與牆壁上找到用鑿子或十字鎬敲打過的痕跡。我想那些矮人應該是挖開天然的洞窟，把這裡跟「大龍洞」打通了吧。

洞窟裡的通道兩側都有點燈。雖然還是很昏暗，但還不至於妨礙行走。

岩洞內部是平緩的坡道。因為天花板很高，所以馬車也能輕易下去。

看來這裡在打造時就有打算讓馬車出入了。

當我們來到下坡的盡頭時，眼前出現一個像是黑色牆壁的大洞。別說是馬車了，那個洞甚至大到能裝進一棟房子。

「這就是『大龍洞』嗎？」

我也是頭一次親眼看到。這些矮人還真是一群怪胎，竟然在地底下挖了這種通道。

「正確來說，這裡是車站的入口。」

「車站？」

「就是用來裝卸貨物並讓人進出的地方。」

「我們就是要在這裡搭上那種東西嗎？」

我看到好幾個裝著巨大車輪的箱子連接在一起。雖然箱子本身是細長型，卻有一棟小房子那麼大。最前面還有一隻巨大的鼹鼠。這隻鼹鼠大到足以完全裝進一間小山屋。牠有著灰黑色的皮毛，前腳與後腳都長著巨大的爪子，還有只有最前端是紅色的尖鼻子與小眼睛，看樣子就是由這傢伙負責拉車了。

「那是『地龍車』。」

「看起來就像是一條巨蛇呢。」

箱子一共有七個。箱子後方還載著牛與豬這樣的家畜。

「如果要到離馬克塔羅德最近的出口，大概要花上三天。」

如果走陸路的話，就算憑諾艾爾的腳程也要花上一個多月。

「這可真是方便，難怪會有人想要獨占。」

別說是用來賺錢了，也會有人想要用來打仗吧。

「這東西倒也沒有那麼方便。」

聽說這東西雖然很方便，但要維持與管理也不容易，經常會發生地層下陷、崩塌、土石掉落與洞窟進水淹沒這些意外事故。

正因為矮人孔武有力，還能在地底下連續待上好幾天，才有辦法管理這種東西。

在大洞穴的入口附近有一群矮人，而且還用不信任的眼神瞪著我們。

「他們好像不太歡迎我們這些人類。」

「別理他們。」

德茲沒有跟自己的同胞噓寒問暖，而是跑去跟裡面那個白鬍鬚的矮人說話。那傢伙應該是這裡的老大吧。

雖然我聽不見他們在說什麼，但那個白鬍鬚矮人似乎面有難色。他應該是在說「怎麼能讓人類使用」吧。

「靠你了，德茲。拜託不要讓我們都跑這一趟了，才跟我說不行。」

他們談了一段時間後，德茲總算回來了。

「我都談妥了。」

「辛苦你了。」

我想要給大鬍子一點獎勵，走過去想要吻他，結果肚子就挨了一拳。要掩飾害羞也用不著動粗吧。

「你們去把馬裝進最後一個箱子。馬車就裝進前一個箱子裡。」

連馬車都能幫我們載走真是太棒了。我先把馬跟馬車分開來，然後抓著韁繩，把馬牽到箱子裡面。

「我們要搭乘最前面。走吧。」

說完這句話之後，德茲就邁出腳步。我也牽著艾爾玟的手準備跟上，卻被人從後面叫住。

「給我站住。」

我回頭一看，發現一位有著深褐色頭髮與鬍鬚的矮人，一臉臭屁地仰望著我們。雖然他長得跟德茲有幾分相似，但滿是灰塵的鬍鬚縮成一團，沒有修剪的眉毛也跟毛毛蟲一樣粗。更重要的是，他看著我們的眼睛就跟汙泥一樣混濁。如果是以前的我，看到這種長相就會立刻一拳揍過去。他還背著一把跟自己差不多高的巨斧。

「我是這裡的負責人。」

德茲板起臉孔，一副看到麻煩人物的樣子。據說「大龍洞」分為好幾個地區，每個地區都是由住在該地的矮人一族負責管理。看樣子這位捲鬍鬚矮人就是這裡的老大。

「德茲，你這是什麼意思？竟然帶人類進來這裡，你到底在想些什麼？」

「迦得，你別找他們麻煩。」

剛才那位白鬍鬚矮人過來勸架。

「我已經同意了。這裡沒你說話的分。」

「現在的負責人是我。你的時代早就過去了。」

我懂了，原來是前任老大跟現任老大的方針不一樣。看來就算是在矮人的世界裡，接班同樣是個難搞的問題。

「你當然沒問題，但後面那些人類可不行。」

名叫迦得的矮人不懷好意地這麼說。天啊，我好想揍他。

德茲瞇起眼睛，一副很傷腦筋的樣子。這傢伙原本就不擅長與人交涉。如果被人拒絕，他就只會乖乖退讓，不然就是一拳打過去。雖然那位白鬍鬚矮人好像還能溝通，但這傢伙看起來就是一副拳頭比嘴巴厲害的樣子。

我別無選擇，只能挺身而出。

「我當然不會要你免費幫忙。我願意付錢。」

「大塊頭，不是錢的問題。」

迦得用不太高興的眼神看向我。

「我知道，這關係到各位矮人的名譽、信義與驕傲對吧？小弟十分佩服。」

雖然只需要兩瓶酒就能讓你們輕易說出這件事就是了。

「我當然不會四處張揚這裡的事情。其他人也不會。對吧？」

聽到我這麼說，拉爾夫與諾艾爾也跟著不斷點頭。

「我不相信。」迦得往地上吐口水。「你們人類全是騙子。」

「你說得很對。」

我深深地低頭鞠躬。

「我們人類就是一群既貪心又隨便，而且不知道長那麼高有何屁用的傢伙。跟你們矮人完全不一樣。」

我努力放低姿態。雖然直接搶走「地龍車」強行突破比較省事，但我們可不會操縱那種東西。而且這裡是矮人的地盤。要是被他們先一步繞到前面堵住洞穴，我們的旅行就結束了。艾爾玟將無法得到救贖。

「可是，我還是希望你能相信我們。我們不是要去觀光，只是想要回到故鄉。你應該知道發生在馬克塔羅德王國的慘劇吧？就算那裡早就變成魔物的巢窟，我們還是想要再次親眼看看故鄉，這難道不是人類和矮人都具備的情感嗎？」

雖然我對自己的故鄉毫無眷戀就是了。

「我們需要各位的幫助，才能實現這個願望。要是我們說出這裡的事情，就算被你們砍下舌頭，我們也絕無怨言。要我留下白紙黑字也行。算我求你了。」

我跪在地上苦苦哀求。對付這種自尊心強的傢伙，最好的方法就是吹捧對方。

「故鄉啊……」

迦得在我身旁走來走去，交叉雙臂打量著我。

「我大哥就是因為跟人類起衝突才會被殺。他的頭髮不但被人剃光，屍體也被丟在馬廄裡。」

也許是回想起那個光景，迦得的臉孔因為屈辱與憤怒而泛紅。

「他最後留下的遺言就是『我想回家』。」

「希望您兄長的靈魂可以安息。」

「不過，如果你好好表現，我也不是不能考慮。」

他露出不懷好意的笑容，在我身後停下腳步。我有種不好的預感。如我所料，他抓住我的腦袋，硬是把我的臉按在地上。

「如果要我們幫忙，你們也要展現出該有的態度吧？」

他盛氣凌人地這麼說。不管我把頭放得多低，他的身高也不會變高，但他似乎不明白這個道理。

「喂，你們幾個也過來。這個人類好像要陪我們玩玩。」

聽到迦得這麼說，好幾位矮人走了過來。每個傢伙眼裡都閃爍著凶狠與愉悅的光芒。他們應該都曾經在人類社會遇到不好的事情，打算拿我來洩憤吧。

「不過，單方面揍人是卑鄙小人的行為。我們不是那種人。所以就讓我們來一場決鬥吧。」

我從來沒聽說過四對一的決鬥，不過倒是曾經打過。

「你放心。我們不會使用武器。這是男人之間的鐵拳對決。」

「德茲。」

我感覺到那位可靠的大鬍子好像要衝過來了，於是立刻伸手制止他。

「再來就交給你了。」

「……這樣好嗎？」

「只是陪他們玩玩罷了。」

他們應該不至於殺了我。他們不可能有種跟德茲真的打起來。因為就算他們全部一起上，也不可能打得贏。

「那我先去準備一下。」

德茲果然是我最好的朋友。他直接轉身抱住艾爾玟，把她扛到肩膀上。艾爾玟尖叫一聲。就算德茲是我的好朋友，讓他碰觸艾爾玟還是讓我很不爽，但現在畢竟是緊急情況。我就特別准許你吧。你可要給我心懷感激。

雖然艾爾玟扭動身體想要反抗，但她還是無法逃出德茲的手掌心，就這樣被扛到「地龍車」前面了。這樣就行了。我不想讓她看到接下來要發生的事情。

決鬥的舞台就在卸貨區的角落。那裡是一個廣場，因為貨物都搬完了，所以要怎麼施展拳腳都行。我放下行李，隔著一段距離與那些傢伙對峙。每個傢伙都一副自認穩贏不輸的表情。他們應該只把這當成是「地龍車」出發前的餘興節目吧。

之後的發展果然不出所料。這些在人類社會受到欺凌的矮人，假借決鬥的名義對我動手動腳，欺負我這個空有體格的軟腳蝦，沉醉於復仇的愉悅之中。這就是因果輪迴。他們對我拳打腳踢，把我踩在地上，拉扯我的頭髮，還逼我親吻他們的鞋底。

「謝謝各位的指教。」

他們還逼我說出這種無聊的台詞，要我跪地磕頭。如果他們覺得這樣很好玩，就代表他們都是些幼稚的傢伙。

「你們給我差不多一點……」

諾艾爾情緒激動地要衝過來阻止他們。主要理由應該不是要袒護我，而是出於正義感或倫理觀念這種人道上的理由吧。看到有人被這樣欺負，不管是誰都會覺得不舒服才對。雖然拉爾夫什麼也沒說就是了。

「別過去。」

重新回到這裡的德茲阻止了她。

「為什麼要阻止我？你不是馬修先生的朋友嗎？」

「安靜看著就好。」

「可是……」

當諾艾爾還在猶豫的時候，我也正在被人圍毆。

「你全身都髒兮兮了呢。我來幫你洗一洗吧。」

我跪倒在地上，正好瞥見迦得的褲子掉在地上，露出一雙長滿腿毛的短腿。

溫暖的液體落在我頭上。淡褐色的液體從額頭流到臉頰，最後又從下巴滴到地上。

矮人們大聲嘲笑我。

一塊褐色的東西緊接著被丟到我眼前。那是馬糞。這塊屎好像才剛拉出來，上面還冒著水蒸氣與惡臭。

他們還一腳踩住我的頭，把我的臉按在馬糞上。那股惡臭太過強烈，讓我的鼻子跟眼睛都痛了起來。

「你們玩夠了吧。」

那位白鬍鬚矮人說話了。

「我不想看到這裡鬧出人命。」

迦得不屑地笑了出來。他應該是搞錯白鬍鬚矮人這句話的意思了。因為要死的人可是他們。

「好啦。我就給你個面子。」

雖然嘴巴上這樣抱怨，但他還是停手了。

「哼，沒用的膽小鬼。」

迦得重新穿上褲子，還順便一腳踹在我臉上，從手下手中接過他剛才揹著的斧頭。就在這一瞬間，我的腦海中響起警鐘。雖然趴在地上的我趕緊轉身想要逃跑，但迦得的手下立刻騎到我身上。

「哎呀，我不小心手滑了。」

迦得揚起嘴角揮下斧頭。鮮血飛濺到我臉上。我的左手從手肘之下被砍斷了。

雖然我痛苦地掙扎，但左手依然掉在地上動也不動。

「馬修先生！」

「別過來！」

雖然諾艾爾衝了過來，但我立刻出聲制止。難道妳父母沒教過妳，千萬別靠近一個渾身都是屎尿的男人嗎？

「可是你的手……！」

「我看就知道了。」

這次真的很痛。不過比起肉體上的痛楚，失去手臂的失落感更讓人難受。

鮮血也流個不停，感覺超級不舒服。我好像快要貧血了。

腳步聲逐漸離我遠去。我不但被人打得遍體鱗傷，渾身都沾滿屎尿，甚至連手都被人砍斷。現在也只能笑了。

「可是，你必須快點止血。」

「在那之前，我還有件事要做。」

我這次又被人用水潑在身上。

我重新睜開眼睛，看到面無表情的德茲提著水桶，把我的左手拿了過來。

「傷口很完整。應該救得回來。」

如此說道的他從我帶過來的包包裡拿出一個小袋子，拿出裡面的驅魔菊粉末與黑藻鹽。

「想不到我們還沒抵達馬克塔羅德就得『用上』這個法寶。」

「誰叫你自己不夠小心。」

德茲一邊這麼說一邊幫我治療。

他先緊緊綁住傷口上方，把驅魔菊的粉末塞進傷口，然後又拿起我被砍下來的斷臂，用水把傷口洗乾淨，同樣把驅魔菊的粉末塞進去，最後把左手與斷臂的傷口接在一起。他還在傷口上撒了黑藻鹽，又找來一根棒子固定住我的手臂，最後纏上好幾層繃帶。

「感覺如何？」

我試著確認左手的感覺。雖然還動不了，但隱約有點感覺。看來應該很快就會復原了。可是這樣我的壓箱法寶就被用掉了。我沒有算到這件事，都是那群可惡的鬍鬚矮子害的。

「咦？你們剛才做了什麼？」

拉爾夫露出痴呆的表情。

「如你所見，我們是在療傷。」

只要把驅魔菊的粉末塞進傷口，不知為何就會跟血混在一起，幫助傷口痊癒。黑藻鹽可以消毒，還能提升驅魔菊的效果。這是我在傭兵時代學到的民間療法。

世上有治療魔法與魔藥這種方便的東西，轉眼間就能讓傷口痊癒。可是，我們之中沒人會使用治療魔法，魔藥又太過昂貴，不是庶民買得起的東西。而且這兩種東西都無法重新接上斷臂。

但只要同時使用這兩樣東西，就連要重新接上斷臂都辦得到。不過如果時間拖得太久，傷口就會腐爛，這招也就不管用了。我沒有告訴葛羅莉亞這件事也是因為這樣。讓一個被人砍斷手的女人幫我準備接上斷臂的材料，還是會讓我覺得有些過意不去。

「可是你的手都被砍斷了……」

「那又如何？反正這也不是第一次了。」

只要跟拿著刀劍的敵人互砍，就有可能被人砍斷指頭與手臂。我還曾經被人砍斷腳。而我每次遇到這種狀況，都是靠著驅魔菊的粉末與黑藻鹽接回手腳。雖然這些東西也不便宜，但就算用上十次，也不見得會比一瓶魔藥還要貴。

「我是曾經聽說過這種做法，但還是頭一次看到有人這麼做。」

諾艾爾既佩服又膽怯地探頭看向我的手。

「再來就是每天都要換幾次繃帶，定期把黑藻鹽塗上去就行了。」

如果運氣夠好，只要半個月就能恢復行動能力。如果加上復健的時間，大概需要一個月左右，但我只要有七天就夠了。

完成治療之後，德茲再次拿著水桶過來。

我擦去臉上的髒東西與水滴。我現在看起來應該很狼狽吧。

「那傢伙的小便聞起來甜甜的。我猜他絕對有病。」

「那是酒鬼病。」德茲這麼說。「腳遲早會爛掉。」

「那雙短腿就算爛掉了，應該也差不了多少。」

我笑了出來。

「艾爾玟呢？」

「你換好衣服就快點去看看她吧。」

德茲把我的行李丟了過來。

「她一直叫著你的名字，我都快要被她煩死了。你還是快去露臉，別讓她繼續擔心了。」

這位公主騎士大人還真是令人頭痛。

「那你先去幫我跟她解釋一下。你就說『馬修大帥哥遇到一群壞矮人，只用一根鼻毛就把他們全都大卸八塊了』。」

「那麼神奇的絕技，我可不敢說給別人聽。」

德茲把毛巾丟了過來。

「你弄好就快點過來。」

丟下這句話後，他就走向前面的車廂。他真是個好人。

「……你剛才怎麼不還手？」

我回頭一看，發現拉爾夫氣憤地瞪著我看。諾艾爾也是。

「你覺得我打得贏那些傢伙嗎？」

在這種昏暗的洞窟裡，我就只是平常的那個軟腳蝦，而我當然不可能告訴拉爾夫與諾艾爾這件事。

「可是你上次就……」

我知道他想說什麼。畢竟我這個曾經把他打到吐的傢伙，竟然跑去巴結那些鬍鬚矮子，還被人在頭上撒尿。輸給我的拉爾夫應該也會覺得沒面子吧。

「因為現在不是打架的時候，所以我才沒動手。事情就是這麼簡單。」

想要擊垮那些傢伙其實很簡單。畢竟我們這邊還有德茲。可是，要是因此惹火那些傢伙，害我們無法使用這個洞窟，後果又會如何？到時候我們就得耗費好幾個月翻越地面上的山脈。而且還會遇到山賊與魔物，還得穿越不小心摔下去就會沒命的險峻山路。

「反正我們回來時也得利用這裡。我們只需要在回來時主動去找碴，把他們打趴就行了。到時候就麻煩你們了。」

「你想讓我們動手？」

「畢竟我這人向來不跟那種小角色動手。」

事實上，我甚至不確定自己能不能活著回來。

我的對手可是成千上萬的魔物大軍。那些矮子可不算在裡面。

雖然交代後事不是我的作風，但如果他們回來時還記得這件事，只要能幫我揍那些傢伙一拳就夠了。

「總之，請你們別告訴艾爾玟這件事。要是被她討厭了，我可是會哭的。」

換好衣服後，我還噴了香水消除臭味，然後才走到前面的車廂，結果艾爾玟立刻跑過來跟我說話。我先強調自己平安無事，這才讓她冷靜下來。算那傢伙走運。如果公主騎士大人沒有變成這樣，他們現在早就變成劍下亡魂了。

她還問我手臂上的繃帶是怎麼回事，我只告訴她這是光榮負傷，簡單幾句話就敷衍過去。反正諾艾爾或拉爾夫遲早都會告訴她吧。

當我的衣服乾掉時，「地龍車」也出發了。

巨型鼴鼠發出類似老鼠的叫聲，就這樣動了起來。雖然剛開始的時候速度很慢，但後來就逐漸加速，最後變得跟馬跑的速度一樣快。原來如此，這東西確實跑得很快，而且還跟地面上不一樣，不會遇到障礙物與上下坡，可以直線前進。

牆壁的兩側與上方都長著夜光菇，這些發光香菇之間的距離都是固定的。

雖然沒辦法弄得像白天那麼亮，但至少還能讓人認出別人的臉孔。

我環視周圍，發現車上的乘客就只有我們。雖然其他車廂裡好像還有乘客，但也許是擔心又會發生剛才那種糾紛，管理者才會把我們跟其他乘客分開來。第一節車廂算是被我們包下了。

根據德茲的說法，我們會在途中休息幾次，就這樣一路北上。

「地龍車」裡沒有椅子，就只在車廂兩側設有門口與窗戶。因為底下是普通的木板，所以坐起來很不舒服。雖然我們從馬車裡把坐墊帶來了，但長時間坐在車上，屁股還是會覺得難受。

雖然車廂裡有窗戶，但窗外一直都是同樣的景色。雖然有風吹進來是件好事，但也沒什麼好看的。無聊死了。

艾爾玟抱膝坐在窗邊。

她剛才明明還一直纏著我不放，現在卻變成這種樣子，就算我主動跟她說話，她也只會尷尬地別開視線。

難道是我身上還有臭味嗎？我聞了聞自己的袖口，但還是不確定有沒有味道。

她應該是猜到我剛才遇上麻煩了吧。

她說不定還躲在旁邊偷看。我剛才那樣醜態百出，她應該不會討厭我吧？我不是很有信心。

她目前還沒有要失控的樣子，只是臉色很差。待在一片漆黑的洞窟裡，好像還是免不了讓她想起「迷宮」。

據說一旦得到「迷宮病」，有些人就會變得害怕黑暗的夜晚，晚上都要點許多燈，讓屋子裡跟白天一樣亮才睡得著覺。雖然她在家裡都沒事，但她現在可能想起那段痛苦的回憶了。

艾爾玟突然變得不太對勁。她伸手扶著自己的頭，痛苦地閉上眼睛。

「不要……」

艾爾玟搖搖晃晃地站了起來。

「喂，這樣很危險。」

這裡是正在行駛的車廂，一直搖晃個不停，要是不小心就會立刻跌倒。

雖然德茲出言提醒她，但她好像沒有聽到。

不但如此，她甚至還想要走出車門。

「停下來！現在出去會沒命的！」

光是從馬背上摔下去，就會讓人受到重傷。這輛列車的速度比馬還要快，而且外面都是岩石，要是摔出去就死定了。

我們四個人一起擋下艾爾玟，讓她重新坐下，但她的身體還是抖個不停。

我在艾爾玟旁邊坐下，把她的頭擁進懷裡。

「如果妳覺得無聊，要不要跟我聊聊？」

「我……」

「那是我還在當冒險者時發生的事情。」

我無視於她的反應，開始說起往事。

「我以前曾經跟三隻雞打架，結果差點就沒命了。」

然後我說了許多故事給她聽。因為剛出道時搞砸任務，我曾經在賭博中輸到脫褲，不得不全身赤裸地翻過一座山回去找同伴。我還曾經拯救了一個村子，獎勵卻是差點被獻給山神當祭品。我還曾經在遺跡裡找到古代文書，後來才發現那是遠古英雄留下的情書。我還曾經被盜賊抓住，一個人被丟在沙漠裡，走了三天三夜才勉強撿回一命。我連自己曾經跑去對付幽靈，結果發現其實是年輕情侶躲在那裡約會這種無聊的事情都說了。我漫無邊際地說個不停。畢竟我當了很久的傭兵與冒險者，這種話題永遠說不完。

如果要講述自己擊敗強敵的英勇事蹟，我也可以說出以前擊敗吸血鬼、惡魔與龍的往事，但現在的艾爾玟應該比較適合聽這種故事。我還故意不去提跟洞窟與「迷宮」有關的事情。

我當時真的過得很好。絕大多數的事情都能靠著武力解決。身上有的是錢，也很受女人歡迎。我還有一群值得信賴的同伴。不需要避開暗處，也不必一直尋找陽光。那應該就是我人生中的巔峰期了吧。

而我現在又是如何？當初那種天下無敵的力量幾乎等於沒了，身上也沒錢，好幾十位女友也跑光了，只剩下一位讓人費心的公主騎士大人。值得信賴的同伴也各奔東西，只剩下一個不善交際又粗暴，但為人正直的朋友。

許多重要的事物都離我遠去了。

我現在告訴她的這些事情，是過去那些令人懷念的往事，也是那段日子的殘骸。這些往事對現在的我毫無助益，但應該至少還能拿來打發時間。

「……事情就是這樣，我九死一生地不斷逃跑，最後總算達成委託，卻沒拿到任何報酬，錢包裡變得空空如也，可說是白忙了一場。」

某種柔軟的東西突然壓在我的肩膀上。

「艾爾玟？」

她睡著了。

看來我的往事變成搖籃曲了。

「好好休息吧。」

畢竟我們要在昏暗無光的洞窟裡待上一段時間，能睡還是要儘量多睡一點。

為了避免吵醒她，我小心翼翼地搬開她的身體，讓她躺了下來。我還用坐墊代替枕頭，讓她能夠好好休息。

德茲開口了。

「我們還要一段時間才會到下一站。大家趁現在休息吧。」

「你說得對。」

因為剛說了太多話，讓我現在喉嚨很渴。當我伸手去拿水袋時，諾艾爾往我這邊爬了過來。

「剛才那些話是真的嗎？」

諾艾爾一臉驚訝地這麼問道。

「當然是我隨便亂掰的。」

我聳聳肩膀。

「那些都不是事實。我只是把以前聽過的傳聞隨便接在一起，臨時想出那些故事。德茲，我說得對吧？」

「……沒錯。」

我趁著自己還沒忘記，趕緊提醒德茲不要多嘴。

「我說不定有當說書人的天分。畢竟我喜歡說話，或許適合做這種講故事給別人聽的工作。」

「像是詐欺師之類的。」

「你放屁！」

因為德茲亂插嘴，讓我立刻吐槽他。

「總之，等到艾爾玟恢復平靜，我還會繼續講故事給她聽。下次就說我打扮成修女混進修道院的故事算了，妳覺得如何？」

「唉……」

諾艾爾明顯露出覺得掃興的表情。抱歉了，我也是有苦衷的。

拉爾夫那小子抱膝坐在車廂的角落，還時不時看向我和艾爾玟。不知道是怨恨、羨慕、氣憤還是羞愧，他現在心中應該百感交集吧。雖然要煩惱是他的自由，但我希望他不要跟我對上視線就立刻別過頭去。他又不是什麼墜入愛河的少女。

列車又前進了一段距離後，開始逐漸減速，最後停了下來。

「換班了。」

聽到德茲這麼說，我看向車外，發現「大龍洞」旁邊有條細長的通道，有位矮人正帶著巨型鼴鼠從裡面走過來。

原來如此，看來鼴鼠也需要休息。

「那裡還有廁所。想上的話就趁現在快去。」

「這真是太貼心了。」

「以前大家都隨便找地方解決，讓蟲子與老鼠為了吃那些屎尿到處亂爬，結果就帶來了傳染病，所以現在都會注意衛生上的問題。這是經驗與技術累積的成果。」

原來如此，這裡明明是洞窟內部，空氣卻能保持流通，應該也是矮人族經驗與技術累積的成果吧。

休息時間結束之後，列車再次開始奔馳。

「差不多該吃飯了。外面應該已經是晚上了。」

「你怎麼會知道？」

聽到德茲這麼說，拉爾夫一臉不可思議地這麼問。

「因為這傢伙的肚子很準時。」

「等我們吃飽之後，今天就在這裡睡覺吧。因為列車會繼續行駛，所以不需要有人守夜。」

畢竟矮人會定期在洞窟裡巡邏，列車上也載著負責護衛的矮人。

「那可真是太棒了。」

就算我們一路上都在睡覺，也還是可以抵達目的地。我原本還以為我們可能會跟搭上奴隸船一樣被叫去幫忙划槳。

這讓我得以專心照顧艾爾玟。

只要「地龍車」開始移動，艾爾玟就會再次握住我的手。雖然她現在比較習慣了，臉色也還是一樣蒼白，但至少不會像剛開始時那樣吵著要下車。她只會偶爾揮手打到我的臉，不然就是打在我的心窩上。我每次跑去有全裸的漂亮姊姊提供服務的店裡被她發現時，她可沒有這麼溫柔。

到了第三天的下午，「地龍車」平安抵達目的地了。

「我們該下車了。」

在德茲的帶領之下，我們再次爬上石坡，穿過幻影之牆。

「這可真是壯觀。」

這裡是位在半山腰的岩山，底下是一座廣闊的森林。

可是，這座森林只延伸到某個地方就中斷了，再過去就只有一片土黃色的荒野。

「那邊就是馬克塔羅德王國了。」

諾艾爾指著遠方，懊悔地這麼說。

「那就是我們的故鄉。」

到了這裡之後，就改由諾艾爾負責帶路。她坐上車夫的座位，駕著馬車穿過森林進到荒野。

我還以為在進到這裡的瞬間就能看到魔物大搖大擺地四處走動，結果這裡意外地安靜，頂多就是偶爾會看到巨大的魔物在遠方睡覺和吃草。

「這一帶的魔物還算安分，只要我們不靠過去，就不會跟牠們打起來。我們愈是靠近王城，魔物就會變得愈來愈多，也會變得更為好戰。」

「這裡的情況好像沒我想的那麼糟糕。」

「……有人居住的城市全都毀滅了。這樣已經不能算是一個國家了。」

「抱歉。」

我說話太不小心了。即便國土平安無事，這個國家也早就停止運作了。就算說這個國家已經毀滅也不為過。

「國內只剩下幾個小村子。而且那些村子也不算安全。」

因為魔物的數量與危險度都大幅增加，讓人無法隨便走出村子。

「而且有許多魔物集團都會到處亂晃。有些村子雖然成功逃過第一波襲擊，結果還是被那些四處徘徊的魔物集團毀滅了。」

村子之間失去聯絡，旅行商人也不會再來，讓那些村民無法買到食物，也賺不到錢。如果賺不到錢，就更是買不到食物。每個村子都孤立無援。

「事實上也確實有人死於飢餓。雖然曾經有人抱著必死的決心出去求救，但就我所知那些人全都沒有回來。」

離開是地獄，留下也是地獄。

「還沒離開的居民都是怎麼維生的？」

「他們會在村子裡為數不多的田地耕種，也會射下飛過村子上空的鳥兒，再來就是靠我這種人到處提供支援。」

倖存的人民都靠著各自的做法努力求生。而做不到這件事的村子就會毀滅。即便王國早就瓦解，馬克塔羅德的人民也依然還在受苦。

「尤利亞村就在離這裡兩天路程的地方。那裡的人都認識我，只要拜託他們幫忙，他們應該會讓我們住下來。」

「那可真是太棒了。」

在馬克塔羅德王國瓦解後帶領人民避難，幫助他們逃到國外，以及前往各地回收重要的遺物與寶物。這似乎就是諾艾爾的任務。

就算國家滅亡了，她也還在為了人民賭命戰鬥。要是王國有一天成功復興了，她的豐功偉業應該會變成英雄譚，永遠被後人傳頌吧。

「大家快點躲起來！」

諾艾爾大聲叫了出來，同時讓馬車停在附近的岩場。

「請快點離開馬車！動作快！」

她著急地這麼喊著，對我們下達正確的指示。

「安靜。千萬別說話。」

諾艾爾躲在暗處小聲說話，緊張地四處張望。我很快就知道理由了。

巨大的影子以驚人的速度從我們頭上飛過去。我抬頭一看，看到一隻巨大的蜥蜴反射著陽光，展開翅膀在空中滑翔。那是雙足翼龍，在分類上算是亞龍的一種，擁有頂尖的飛行能力。這種魔物偶爾會飛到地面獵殺家畜與人類。如果想要擊敗這種魔物，就只能用魔法或弓弩把牠們射下來，或是趁著牠們來到地面時將其打倒。

雙足翼龍似乎將我們視為獵物，在荒野上空不斷盤旋。因為周圍沒有其他人類與動物，牠要尋找獵物應該也不容易吧。

「只要我們躲久一點，牠應該就會放棄我們，改去其他地方獵食了。我們就忍耐到那時候吧。」

我也希望會是這樣，但事實是那隻雙足翼龍完全沒有要離開的意思。也許是肚子餓了，牠一直執著地盯著地面看。看來我們遲早都會被牠發現。

雖然我們躲在陰影底下，但這片荒野沒有任何遮蔽物，所以陽光非常強烈，讓我們汗流浹背。說不定敵人還沒飛走，這種緊張感與溫度就會先讓艾爾玟撐不下去。

「別擔心。」

我抱住艾爾玟的肩膀。

「要是有個萬一，我們只要讓拉爾夫當誘餌，然後趁機逃命就行了。只要是為了救妳，他很樂意犧牲自己的生命。」

「你別亂……不對，你沒有亂說，只是……」

拉爾夫想起自己以前說過的話，說話變得語無倫次。

「安靜，別出聲……要來了。」

聽到諾艾爾這麼警告，我抬頭看向天空。雙足翼龍還是一樣在荒野上空盤旋，完全沒有注意到我們。

正當我覺得奇怪時，地面突然隆起，緊接著又冒出足以讓人類通過的洞穴。有東西從地底下鑽了出來。那是一種跟人類差不多高的螞蟻。

我聽到身後的德茲發出咂嘴聲。看來那種螞蟻跟過去襲擊他故鄉的巨大螞蟻應該是同類吧。

巨大螞蟻不斷從洞穴裡爬出來。不是只有幾十隻，而是有成千上萬隻。螞蟻爬到地面上之後，就會爬到前一隻螞蟻身上，之後出現的螞蟻又會繼續爬到那隻螞蟻身上。那些螞蟻全都聚在一起，轉眼間就變成一座黑色高塔，直達飛在天上的雙足翼龍身旁。雙足翼龍發現這件事之後立刻轉換方向，化為黑塔的巨大螞蟻也踩著同伴跳了過去。有幾隻螞蟻在途中被風吹走，沒能抓到雙足翼龍就摔向地面。直到其中一隻巨大螞蟻抓住雙足翼龍的腳之後，情況就改變了。雙足翼龍飛行的高度稍微降低了，而那些巨大螞蟻沒有放過這個機會。第二隻與第三隻螞蟻也跟著跳到雙足翼龍背上。雖然雙足翼龍想要擺脫那些螞蟻，一下子急速下降，一下子又在空中翻滾，但重新跳到牠身上的螞蟻，依然多過被牠甩掉的螞蟻。

雙足翼龍化為一團黑球摔落地面。震動與沙塵甚至傳到了我們這邊。

從天下摔下來的鳥兒下場就是如此悽慘。即便體格相差許多，一旦被那麼多敵人壓在身上，就再也無法反抗了。

在聽到慘叫聲的同時，血腥味也飄了過來。看來那隻雙足翼龍的肉與皮都被扒下來了。

「趁現在。我們快走吧。」

諾艾爾要我們回到馬車上。那些巨大螞蟻似乎也忙著享用眼前的獵物，懶得理會我們。

我們趕緊搭上馬車再次出發。

我回過頭去，看到那些巨大螞蟻排成一列回到洞穴裡。

我身旁的拉爾夫鐵青著臉。他應該總算體認到事實了吧。

那就是他們的故鄉早已變成魔物昂首闊步的魔境。

後來我們又遇到魔物好幾次。早上差點被巨大的蚯蚓壓死，中午被跟房屋差不多大的食人馬追著跑，傍晚差點被花妖吃掉，晚上又差點被吸血鬼抓走。至於親眼見到的魔物種類就更多了，從哥布林到巨人族都有，那些傢伙簡直就像是從魔物百科全書的索引中直接跑出來一樣。

我們還差點摔落谷底，如果沒有德茲在場，我們至少死了五次。我們拚盡全力死裡逃生，到了第三天的傍晚才終於抵達尤利亞村。

尤利亞村被巨大的石牆團團圍住。

這些石牆還很新。我猜八成是聽說王國毀滅的消息後，村民才連忙建起來的。

雖然大門是木製的，但有用鐵板做過補強。

「我是諾艾爾。我回來了。請幫我開門。」

諾艾爾在門外這麼呼喊後，大門就輕易地打開了。我們直接駕著馬車進去。

「諾艾爾小姐，歡迎您大駕光臨。」

一位年約五十多歲的婦女從村子裡跑過來。

「她是這裡的村長。」諾艾爾小聲這麼告訴我們。其實原本的村長是她丈夫，但她丈夫剛好在魔物大舉入侵的時期到王城辦事情，結果就再也沒回來了。

據說後來一直都是由身為村長妻子的她擔任代理人。

「這些東西請各位拿去使用。」

諾艾爾放下背包打開封口。背包裡面裝著食物、油、衣服、針線、用來補丁的布料、釘子，還有其他這裡無法取得的消耗品。

這些似乎都是支援物資。原來這就是她帶著那麼多行李的理由。

「……請問這些人是？」

「我們是她的同伴。因為諾艾爾想要暫時回國探望你們，我們就跟過來了。」

在諾艾爾開口之前，我就隨便找了個理由。

「那各位不就是公主殿下的同伴了嗎？」

村長的眼睛亮了起來，看著我們的眼神中也自然充滿期待。

「公主她……」諾艾爾顯得有些難以啟齒。

正當我準備開口時，有人拉了拉我的袖子。

馬車裡的艾爾玟一臉不安地抓住我的手。雖然她戴著兜帽，但髮色畢竟比較特別，就算別人看不到她的長相，應該也會立刻發現她是誰。

「不好意思，艾爾玟她……公主有事無法前來，我們算是她的代理人。」

「後面那位又是……？」

村長看向馬車上的艾爾玟。

「她是……艾莉。」我故意壓低音量，一副害怕被別人聽到的樣子。

「她是公主騎士大人的替身。」

我告訴村長，說因為有很多人不樂見艾爾玟前去挑戰「迷宮」，所以經常有人想要暗殺她。為了保護艾爾玟，這女孩才會負責擔任替身。這些事當然是我亂掰的，但村長還是發出驚呼，聲音中充滿欽佩。

諾艾爾等人也配合我的說法在旁邊幫腔。

「那可真是辛苦各位了。這裡只是個小村子，還請各位不要嫌棄，放心住下來吧。」

村長決定讓我們住在村子外緣的一間空屋。聽說諾艾爾每次來這個村子的時候，也都是住在那間屋子裡。

「村子裡的防禦工事做得如何？」

我們進到空屋休息了一下後，德茲向諾艾爾這麼問道。

「目前還算安全。因為村裡有一間能驅魔的祠堂。」

「祠堂？」

「那間祠堂就位在村子中央，裡面設有能展開結界的魔法陣。」

聽說以前曾經有一位知名魔術師在這個村子借住一晚，為了報答村民才會幫忙設下結界，讓魔物無法靠近這個村子。這筆住宿費實在多過頭了。

「不過，那畢竟是很久以前的東西，不管什麼時候壞掉都不奇怪。」

「那村民有打算逃走嗎？」

「我覺得很困難。」

諾艾爾搖了搖頭。那些村民看上去都是老弱婦孺。男人應該是都去當兵，而且幾乎都死在魔物手中了吧。每個人都面露憂愁，看起來疲倦萬分。大家好像都在擔心害怕，不知道魔物大軍何時會殺進村子。那種緊張感持續得愈久，身心就會變得愈來愈疲勞。

「如果要從這裡逃走就必須翻越山脈。如果可以從東邊的山谷離開會比較輕鬆，但那條路上有個斷崖太過陡峭，連要搭橋都沒辦法。再來就只能從西方那片荒野越過國境，但那條路上不但有魔物，還會遇到野獸與山賊。」

如果所有人的腳程都不快，就算他們要從那些路徑逃走也很困難。因為這些緣故，尤利亞村的居民才沒有積極設法逃走。換句話說這個村子早就被放棄了。他們能夠撐到現在反倒是奇蹟。

根據諾艾爾的說法，有個位在西方邊境的村子不久前才剛被魔物襲擊而毀滅。那個村子的地理條件跟這裡差不多，但魔物在某一天發現人類存在的蹤跡，於是就大舉入侵。那些村民還來不及逃走，就跟建築物一起被踏平了。現場只留下瓦礫與血跡，還有魔物吃剩之後連要變成殭屍都沒辦法的人類殘骸。

「這附近愈來愈難找到能驅魔的香草了。圍牆與衛兵也無法實際派上用場。」

一旦結界失去作用，這個村子的命運也會跟著結束。其實諾艾爾應該是想要趕在那之前，設法幫助這些村民逃到國外吧。

說到這裡，諾艾爾轉頭看向德茲，露出認真的表情。

「可以請您幫個忙嗎？就算不能搭『地龍車』，至少讓我帶他們到車站也好。」

簡單來說，就是要借用「大龍洞」的意思。

「不行。」

德茲冷冷地這麼說。這不是因為他薄情，而是因為他做不到。他這次硬是設法讓我們四個人使用禁止人類進出的通道，已經可以算是奇蹟了。如果還要把幾十個人類帶進去，肯定會演變成大問題。因為這幾十個人類不可能全都保密一輩子，肯定會有人說出這件事。到時候圍繞著「大龍洞」的紛爭又會再次上演。

德茲跟他的家人應該也會受到制裁。他將會永遠被逐出矮人的社會，就此跟同胞恩斷義絕。

如果德茲還是孤家寡人，他可能還會義氣相挺，但如果會連累自己的妻兒，任何人都會躊躇不前。他以前是個只為自己的信念行動，不會顧慮後果的男人。雖然有人可能會說他變得軟弱了，但事實並非如此。他只是多了身為丈夫與父親的責任。

「可是……」

「別說了。」

諾艾爾還想繼續說下去。我靜靜地把手擺在她的肩膀上。

「大鬍子也有他的立場與苦衷。妳別太為難他了。」

德茲應該也很想幫忙。畢竟他是個溫柔的男人。可是，他還沒有溫柔到願意犧牲自己的妻兒去救人。每個人都會把自己的親人擺在第一。就算死了上百個陌生人，也還是跟自己親近的貓狗死掉比較令人悲傷。這種事本來就是這樣，沒什麼道理可言。

「……抱歉。」

諾艾爾不情不願地道歉了。

她當然也想保護自己身邊的人，所以才需要同時考慮到雙方的得失，但德茲還是太吃虧了。

「我們今天可是來度假的，就算沒辦法去游泳，但至少這裡很適合避暑不是嗎？」

「說避暑好像不太正確，因為這裡在冬天總是會下大雪，連要出門都沒辦法。」

如果想逃就得趁現在的意思嗎？

我隔著窗戶環視整個村子。原本以為這裡全是些眼神跟死魚沒兩樣的傢伙，但也有人正在用卡片賭博，也有人忙著用繩子綁住剛收割的麥子。某塊牆角還畫滿了孩童的塗鴉。

即便身處在看不到明天的環境，也還是能找到生存的樂趣與喜悅。人類這種生物還真是意外地頑強。

「關於你上次說的那件事……」

諾艾爾把臉湊了過來，免得被其他人聽見這些話。

「你打算何時進行？」

「……明天吧。」

我望著天空這麼說。根據諾艾爾的說法，這個時期會有溫暖的風從東方吹過來，很容易遇到晴朗的好天氣。而我也是這麼認為。明天應該整天都是大晴天吧。因為我最近一直在休養，所以傷也好得很快，應該不會有問題。

「妳今天早點休息。我想在黎明前出發。」

「我明白了。」

這間空屋意外地寬敞，讓我們決定分組在三個房間裡就寢。

我跟艾爾玟一間，德茲跟拉爾夫一間，諾艾爾自己一間。

因為我們不能讓艾爾玟獨處，跟諾艾爾在一起又會讓她靜不下心。

雖然拉爾夫不斷抱怨，但也就只有這個問題。

房間裡有兩張床。

雖然我不介意兩人共用一張床，但因為諾艾爾等人堅決反對，才會讓房間裡還擺了屏風。而且我的左手腕還被手銬固定在牆上。看來他們對我毫無信任，不過這也很正常。難道他們就不能大發慈悲，讓我在人生的最後打上一炮嗎？我想他們應該沒這麼好心吧。

「馬修……」

正當我躺在床上輾轉難眠時，艾爾玟從屏風後方叫了我的名字。

「妳睡不著嗎？」

「我是個卑鄙小人。」

看來隱瞞自己的真實身分這件事，似乎讓她覺得有罪惡感。

「如果讓那些村民知道妳是公主，那事情可就嚴重了。他們肯定會吵著跟妳要簽名。要是有滿臉皺紋的老先生要妳在他的肚子上簽名，妳不就傷腦筋了嗎？那些皺紋會讓妳的字變得亂七八糟喔。」

「別跟我說笑。」

「我們是來這裡度假的。妳只要把這當成是微服出巡就好。」

我暗自嘆了口氣。

我們來這裡明明是為了幫她減輕壓力，結果她又在這裡給自己更多的壓力。責任感這東西簡直就像是一種詛咒。因為她身為王族與一國的公主，也是一位榮耀的騎士，讓她對自己有很高的要求，不斷往高處前進，才會不小心摔下來，現在只能用一隻手抓住我這條保命繩。如果再讓她稍微受到一點打擊，她就只能放開繩子，摔進不見天日的地獄深淵。

為了避免她走到那一步，就得讓她放下肩上的重擔，減輕她內心的壓力。

畢竟沒人知道我這條保命繩什麼時候會斷掉。她也差不多該明白這點了吧？

真不知道她是信任我還是太沒戒心了。

當我陷入沉思時，房間裡突然發出噪音。我轉頭看過去，發現艾爾玟正忙著把屏風移開。把屏風搬到房間的角落後，她重新躺回床上，往我這邊伸出手。

「手借我一下。」

「會挨罵喔。」

雖然是我會挨罵就是了。

「我睡不著。拜託你。」

「拿去。」

我把手伸過去後，她立刻緊緊握住。

「我也可以把手臂借妳當枕頭。妳要過來這邊嗎？」

「不用了。」

她毫不客氣地拒絕了。

月光照進這個昏暗的房間。

「感覺如何？」

「現在還算不錯。」

意思是只有現在嗎？

「……只要一個人獨處，我就會感到害怕。所有的一切都好可怕。就算待在寬廣的地方，我也會覺得周圍既陰暗又狹窄，有種快要喘不過氣的感覺，就好像被人活生生關進棺材一樣。」

「那還真是可怕。」

「我知道自己不能這樣下去，心中也為此感到焦急，卻不知道該怎麼振作起來。就算明白那些道理，也無法改變自己的內心。」

她更用力地握住我的手。她的內心失去平衡，卻又無計可施，所以當初才會誤入歧途，就此墜入地獄。如果她沒有遇到我，應該早就墜入更深的深淵了吧。

「……當初果然不該依靠那種邪惡的東西。就算那能讓我感覺自己變強大了，也終究只是一時的虛幻。」

「……」

「我甚至不敢相信自己以前都待在『迷宮』裡戰鬥。我以前明明一直理所當然地那麼做……連我自己都不敢相信。」

「這樣啊……」

「……我記得我們曾經有過約定。」

艾爾玟看著天花板，像是自言自語般這麼說道。

「我說等我成功征服『迷宮』之後，就要讓你看看我的故鄉。」

「確實有過這件事。」

「這裡其實是個更美好的地方。大家也都過著比現在更幸福的生活。不是現在這個魔物橫行，人民只能活在恐懼中的國家。」

她這是在否認現實嗎？

最愛的故鄉早已變成魔物的巢窟。她至今依然無法承認，也不願承認這個事實。她無法接受現實，才會選擇最不切實際的解決之道。這是一場不是全贏就是全輸的豪賭。而現在正是她必須算總帳的時候。

「……不知道『卡麥隆的大樹』現在變成什麼樣子了。」

「希望那棵樹還平安無事。」

「如果情況允許，我真想回到王宮，親眼看看它現在的樣子。」

「拜託妳饒了我吧。」

「我心裡很清楚。」

我能感覺到她在黑暗中露出苦笑。

「王城早就變成了魔物的巢窟。憑我的本事……就算是以前的你，應該也辦不到這件事。」

「或許吧。」

艾爾玟繼續說了下去。

「可是……我還是很想知道那棵樹是否依然深植於這個國家……如果那棵樹依然健在，我也有辦法重新振作起來。我有這種感覺。」

「妳就是妳。」

不管那棵樹有多麼重要，也沒必要把自己的命運跟它綁在一起。

「妳可以靠自己的雙腳站起來，剛才也是靠自己的力量在夜晚把屏風收起來。」

「……」

「今天還是早點睡吧。等妳將來成功征服『迷宮』之後，再去看看那棵樹就行了。」

「……」

「艾爾玟？」

她沒有回答。我轉頭一看，發現艾爾玟抱著我的手睡著了。她看起來睡得很香。

「晚安。」

其實我很想給她一個吻，只可惜手腕被銬住了。

我醒了過來。我看向旁邊那張床，發現艾爾玟還沒睡醒。

這說不定會是我們今生的離別。

我無意沉浸於感傷之中。這只是稀鬆平常的事情。艾爾玟過去也不斷投身於賭命的戰鬥，只是碰巧一直沒有出事，我們兩人隨時都有可能永別，上次就真的差點要永別了。今天只不過是輪到我去賭命罷了。

我拿掉繃帶。傷口大致都癒合了，動起來也沒有問題。

手銬的鑰匙在不知不覺時出現在地上。我猜應該是從門縫底下丟進來的吧。

我解開手銬，揹起昨天就事先準備好的背包。

因為我沒什麼力氣，所以只帶了非帶不可的東西。

「來，這是今天的糖果。」

為了不吵醒她，我把裝著糖果的袋子放在她枕邊，還一反常態地在旁邊留下一封信。

『我出去一下。妳乖乖待在這裡等我回來。』

我盡可能地用最輕鬆簡潔的話語這麼交代。因為我不喜歡那種長篇大論，而且那只會讓她更擔心。為了避免吵醒她，我小心翼翼地開門走出房間。

現在還沒天亮。

我跟諾艾爾已經來到村子外頭。

雖然德茲也在場，但他這次負責留守。

「真的不需要我陪你去？」

「不需要。」

這次的作戰需要能迅速移動的身手。德茲的身手比現在的我還要慢，不管有幾條命都不夠。

「村子就交給你了。要是讓我回來時看到村子毀滅了，我可是會很傷腦筋的。」

「你可別把照顧公主的任務丟給我。」

這在德茲語中是「你一定要活著回來」的意思。我們可是老朋友，我早就知道該怎麼翻譯他的話了。

「我會銘記在心的。」

我一定會活著回來。要不然艾爾玟就得永遠保持這樣了。

「再見。」

我撥開德茲的鬍鬚，在他的臉頰上親了一下。

心窩立刻挨了一拳，讓我喘不過氣。

「誰准你做這種噁心的事情了！」

這傢伙掩飾害羞的時候還是一樣粗暴。

「親愛的，剩下的等我回來再繼續吧。」

我舉手道別，就這樣走到村外。要是不趕緊離開，我可是會被五馬分屍的。

我回過頭去，發現諾艾爾整個人都僵住了。她的表情像是撞見難以置信的一幕。

「你該不會……不光是公主，連跟德茲先生都有一腿吧？」

「別告訴艾爾玟喔。」

我笑了出來。這女孩太純真了。我甚至有點為她擔心。

「畢竟他是有家室的人。我可不想破壞別人的家庭。」

我跟諾艾爾在荒野中前進。

太陽升起之後，乾燥的風就吹了過來。

根據諾艾爾的說法，好像有條捷徑可以通往王城。

「舅舅曾經告訴我，在前面不遠的地方有個祕密洞窟。」

她指向一座山。

「那是一條緊急逃生地下道。只要利用那條密道，就能直接抵達王宮。」

那應該是讓那些大人物在城堡即將淪陷時使用的密道吧。

既然是地下道，那就不可能會有陽光。可是，如果一切順利，我們就能幾乎不用遇到魔物，平安抵達位在王宮的「卡麥隆的大樹」。這可真是幫了大忙。

「艾爾玟當時也是走那條密道嗎？」

「聽說公主不是從那裡逃出來的。」

諾艾爾一臉愧疚地說道。

「她當時想要奮戰到最後一刻，結果被好幾個人五花大綁，硬是用快馬載著逃出王宮。」

那女孩從以前就很喜歡亂來。

太陽慢慢升起，艾爾玟也差不多要睡醒了。拜託妳乖乖待在村子裡等我回去。

我們找到一棵被枯草蓋住的大樹，又在樹根旁邊找到一個大洞。我探頭看了進去，發現這個洞比想像中的還要深，應該有一個人身高的兩倍……不，應該超過三倍才對。

「就是這裡了。」諾艾爾看著地圖這麼說。

諾艾爾放下綁在旁邊大樹上的繩索，率先爬了下去。看樣子下面還有一個橫洞，進去之後就是通道。

「你可以下來了。」

確認安全無虞後，諾艾爾在洞穴底下這麼呼喚我。「了解。」我跳進洞穴裡。過了幾秒之後，腳底便傳來一股震動。

「我覺得這樣比較快。」

我自認這個判斷很合理，諾艾爾卻露出傻眼的表情。

雖然那個橫洞對我來說有點狹窄，但諾艾爾還是直接走了進去。裡面一片漆黑。

「請等一下。」

諾艾爾點亮燈火。雖然通道裡有許多地方都裂開了，但裡面都是堅硬的岩石。看來這是一個天然洞窟，只是被人拿來當成密道使用。地下水從牆壁上的裂痕流出來。濕氣讓裡面充滿了霉臭味。

這裡跟「迷宮」不同，一旦失去光源，就會變得一片漆黑，完全看不到東西。

「我們走吧。」

我們靠著微弱的火光前進。雖然地面濕滑難走，但過程比我想得還要順利。我原本還以為會遇到魔物，但目前還沒有這樣的跡象。洞穴裡寂靜無聲。

不過，我們頭頂上偶爾會傳來震動，讓砂土跟著掉下來。我猜應該是龍或貝西摩斯之類的巨大魔物在搞破壞吧。我們走地下道果然是正確的選擇。

可以安全抵達當然最好。冒險跟主動衝進火場還是有差別的。

雖然這條通道還是有些彎曲，但幾乎是一條直線。為了避免被盜賊利用，這種密道通常都設有陷阱，不然就是設計得很複雜，但馬克塔羅德王國的人應該是沒有餘力做出那些機關吧。這條通道真的很長。仔細想想就知道，從入口到王宮的距離很長，至少可以翻越一座山，當然不可能馬上就走到出口。

「從出口到『卡麥隆的大樹』大概有多遠？」

「我猜應該不是很遠。畢竟從王城的每個地方都能看到那棵樹。」

「那也要樹還沒倒才行。」

雖說是王國的象徵，但那也只是棵普通的樹。我想應該不可能毫髮無傷。問題在於那棵樹還能保有幾分原本的樣子。

「就算看不到樹也沒關係，那棵樹就種在王宮的東方，我們只要去那裡找就行了。」

「我明白了。」

不知道我們會遇上什麼狀況，但也只能走一步算一步了。

「如果有什麼狀況，我會負責處理的。你只要完成自己的任務就行了。」

既然她敢這麼說，就代表她有自信做得到。

就算我們遇上那些讓地面晃個不停的魔物，她應該也打算挺身而戰吧。

正當我打算繼續問下去時，諾艾爾出聲打斷了我。

「公主怎麼會那麼信任你？」

雖然諾艾爾這麼問我，但臉還是一直正對著前方。

「我覺得原因不是只有男女之情。我見過好幾對情侶與夫妻，雖然不知道該怎麼說，但我總覺得你跟公主好像不太一樣。」

答對了。為了搞懂我們兩人的關係，諾艾爾應該也是絞盡腦汁吧。

「畢竟我們在一起很久了。這就是所謂的日久生情吧。」

「可是，我跟公主也認識很久了。我舅舅跟拉爾夫先生，還有那些死去的隊友也都是如此。可是，公主最信任的人是你。」

「妳太看得起我了。」

那是因為我知道她的祕密，而共享祕密是一種讓人變得親近的有效手段。

「真要說的話，我覺得原因就是妳都叫艾爾玟『公主』。」

就是立場不同的問題。她們是一國的公主與忠臣，因為這層關係變得親近，但也無法變得更親密。

「難道你就不是這樣嗎？」

「因為我是個笨蛋。我只在乎她是不是個好女人。」

「……」

諾艾爾陷入沉默。因為她走在前面，我看不到她的表情。

「如果想得到對方的信賴，就得自己先主動拉近距離。雖然禮儀與規矩很重要，但有時候也不能光靠那種東西。」

而且艾爾玟就是想要那種能自然相處的朋友。

「總之，等我們回去以後，妳可以自己去問她這個問題。不是去『親近』，而是要去『傾聽』。因為人類是一種喜歡說話的生物。光是有人願意聽自己說話，就已經很令人感激了。雖然艾爾玟總是板著一張臉，但她其實……」

我話才說到一半，諾艾爾就叫了出來。我納悶地抬起頭來，然後也跟著發出呻吟。

眼前的通道被瓦礫堵住了。

從那堆瓦礫的形狀看來，應該是天花板垮下來了。

因為地面上有一群巨獸在亂跑亂跳，我猜應該是變得脆弱的天花板終於撐不住了吧。現在的我當然無法搬開那些瓦礫，而且要是一個弄不好，天花板說不定會再次垮下來把我們活埋。真叫人傷腦筋。我們都走到這裡了，如果還要回頭就會浪費掉許多時間。

「還有其他通道嗎？」

「有是有……」

諾艾爾伸手指向右邊的通道。原來如此，那裡確實還有另一條通道。因為那條通道跟這條岩石通道不一樣，還有用裁切過的石塊固定住，所以看起來很堅固。

「往這裡前進可以通往其他出口。我記得這條路是通往王城的外緣。」

「那可真是太棒了。」

光是可以抵達那種地方，我就感激不盡了。

「可是，那裡是魔物巢窟的正中央。這實在太危險了。我們還是回頭吧。」

「還有其他出口嗎？」

「有是有……」

只是那個出口的安全程度跟距離好像也差不多。

「那我們也只能硬著頭皮上了吧。」

「我明白了。」

諾艾爾點了點頭，轉身走進右側那條通道。我也默默地跟了上去。

我們在牆壁是石塊的通道走了一段時間後，眼前突然亮了起來。雖然盡頭的寬度只能讓一個人勉強通過，但那裡有陽光從上方照進來。

「這裡就是終點嗎？」

「對。」在諾艾爾如此回答的同時，我抬頭仰望天空。我看到了一塊四角形的藍天。看樣子這個出口被偽裝成一口枯井。想要爬上去好像不太容易。

諾艾爾拿出前端裝有勾爪的繩索，朝向天空扔出去。確認勾爪成功勾住枯井的邊緣後，她就像隻猴子一樣爬上去，然後還把我拉了上去。

我來到地面之後，發現這裡好像是一座庭院。牆壁都倒塌了，地上也寸草不生。我只能在疑似曾經種有樹木的地方，找到地面上的小洞。庭院旁邊的宅邸也早就沒了屋頂，只勉強剩下一些斷垣殘壁，才讓我知道那裡曾經有一間屋子。

「這裡是什麼地方？」

「應該是路斯塔家的庭院。」

原來這裡就是路特維奇的家嗎？他還真有品味。我猜他打造這條密道，應該是為了幫助自己逃命吧。他真是騎士的榜樣。

就在這時，諾艾爾的臉色突然為之一變，拿出一塊土黃色的布，蓋在我們兩人頭上。

下個瞬間，我立刻聽到地面震動的聲音，還從那塊布底下看到疑似魔物四肢的東西。

難不成這傢伙是察覺到我們出現，特地跑來吃掉我們的嗎？

對這些傢伙來說，我們應該只是頓大餐吧。

「別說話。屏住呼吸，不要亂動。」

諾艾爾屏住呼吸，緊張地這麼警告我。我也跟著小聲呼吸，努力不發出聲音。

我感覺到有龐然大物在自己身旁蠢動。只要那傢伙稍微移動腳，我們就會一起被踩扁。

雖然太陽高掛在天上，我也不是不能衝出去戰鬥，但我還是想要儘量避免。因為如果我在這裡跟敵人開打，就會引來其他魔物。

敵人光是移動身體，空氣就會為之震撼，讓現場捲起一陣風。對這些龐然大物來說，我們兩個就跟蟲子沒什麼分別。

我感覺到敵人逐漸遠去。也許是因為一直找不到我們，讓牠失去興趣了吧。牠好像前往其他地方了。

我這才鬆了口氣。

「剛踏進這裡就遇上這種鳥事，真是嚇死人了。」

嘆了口氣之後，我重新轉頭看向諾艾爾。

「這裡大概在王城的哪裡？」

「我記得舅舅家在王城的東邊。王宮則是在西邊。」

「我明白了。」

我從包包裡拿出一個小瓶子，把裡面的東西撒在自己身上。

「這是去味劑。」

裡面的成分是魔物的體液與糞便萃取物。只要撒上這東西，就能讓自己發出跟魔物一樣的味道，讓魔物難以發現。

不過，這味道對人類來說是一種惡臭，反倒會讓使用者容易被人發現。我現在已經快要被臭昏頭了。

「那我要出發了。」

「還是讓我跟你一起去吧。」

「不，我要妳在這裡守著通道。」

就算我能順利拿回樹枝，要是出口在我回來之前被毀掉，那我就死定了。

為了保險起見，我還跟她拿了王城的地圖，請她告訴我密道入口的位置。要是遇到緊急情況，我說不定可以從那些入口逃走。

「可是……」

「那這個借我一用吧。」

我拿走剛才披在身上的布。這塊布應該很適合拿來藏身。

「……請你務必活著回來。要是你死了，公主會傷心的。」

「沒問題。」

「祝您武運昌隆。」

我不需要她為我祈求武運，只希望她能幫艾爾玟祈禱。

然後，我從這塊土黃色的布底下衝了出去。

我穿過化為瓦礫的牆壁來到外面。躲起來環視周圍，發現眼前是片連廢墟都不算的荒野。

既然這裡名為王城，就應該可以找到一些痕跡才對，但這裡被巨大的魔物踐踏過無數次，建築物全都化為瓦礫，而那些瓦礫又繼續遭到踐踏，還暴露在風雨中，早就看不出原本的樣子了。

一群巨大的魔物在這片荒野中遊蕩。到處都是只要擊敗一隻就足以得到英雄稱號的怪物，而那些怪物不是躺著休息，就是忙著享用抓到的獵物。那些獵物似乎都是較為弱小的魔物。這裡可說是魔物的王國。

我看向自己準備要去的王宮所在之處，但沒能看到任何建築物。那裡好像只有堆積如山的瓦礫。號稱在王城的任何地方都能看見的「卡麥隆的大樹」，也無法從這裡看見。我猜那棵樹應該是被魔物大軍撞倒了吧。至於樹根是否還存在，從這個地方也無法確認。

不過，因為地理位置上的考量，那裡肯定是一座高台，所以我應該不會迷路。

如果情況允許，我很想直接衝到那裡，但眼前還有一群巨大如山的魔物四處橫行。想要從睡著的魔物身旁偷偷溜過去也很危險。就算沒被那些魔物發現，也很可能不小心被牠們壓扁。

只要沿著曾經是王城外牆的瓦礫前進，就能隨時找到藏身之處，讓我在這一路上較為安全，但也只是稍微不那麼危險。不過，如果我這樣繞遠路，就會耗費太多時間。如果我不能在太陽下山前達成目的回到這裡，那我就死定了。

而且去味劑的效果也無法維持太久。

雖然我有些猶豫，但最後還是選擇繞遠路。畢竟心急也只會害我送命。如果我能發揮原本的實力，我有信心打贏那些魔物。可是，要是讓上百隻魔物發現我，對著我胡亂吐火，「卡麥隆的大樹」也有可能被那些火焰毀掉。我可不能搞錯自己的目的。

我開始沿著外牆前進。因為我很自然地走在太陽照不到的地方，為了防備敵人的偷襲，我有做好準備，讓自己隨時都能使用「片刻的太陽」。當然，我早就讓它吸滿陽光了。

我一邊躡手躡腳地前進，一邊眺望著這座早已毀滅的城市。

實際觀察之後，我發現自己能隱約看出那些瓦礫堆本來是什麼地方。我有看到宅邸、民宅、市場與工匠作業場，甚至連娼館都有。

那裡以前應該有不少漂亮小姐吧。我很想去一次看看，不知道那些女孩現在怎麼樣了。她們可能早就被魔物吃掉，不然就是踩死了吧。就算她們成功撿回一命，也還是頓時失去了工作與住所，往後的生活肯定充滿著苦難。

許多人的命運都被這場魔物帶來的災厄改變了。娼婦是這樣，公主騎士大人也無法倖免。

我在瓦礫堆之中看到幾根折斷的鐵棒插在地上，還看到快要腐爛的木板上寫著數字，看板上還刻著鎖鏈與狗的圖案。

看來這裡是奴隸市場。

艾爾玟曾經告訴我馬克塔羅德王國是個好國家。那應該是她毫無虛假的真心話吧。可是，不管是多麼和平的國家，都有受苦受難的人民。不管國王有多麼疼愛子民，都無法改變這個事實。因為人類不是神明。

正當我準備加快腳步時，眼前突然有東西動了起來。糟了。我的直覺瘋狂敲著警鐘。我立刻轉身就跑。爆炸聲從身後傳來的同時，我感覺到有瓦礫飛了過來。我的背被石塊砸中，在土煙之中回過頭去，看到一隻巨大的蜈蚣從地面鑽了出來。蜈蚣衝到直達城堡頂端的高度後，又立刻趴在地面上，動著無數隻腳衝了過來。

糟糕，我被發現了嗎？我用力蹬地拚命奔跑。既然被那種危險的傢伙盯上，那我就不能躲起來慢慢前進了。雖然只是瞬間瞥見，但從體型與頭部的圖案來看，我猜那傢伙八成是一隻魔王蜈蚣。

那是蜈蚣的始祖與國王，身體比鋼鐵還要堅硬，而且最喜歡吃人類的內臟。我聽說那種怪物很久以前就滅絕了，想不到竟然還有沒死成的傢伙。

魔王蜈蚣踩過瓦礫與人們留下的痕跡向我逼近。也許是覺得沿著城市的外牆奔跑會難以行動，敵人一邊撞開外牆與內側的瓦礫一邊衝了過來。那些聲音就跟雷打在身旁一樣吵。因為腳的長度與數量都無法比較，讓我逐漸被牠追上。蜈蚣的噁心臭味鑽進鼻腔。這傢伙明明體格巨大，速度卻快得嚇人。要是再這樣下去，我肯定會被牠追上。

可是，我現在可不是那個沒用的小白臉。只要身在萬里無雲的天空底下，我就會變回以前那個人稱「巨人吞噬者」的馬修大帥哥。要是以為一隻蜈蚣就能嚇得倒我，那可就大錯特錯了。

我邊奔跑邊撿起插在瓦礫上的鐵棒，然後轉身衝向外牆，就這樣踩著牆壁往斜上方奔跑。

我踩著外牆的邊緣，一口氣跳了起來。伸長身體的魔王蜈蚣就在我腳邊。發現我跳過去之後，牠抬起頭來。笨蛋，我就是在等你抬頭。我朝向鐵棒前端的瓦礫吐了口口水，然後大聲吼叫，使勁把瓦礫砸向魔王蜈蚣的眼珠。我聽到東西破裂的聲響。噁心的體液噴了出來，讓魔王蜈蚣瘋狂地扭動身體。牠的一顆眼珠被我砸破，倒在地上痛苦打滾。別擔心，我立刻就讓你解脫。

我撲向魔王蜈蚣的觸角。儘管身體被四處亂甩，我還是拚命站穩腳步，使勁拔下那根觸角。黏黏的體液再次噴了出來。

我在魔王蜈蚣的頭頂上把那根觸角轉了一圈，把口水吐在觸角的前端，然後狠狠刺進剩下的那顆眼珠。

我聽到牙齒不斷摩擦的聲響。因為這種魔物無法發出聲音，我猜這應該就是牠的慘叫聲吧。魔王蜈蚣失去雙眼，痛苦地到處打滾，變得越來越虛弱。

這些傢伙很討厭人類的口水。

不久後，魔王蜈蚣仰躺在地上，縮起自己的腳，就這樣一動也不動了。

我這才鬆了口氣。只要把一隻這樣的魔物帶到冒險者公會，就能拿到上百枚金幣，但現在可不是賺這種小錢的時候。更重要的是，其他魔物都跑過來了。

看吧，就像現在這樣。

一隻巨大的黑色猿猴不知道從哪裡跳到我面前。

這是「災厄猿」。這種魔物光是用叫聲就能讓生物動彈不得，甚至是死亡。那是名為「萬死之歌」的必殺技。竟然又是這種傳說級的怪物，這裡到底是怎麼回事？

災厄猿無視於我的怨言，大大地吸了口氣。

我趕緊摀住耳朵，躲到附近的牆壁後面。強烈的聲音撼動空氣，像是洪水般向我襲來。真是吵死人了。我好像快要重聽了。確認叫聲停歇後，我抓起附近的石頭，使勁扔了過去。如果我隨便接近，敵人又會發出剛才那種叫聲。躲在遠處攻擊才是最好的做法。憑我的蠻力，就連普通的石頭也會變成砲彈。可是，災厄猿靈活地避開石頭，用長長的雙手撿起瓦礫丟了過來。我趕緊往後跳開，剛才站著的地方立刻被瓦礫砸爛，外牆也被打出破洞。

這傢伙的力量實在可怕。如果我隨便靠近，牠就會發出吼聲，如果我離得太遠，牠就會投擲石塊。牠應該很擅長在中距離與遠距離對付敵人吧。可是，這反倒是牠的弱點。

我再次抓起石頭，從牆壁後面衝出來，朝災厄猿丟了過去。不是只有一顆，我還連續丟出第二顆與第三顆石頭。

災厄猿露出從容不迫的笑容，一邊避開石頭一邊向我逼近。牠應該是打算在我無法閃躲的距離，再次發出剛才那種叫聲吧。

我的背撞到某種堅硬的物體。原來是我在四處逃竄時來到外牆旁邊。而眼前的災厄猿正在大口吸氣。左右兩側就不用說了，我也不可能逃向上方。因為在我跳起來的瞬間，石塊就會立刻砸到我身上。我無處可逃。可是，路是要自己開創的。我握住石塊，高舉過頭使勁一扔。雖然這是必殺的一擊，但災厄猿輕而易舉地躲開了。正當災厄猿準備施展「萬死之歌」時，牠突然瞪大眼睛，因為從後面飛過來的石塊砸到了牠的後腦杓。

只要回過頭去，可以看到剛才被我擊敗的魔王蜈蚣的屍體。畢竟直接丟過去也會被牠躲開，我只好利用魔王蜈蚣比鋼鐵還要堅硬的身體，讓石塊反彈回來。這就是所謂的跳彈。

雖然挨了出其不意的一擊，但災厄猿還是活蹦亂跳的。因為石塊經過一次反彈，讓威力減弱了許多。可是這樣也無所謂。因為我趁機縮短雙方的距離，成功衝進敵人懷裡。

我伸手勒住災厄猿的喉嚨。

「身為一個男人，最後果然還是只能依靠自己的雙手，你說是吧？」

災厄猿伸出黑色的雙臂，從兩側夾住我的腦袋試圖反擊。牠應該是想要直接握碎，不然就是扭斷我的脖子吧。

可惜牠慢了一步。

我憑著自己的握力折斷巨猿的脖子。巨猿在一瞬間就變得全身癱軟無力。當我放開雙手時，牠的喉嚨上還留有凹陷的手印。

災厄猿無力地癱倒在地上。為了保險起見，我還用小刀刺穿了牠的延髓。

確認敵人完全死透後，我趕緊離開現場。

因為我能看到巨大的魔物衝向這裡。雖然我有想過要逃跑，但很快就被追上了。跟敵人玩捉迷藏對我較為不利。

這可不妙。如果繼續跟牠們打下去，我永遠無法抵達王宮。在殺光牠們之前，我就會先耗盡氣力。

看來只能豁出去了。

我主動衝向魔物大軍。雖然跟牠們正面硬碰硬，我註定只能被牠們踩扁，但敵人全是巨獸，而那正是我獲勝的機會。

魔物大軍的前鋒是三頭魔犬凱爾貝洛斯。來得正好。雖然只要時間沒抓好就會當場斃命，但只要能抓準時機，就能幫我爭取到距離。我抓住那傢伙的前腳。敵人不耐煩地想要把我甩掉。我趕在被甩掉之前從前腳爬到牠背上。

「衝啊！」

我狠狠拍打敵人的屁股。三顆狗頭同時發出慘叫。敵人在原地不斷轉圈，想要把我甩下來。猛烈的震動向我襲來。雖然我馴服過好幾匹烈馬，但那些烈馬可沒有大到連馬鞍都裝不下。我緊抓著比我整個人還要長的體毛，同時尋找下一匹要騎的馬。凱爾貝洛斯這樣猛力掙扎，應該惹火其他傢伙了吧。

其他魔物對凱爾貝洛斯展現出敵意。最具代表性的魔物來到我們面前。那就是龍。火焰聚集在龍的嘴巴周圍。這可不妙。我趕緊跳向旁邊的貝西摩斯。

正當我好不容易才抓住牠尾巴前段的瞬間，龍的「火焰吐息」籠罩凱爾貝洛斯的全身。三頭魔犬的巨大身軀轉眼間就變成一團火球。雖然我勉強逃離那道火焰，卻無法避開那股熱浪，皮膚被烤到發燙。這種感覺已經不是燙，而是痛了。

凱爾貝洛斯甚至無法發出慘叫，就這樣化為焦炭，四腳朝天地倒在地上動也不動。

這真是太可怕了，但我也沒時間在旁邊看戲。

這次換成被我跳到身上的貝西摩斯開始掙扎。

貝西摩斯扭轉身體，想要像貓一樣躺在地上翻滾。拜託饒了我吧。為了讓身體照到陽光，我迅速爬到牠的肚子上，感覺自己好像變成一隻跳蚤。雖然我成功逃過在牠背上被壓扁的命運，但牠這次又趴在地上，想要用肚子把我壓扁。要是不能快點找到下一隻坐騎，我肯定會沒命。我再次爬到牠背上，一口氣延著背脊骨往上衝。當我抵達巨大的犄角時，我順勢跳向天空。身體有一瞬間彷彿在空中靜止之後，我筆直地往下墜落。我還是不習慣這種從高處墜落的感覺。不管經歷多少次，都會讓我的蛋蛋嚇得縮起來。

我的下一隻坐騎是巨大的烏龜。我在甲殼上奔跑，同時尋找下一隻坐騎。

我的首要任務是尋找太陽，讓自己隨時都能照到陽光。一旦讓敵人跑到頭頂上就會陷入劣勢。我必須不斷跑到敵人上方。為了達成這個目的，只能不斷更換坐騎，像是破抹布一樣用過就丟。抱歉了，你們只是我一晚的夢。要是跟我睡過一次就以女朋友自居，我可是會受不了的。

而且只要我跑到敵人的頭頂上，牠們就看不到我，也會難以發動攻擊。如果運氣夠好，還能讓牠們自相殘殺。

我為了保命在魔物之間跳來跳去。當我跳到一隻巨大的螃蟹身上時，身體突然變得沉重了起來。原來我在不知不覺中進到影子底下了。

這怎麼可能？敵人什麼時候跑到我頭上了？

我抬頭一看，很快就找到答案了。一隻大鵰在空中展開巨大的雙翼，不知道在什麼時候飛到我的頭頂上。

那是洛克鳥。又有難纏的傢伙出現了。

我的身體失去平衡。因為螃蟹左右移動，想要把我從身上甩下去。憑我現在的臂力，就連想要緊抓著牠的身體都做不到。

身體左右搖晃，讓我連想要站著都沒辦法。雖然我伸手抓著甲殼上的突起物，但要是再來一次就要撐不住了。如果我在魔物大軍之中摔落到地面，就註定只能被牠們壓死。

可惡！想不到竟然在大白天就得用上這東西！

「照射。」

在我詠唱咒語的同時，「片刻的太陽」發出光芒，讓我的全身上下再次充滿力量。

我從螃蟹怪物的甲殼上衝向蟹螯，踩著朝天高舉的蟹螯使勁一蹬，體驗已經不知道是第幾次的空中漫步。我伸長手臂揮舞雙手，成功用手指抓住洛克鳥的腳。

洛克鳥還來不及做出反應，我就從牠的腳爬到背上了。

我沐浴著陽光解除「片刻的太陽」。這裡的寒風冷冽刺骨。我環視周圍，發現自己來到了天上。

底下是我剛才四處逃竄的荒野還有魔物的大軍。

這可真是不錯。這樣我就不需要避開陰影，可以直接衝向王宮了。

也許是因為羽毛的緣故，洛克鳥似乎沒有注意到我。牠發出尖銳的叫聲，在王城上空不斷盤旋，就快要抵達王宮上方了。只要讓牠稍微飛低一些，我就可以跳下去了。

正當我如此盤算時，我看到腳邊好像有東西在發光。那東西就位在魔物大軍的正中央。我不需要定睛凝視，就知道是剛才那頭龍準備施展「火焰吐息」。

只要看過剛才那隻凱爾貝洛斯被燒成焦炭的樣子，便可得知那招的威力十分驚人。可是，那招的射程並沒有很長。而且這裡還有風，那招不可能射到這種高空。而從龍嘴吐出的火焰，也確實還沒噴到洛克鳥的腳就隨風消散了。

哈哈哈，你看看你！正當我豎起中指俯視著下方時，我突然全身起雞皮疙瘩。

龍的嘴巴旁邊不知何時開始發光。那光芒有如雷光般耀眼，還一直閃爍個不停，逐漸凝聚在牠口中。

「牠該不會是要施展『龍騎槍（Dragon Lance）』吧？」

雖然這招跟「火焰吐息」一樣都是從嘴巴施展，但威力比那還要強上好幾倍。那招是把龍體內的大量魔力變成光束，一口氣釋放出來。光束會化為一把長槍，以驚人的威力貫穿一切，根本不可能防禦。

也許是感覺到危險，洛克鳥轉身想要逃跑。如果我繼續騎在牠背上，就算能夠成功逃走，也會變得離王城更遠。就算我想要從這裡跳下去，卻又太高了，我八成會直接摔死。可是，如果我繼續騎在牠背上，也只會跟洛克鳥一起被擊落。即便我們能成功逃過一劫，洛克鳥應該也暫時不敢接近這一帶了吧。

不管了，聽天由命吧。

我做好覺悟，從背包裡拿出那塊土黃色的布。在洛克鳥飛過王宮上方的同時，我算準時機發動「片刻的太陽」，用雙手抓著那塊土黃色的布，從洛克鳥背上往下一跳。

我在空中展開那塊布，讓布承受著氣流。這樣應該就能稍微抵消降落時的衝擊。因為這會讓陽光照不到我，所以我無論如何都需要發動「片刻的太陽」。雙手承受的負擔比我想像中的還要大。為了不讓自己放手，我拚命抓著手中的布。

在腳邊發出閃光的瞬間，我頭頂上立刻發生爆炸。「龍騎槍」射穿洛克鳥了。爆風在下個瞬間打在我背上，加快我降落的速度，也讓地面迅速逼近。頭上熱到不行。我猜是火焰的餘波讓布燒起來了吧。可惡，我可不想死在這裡。

在感受到衝擊的瞬間，我眼前變得一片漆黑。

耀眼的光芒在眼皮外閃爍。我睜開眼睛，看到「片刻的太陽」在我頭頂上發光。我先確認周圍沒有魔物之後才解除發動。

我好像有一瞬間昏了過去，現在也能聽到耳鳴的聲音。我還以為身體被炸得四分五裂了，但既然能感覺到疼痛，就代表我還活著。手腳也都還連在身上。雖然骨頭可能折斷了，但反正還能活動，所以這也不成問題。

我起身環視周圍。

這裡有一座能讓人俯瞰城市遺址的高台，雖然周圍只有堆積如山的瓦礫，但那些瓦礫本身的材質都很不錯。雖然早就四分五裂了，但牆壁上依然能找到經過雕刻的痕跡。看來這裡肯定就是王宮內部。

這就代表「卡麥隆的大樹」應該也在這附近。雖然草木都枯死了，但那可是一棵大樹，說不定還沒消失。

我拖著疼痛不堪的身體沿牆壁前進。據說那棵樹就種在庭院裡，只要到疑似庭院的地方尋找，應該就能找到才對。頭頂上還有類似剛才那隻洛克鳥與雙足翼龍的飛天魔物到處亂飛。要是被牠們發現就糟了。我躲躲藏藏地彎過轉角，來到一個空曠的地方。

「這可真是慘到不行。」

這裡確實有塊曾經是棵大樹的木頭。那棵樹的樹幹非常粗壯，就算告訴我它的樹齡有好幾百年我也會相信。可是，那棵樹已經從樹根附近折斷，露出底下的樹洞了。我試著伸手去摸，結果那塊木頭立刻瓦解垮掉。

這棵樹完全枯死了。就算把這東西帶回去，也只會讓艾爾玟失望。

「不知道地底下又是如何？」

就算地面上的枝葉枯死了，只要樹根還健在，就還有一絲希望。這棵樹依然有可能吐出新芽，重新開枝散葉。

我從背包裡拿出驅魔香草點火燃燒。

這項工作得耗費一些時間，我可不想被人打擾。不過，這裡的魔物實在太多了，驅魔香草的有效時間恐怕連平常的一半都不到。我必須快點搞定，容不得半分差錯。

我拿出一支小鏟子，開始在樹的周圍挖掘。當我忙著挖掘的時候，地面偶爾會搖晃。我猜應該是有巨大的魔物來到附近了吧。這些震動讓石頭不斷滾下來，害我每次都得停下鏟子。可惡，麻煩死了。

「這是什麼？」

又挖了一段時間後，我找到一個被白布裹住的東西。我解開那塊白布，拿出一把豪華的短劍。劍鞘上甚至還鑲著寶石。

「難道這就是艾爾玟曾經說過的那把短劍？」

我記得她是在八歲那年，因為立志要成為出色的騎士，才會把這把短劍埋在樹底下。

試著拔出短劍。因為長年被埋在土裡，劍身早就生鏽了。可是，只要拿回去好好保養，看起來好像還能使用。

「如果我帶著這把短劍回去，艾爾玟應該會很開心吧。」

我把短劍放進背包，再次開始挖掘。

還是只能挖到一堆石頭。拿掉那些圓形與形狀不規則的石頭後，我成功挖出一塊巨大的四角形物體。我小心翼翼地挖出那東西，輕輕拍掉上面的沙土。總算找到了。我終於鬆了口氣。後來，我懷著一絲希望調查那些樹根，但所有樹根都腐爛了。「卡麥隆的大樹」完全死透了。這塊大木頭就只是個屍骸。

艾爾玟的願望永遠無法實現了。

……不管結果如何，我都已經達成目的，也找到能帶回去的禮物了。再來只需要平安回到艾爾玟身邊。

太陽早就開始落下。如果我不快點回去，就只能在魔物大軍之中變回一個軟腳蝦。問題在於我該回到哪裡。如果要回到路斯塔家，一路上的魔物實在有點太多了。如果要跟剛才一樣騎在魔物背上躍過敵人，恐怕也很困難。

應該只能從其他出口回去地下通道了。雖然王宮庭院的地下通道入口離我最近，但那條通道早就垮掉了，沒辦法通行。下一個離我最近的入口就位在王宮南方的一間教會。根據諾艾爾的說法，那間教會的祭壇底下藏有通道，而且還跟我們走過的地下通道連在一起。

我突然看到街上那邊閃爍著光芒。我還沒想通那道光是什麼東西，就立刻從「卡麥隆的大樹」旁邊跳開，壓低身體蹲在地上。

閃光與巨響從我頭頂上衝過去。暴風差點就要把我吹走，但我勉強撐住了。沙塵與黃煙籠罩著周圍，我一邊咳嗽一邊站了起來。「卡麥隆的大樹」消失不見，只剩下被挖掉一大塊的地面。

我不需要思考也能知道這個結果是怎麼造成的。因為答案正朝這裡衝了過來。

剛才那頭龍竟然還沒死心。

牠拍動著綠色的翅膀，不情願地搖晃著巨大的身軀飛了過來。

現在的我沒有武器與防具。要是在近距離挨上一發「龍騎槍」，我應該會沒命……大概吧。雖然我沒試過就是了。現在果然還是走為上策。

可是，如果我直接這樣逃跑，也只會被敵人追上。於是，我從瓦礫之中撿起一塊手掌大小的石頭。

石頭是世界上最方便的遠距離武器。雖然射程比不上弓箭，但幾乎不會丟完。反正只要隨便撿起地上的石頭丟過去就行了。因為我在傭兵時代就經常丟石頭，所以對準度很有自信。

我大大地揮舞手臂。雖然投石的破壞力與貫穿力都比不上弓箭，但我現在可是人稱「巨人吞噬者」的大力士。

我使勁朝著龍擲出石塊。石塊像是被投石機射出去一樣，射穿了龍翼上的薄膜。雖然比起龍的體格，那個洞並不算很大，但牠現在正在飛行。龍因此失去平衡，就這樣往下墜落。龍的巨大身軀在地面摩擦，一邊彈開瓦礫一邊滑行。

就在我握拳叫好的瞬間，左手突然感到一陣劇痛。看來是因為我太過亂來，才會讓傷口再次裂開。我趁機轉身逃跑。龍應該不可能那樣就死掉，但我沒時間繼續跟牠打下去了。因為太陽快要下山了。

我要趁現在前往南方的出口，利用地下通道與諾艾爾會合。應該來得及在今晚回去吧。

一股寒意突然竄上背脊。我感覺到一股熱流從背後傳來，立刻臥倒在地上。一道光束從我頭上射過去。熱死人了。

光束消失後，我回過頭去，看到那隻被埋在瓦礫堆裡的龍恨恨地瞪著我，嘴邊還冒著白煙。

看來那個混帳是用「龍騎槍」對我做出反擊。可是，牠似乎在摔落地面時扭傷，有一隻翅膀折斷了。雖然龍的再生能力很強，但牠應該暫時無法飛行了。就算牠想要在地面爬行移動，也還有其他魔物擋在牠與王宮之間。而且其他魔物似乎把剛才那發「龍騎槍」當成開戰的信號，紛紛衝向那頭龍。

不好意思，這場捉迷藏是我贏了。

當我起身再次奔跑時，我突然發現背包好像變輕了。

我回頭一看，發現裝在背包裡的東西掉得滿地都是。

糟糕，背包被剛才那發「龍騎槍」打破了嗎？

背包上的破洞比想像中還要大，看來是不能繼續使用了。我做出這樣的判斷，扔掉身上的背包，改拿出一個布袋，把重要與不重要的東西統統撿起來丟進去。東西大致都裝進去之後，我把袋口緊緊綁起來。這樣就行了。

當我回頭尋找是否還有東西沒拿時，心臟猛然跳了一下。

我看到一個白布包裹掉在瓦礫旁邊。那是艾爾玟最重視的短劍。

正當我準備衝過去撿起來的時候，左手又再次傳來一陣劇痛。就在我急忙停下腳步的瞬間，一道巨大的影子蓋住了包裹。

現場發出一聲巨響。

原來是巨大的魔像跳了過來。地震的餘波讓白布包裹被瓦礫壓在底下。

不對，這傢伙應該是被打飛過來的。

回頭一看，發現剛才那頭龍正在跟其他魔物戰鬥。應該是其中一隻被龍打飛到這裡了吧。

我一邊用手臂擋住掉下來的瓦礫碎片，一邊尋找那把短劍的去向。

那把短劍充滿了艾爾玟的回憶。如果讓她看看那把短劍，或許能讓她稍微打起精神。

在哪裡？短劍到底跑去哪裡了？

我搬開那些壓住白布包裹的瓦礫。

找到了。那個白布包裹被土弄髒了。因為白布沒有纏得很緊，讓裡面的短劍跑出來了。劍身已經從根部折斷，前端也裂開了。而且劍柄上的寶石也碎裂了。

我看這應該不可能修好了吧。就算把這些碎片重新接起來，也不會變回原本那把短劍。

雖然我想著至少要把碎片撿回來，卻連這個願望都無法實現。

被打飛過來的魔像動了起來，一腳踩爛短劍的碎片。那聲音聽起來意外地清脆。魔像搖搖晃晃地走向王宮外面。看來牠應該是打算回去跟龍戰鬥吧。雖然牠們要自相殘殺不關我的事，但我已經氣到失去理智了。

「給我站住。」

我從後面狠狠揍了魔像一拳。以石頭製成的魔像背部陷了下去，再次撲倒在宮殿的瓦礫上。

當魔像趴倒在地上的同時，我用雙手抱住它的腳踝，使勁往後一拉。

我在拉扯的同時轉動身體，魔像的身體也很自然地跟著旋轉。旋轉的速度愈來愈快，讓魔像的身體離開地面。

抱歉了，我只是要隨便找個人洩憤。不過，你過去一直隨心所欲地活著，至少在最後幫別人一個小忙，應該不算過分吧？

等到轉速夠快之後，我放開雙手。

魔像的石頭身體像是隕石一樣飛出去，狠狠砸在龍的身體上。

龍大聲慘叫。雖然這一擊還不至於殺死牠，但似乎讓牠受到重創，痛苦地吐出鮮血。對著那隻臭蜥蜴豎起中指後，我立刻動身趕路。

太陽就快要下山了。而且剛才那招也讓我的左手流出鮮血，無法隨心所欲地使出力氣。

「……我的天啊。」

我從王宮看向下方，發現南方的教會附近也聚集了一大群魔物。

我不知道這是因為牠們不想放過我，還是純屬偶然，但我知道時間不足以讓我突破重圍。我只會在途中耗盡氣力，變成魔物的餌食。

雖然我有想過要不顧一切強行突破，但敵人的數量實在太多，我八成會因為時間用盡而輸掉。雖然「片刻的太陽」還能使用一段時間，但我不確定是否足以讓我成功突圍。難道就沒有辦法能讓我平安抵達地下通道了嗎？

等等，我差點忘了還有這招。

我轉過身體，朝向王宮遺址邁出腳步。

當太陽即將下山的時候，我終於成功與諾艾爾會合了。

「你平安無事嗎？」

「那裡的漂亮姊姊說什麼都不讓我走，害我不小心多加了一節。不好意思讓妳久等了。」

諾艾爾不悅地板起臉孔，但她並沒有責罵我。

看到我現在的樣子，她應該也猜到我剛才有多麼辛苦了吧。

我最後決定從王宮裡的出口逃走。我們原本就是預計要利用那個出口。可是，那條通道在途中崩塌，被掉下來的瓦礫堵住了。

所以我只好使用「片刻的太陽」，勉強趕在時間用完之前搬開所有瓦礫。這讓我得以順利通過那條通道。如果我的體格再大上一號，那麼肯定會遲到吧。後來我就走過地下通道，平安見到諾艾爾了。

「真虧你有辦法通過那裡。」

「因為那些瓦礫沒有外表看起來那麼堅硬。算我走運。」

我隨便敷衍她幾句。諾艾爾也沒有繼續追問。

「然後呢？你有拿到要找的東西嗎？」

「拿到了。」

我點了點頭。

「多虧有妳幫忙。」

說到這裡，我問了一個很好奇的問題。

「那是什麼？」

諾艾爾抱著一把跟她差不多高的大劍。

雖然那把劍插在黑色的劍鞘裡，劍柄與劍顎上也沒有太多裝飾，卻讓人覺得充滿力量。

「我在路斯塔家的地下室找到這東西，才想起舅舅託付給我的任務。」

據說地下的武器庫裡還擺著他們祖先傳下來的武器。

諾艾爾陪我來到這個地方，似乎也是為了回收那些武器。原來如此，這把寶劍看起來確實值得讓人專程跑這一趟。

「聽說這把劍跟舅舅的配劍是一對的。」

經她這麼一說，我才發現這兩把劍確實很像。

「我還拿走了不少東西。我們快點回去吧。」

她好像很開心，聲音聽起來很興奮。

「嗯？」

後面好像有點吵。我就是從那個方向過來的。雖然提燈的亮光照不到那邊，但那種烏鴉般的尖銳叫聲與獨特的腐臭味，還是讓我立刻認出聲音的主人。

那是一群哥布林。

「看來牠們在地面上找到通往這裡的入口，就統統跑進來觀光了。」

糟糕，早知道我就把另一邊的出口堵起來了。

「現在要怎麼辦？」

「也只能逃跑了吧。」

「片刻的太陽」的使用時間已經耗盡，我只要遇上牠們就死定了。

「我想也是。」

諾艾爾拔腿就跑。我也追了上去。

那群哥布林露出獠牙，手裡拿著石製小刀與棍棒追了上來。牠們互相推擠，爭先恐後地在狹窄的通道裡奔跑。

「快點！再這樣下去我們會被追上的！」

「我有個好主意。」

我努力跑到她旁邊，一邊比手畫腳一邊說明。

「妳留下來斷後，讓我趁機先走一步……妳覺得如何？」

「拜託你別開玩笑！」

不，我是認真的。因為就算我留在這裡，也無法擋住敵人。

「那妳有什麼好主意？不能拿妳舅舅的劍砍死那些哥布林嗎？」

「敵人太多了！」

就算那是把名劍，也還是要給高手使用才能發揮實力，而諾艾爾不是一名劍士。

「那妳上次用來對付石像惡魔的毒針呢？」

「毒針不夠用！」

那種毒針是從蠍尾獅身上取下的東西，而她好像沒有多達幾十根的毒針。

「可是，這個說不定管用⋯⋯」

如此說道的諾艾爾從包包裡拿出一顆白色的球。

「那是『爆光彈』嗎？」

「不，有點不太一樣。」

諾艾爾轉過身體，往後面丟出那顆白球。白球擊中跑在最前面的哥布林後，立刻噴出許多白色的絲線。絲線纏住哥布林的身體，讓牠們倒在地上動彈不得。絲線還把那些哥布林統統綁在一起，奪去牠們的自由。

「那是『衛兵蜘蛛』的絲。」

「原來如此。」

蜘蛛系魔物都很喜歡吐絲，而「衛兵蜘蛛」的絲黏性又特別強。一旦被那種絲纏住身體，想要掙脫就很困難了。如果隨便拉扯那種絲，可能會把皮膚撕下來。

「還有嗎？還有的話能不能借我一用？」

「拿去。」

我接過那顆球，朝向那群哥布林衝了過去。雖然我對準度有自信，但臂力還是太弱了，所以必須先靠近敵人。

「看招。」

當敵人來到合適的距離後，我朝向那些哥布林丟出白球。敵人正準備跨越倒在地上的傢伙，讓後面的傢伙接著發動攻勢。我用白球丟中那個長得最高的傢伙，讓四處飛散的白絲射得很遠，掉在那群哥布林的頭上。從後面追上來的傢伙也被絲纏住身體，變得動彈不得。

成功阻擋那群哥布林之後，我再次開始奔跑。

諾艾爾跑到我旁邊，對我這麼說道。

「你丟得真準。」

「我從以前就很擅長丟石頭了。畢竟我在傭兵時代經常練習。」

我曾經把敵人引誘到河邊，然後對著他們亂丟石頭。我還活用自己的一身蠻力，把石頭砸進敵人鎧甲底下的身體，不然就是把頭盔與腦袋一起砸破。

「你以前當過傭兵？」

「那是很久以前的事了。」

「難怪你懂得那麼多，而且膽識過人。」

「我也只剩下膽量了。打起來完全不行。」

哥布林的聲音逐漸離我們遠去。看來我們成功擺脫敵人了。不過，我們也不能繼續待在這裡，還是儘快出去比較好。

後來，我們繼續在地下通道裡奔跑，從之前進來時的出口走到外面。

天空已經完全變成深藍色，太陽正依依不捨地消失在山脊的後方。

「看來我們總算是平安回來了。」

「不，還不能掉以輕心。」

「妳說得對。」

在回到親愛的公主騎士大人身邊之前，冒險都不能算是結束。

不過，諾艾爾看起來也很興奮。跟我分頭行動之後，她好像也在附近到處亂晃，做了不少調查。因為我們幾乎不知道王城現在的狀況，所以這些情報很有價值。

「晚點記得告訴我王宮現在的狀況。」

「沒問題。」

雖然那裡幾乎只有斷垣殘壁就是了。

如果在那裡隨便挖挖看，說不定還能找到寶物。真是太可惜了。

當我們回到村子的時候，應該已經是半夜了吧。艾爾玟或許也睡著了。那些「伴手禮」還是等明天早上再拿給她吧。

當我想著這些事情時，諾艾爾突然停下腳步。她壓低身體看向周圍，注意著周遭的動靜。我也跟著環視周圍，結果腳底下突然一陣晃動。我還聽到有如地鳴的腳步聲。

「快逃！」

諾艾爾叫了出來，讓我們趕緊爬到樹上。一大群野獸從我們腳底下跑過去。不光是兔子跟鹿，甚至連山豬、狼與熊都有，每個傢伙都在拚命奔跑，彷彿後面有某種東西在追殺牠們。

「這到底是怎麼回事？」

我沒有回答。當野獸大舉遷徙時，通常都是因為遇到危機。雖然山林大火是常見的原因，但不管我怎麼看，都找不到疑似發生火災的地方。我有不好的預感。

「我們快點回去吧。」

後來我們又遇到兩群野獸，但沒有遇到其他意外，就這樣平安回到村子門口。雖然看上去沒有不對勁的地方，但村子裡到處都是點燃的火堆，瞭望塔上還站著手拿弓箭的男子，顯然是在防備敵人的入侵。

「發生什麼事了？」

聽到諾艾爾這麼問，負責看守的男子露出夾雜著憤怒與懊悔的表情叫我們進去。

我們早上出發的時候，他明明還叫我們保重，結果只過了半天就變得這麼不客氣。

「你們終於回來了。」

我跟諾艾爾進到村子之後，德茲就過來迎接我們了。雖然他還是一樣擺著臭臉，但我能看出他的表情變化。這是他遇到麻煩時的表情。

「發生什麼事了？」

「這個村子的結界壞掉了。」

第七章 復活

村子裡設有能讓魔物不會接近的結界。只要有那個結界，就能讓這裡變得難以被魔物發現。據說村子中央有一間用來設置結界的祠堂，裡面擺著魔法陣與某種機關。

因為結界壞掉了，導致這個村子變得毫無防備。而且驅魔香草也用完了。這個村子陷入了絕境。魔物大軍似乎也明白這點，開始在村子周圍徘徊。

我們剛才遇到逃走的獸群，應該就是因為這樣。

「衝向這裡的魔物大概有多少？」

「我不知道正確的數量，但是要踏平這個村子應該不成問題。」

「有地方可以避難嗎？」

「沒有。」

就算離開這裡，周圍也都是魔物的地盤。即便成功避開這群魔物，也只會變成其他魔物的食物。

「我們正忙著讓女人與小孩躲到倉庫，準備要迎戰敵人。」

拉爾夫好像也正忙著備戰。

「公主沒事吧？」

「目前還沒事。」

此時德茲意味深長地瞥了諾艾爾一眼。

我對諾艾爾這麼說。

「抱歉，那些村民就交給妳去安撫了。」

「我明白了。」

諾艾爾走進村子。

「這樣就行了嗎？」

德茲點了點頭。接下來就是我跟德茲的悄悄話了。

「說吧，結界到底是怎麼壞掉的？」

「正確來說不是『壞掉』，而是『被人毀掉』。」

「你說什麼？」

據說是有人擅自跑進祠堂，不小心弄壞了構成結界的石頭。

這讓結界因此消失，演變成現在這場騷動。

我忍不住亂抓頭髮。為什麼這種麻煩事會一直不斷找上門來？

「那個弄壞結界的蠢貨到底是誰？等等，你不用說我也知道，肯定是拉爾夫對吧？那種一邊挖鼻孔一邊踢壞結界的鳥事，對他來說只不過是家常便飯。」

德茲尷尬地瞇起眼睛。

「……是公主。」

「啥？」

「因為你不在村子裡，讓她大鬧了一場。她在村子裡四處找你，就是在那時候不小心弄壞了結界。」

「……」

因為不想讓她擔心，我才沒有告訴她自己要去哪裡，結果卻適得其反。不過，要是我當初對她實話實說，事情應該會變得更糟糕吧。

「艾爾玟在哪裡？」

「村子深處的地下倉庫。」

「地下？」

「那好像是一個用天然洞窟改造而成的倉庫。就只有公主一個人躲在裡面。」

「謝了。」

德茲的判斷是正確的。不管有什麼理由，都是艾爾玟害得村子陷入危機。要是放著她不管，她應該早就被那些氣憤的村民圍毆了吧。

情況比我預期的還要糟糕多了。我們無處可逃。就算要戰鬥，我們這邊也只有德茲與諾艾爾算得上戰力。因為拉爾夫就是個廢物，我在晚上也只是個累贅。天曉得這裡有幾個人能看到明天早上的太陽。

「先說好，我可不打算陪你一起死。」

「我知道。」

德茲還有家室。他無論如何都得活著回去。就算村子裡的人都死光了，這點也不會改變。雖然他強得離譜，但也無法保護這麼多人。

「不過，你應該有辦法帶著一個人回去吧？」

德茲傻眼地這麼說。

「你這人真是混帳。」

「我知道。」

村子裡還有諾艾爾跟拉爾夫，以及一群老弱婦孺。而我寧願捨棄跟我們一起旅行的同伴，還有那些無端遇到生命危險的百姓，也要拜託他先救艾爾玟。這種人當然是個混帳。

「不過，既然你願意接下這個任務，那我就放心了。我會做好自己該做的事。」

「我可沒說要幫你！」

「你會幫我的。」

如果這是我最後的願望，德茲就會幫我做到。他就是這種男人。

「我走了。時間差不多了就叫我一聲吧。」

我舉起手來，就這樣轉過身去。

「敵人可不會等你。」

「我很快就會搞定。」

雖然我想應該要花上一些時間就是了。

德茲告訴我的地下倉庫就位在村子外緣，藏在岩場的隱密之處。地上有塊木板，把木板翻開之後，就能看到通往地下的梯子。這簡直就是通往地獄的單行道。來到地下後，我點燃提燈。摸黑前進，在裡面看到一扇厚重的門。門鎖的構造並不複雜，就只有一根門閂。

我拿下門閂，把門推了開來。

裡面比我想的還要狹窄。這個狹小的洞窟應該不是用來當成食物倉庫，而是當成冰窖使用吧。雖然我在外面的時候沒有發現，但洞窟上方有個用來採光的小窗戶，讓月光得以照進來。淡淡的藍白色光芒照在房間的角落。

艾爾玟就在那裡。

她坐在沒有鋪任何東西的地面上，像是要祈求原諒般低著頭。她依然穿著睡衣，而且還沒穿鞋。真是太沒規矩了。

「嗨，我回來了。」

艾爾玟抬起頭來。她有一瞬間驚訝地睜大眼睛，然後二話不說就撲到我懷裡。

「你跑去哪裡了！我一直在找你！」

「抱歉，我去附近散步兼觀光，結果不小心迷路了。我剛剛才回到村子。我還帶了禮物要給妳。」

「那種東西不重要！我再也不准你離開了！」

「知道了啦。」

我先輕撫她的頭，然後才這麼說。

「我都聽說了。事情好像變得有點麻煩。」

聽到我這麼說，艾爾玟立刻失去笑容，低頭抱著膝蓋。

我在她身旁坐下，把提燈放在地板上。

微弱的火光把漆黑的影子貼在艾爾玟臉上。她臉上充滿了自己犯下過錯的懊悔與罪惡感。一年多以前，我在冒險者公會裡聽她告白時，她也是這種表情。

「只要等到問題解決之後再去道歉就行了。我也會陪妳一起去的。」

艾爾玟搖了搖頭。

「……一切都結束了。」

「不，現在還來得及補救。」

因為誰也沒有為此犧牲。至少現在還沒有。

「德茲跟諾艾爾正忙著準備迎戰。交給他們兩個絕對不會有問題。他們只要一根指頭就能打跑那些魔物。」

雖然拉爾夫不重要，但他應該多少幫得上一點忙。

「……我是說我沒救了。」

「就因為妳犯錯了嗎？不管是誰都會犯錯。我、德茲、諾艾爾跟拉爾夫都會犯錯，可是……」

「我不是這個意思。」

艾爾玟露出自嘲的笑容。

「我身為一國的王族，卻在遇到挫折後失去理智，想要落荒而逃。我好害怕。心裡只想著要逃跑。」

「……」

「我以前曾經在街上抓到小偷。」

雖然這應該是大功一件，但艾爾玟的語氣反倒像是在懺悔。

「那個人這麼告訴我，偷竊讓他受到譴責，腦袋裡充滿恐懼，心裡只想著要逃跑。而我也是這樣。」

「這是件好事。」

艾爾玟驚訝地看向我。

「這樣妳就能體會弱者的心情了。如果下次又有同樣的事情發生，妳不就能做出不一樣的決定了嗎？」

「……怎麼可能還會有下次。」

「會有的。」

凡是戰士都必定會遇上。只要人還沒死，就會不斷遇上這種事。

「為了讓妳有那個機會，看來我也得出點力了。」

「咦……？」

雖然我只想簡單描述一下村子裡的狀況，但艾爾玟立刻變得臉色鐵青。

「大家都忙成一團，需要我這個小白臉幫忙。我得過去一趟。妳只需要在這裡喝著果汁，悠閒地看著詩集……」

「慢著！」

我還沒把話說完，艾爾玟就抱住我。

「馬修，你不能去。我要你待在這裡！你去幫忙又能如何？你只會礙手礙腳。」

「……」

她抱住我的脖子，把臉埋在我的胸膛上，哭著抱住我不放。

「拜託你別去！要是你死了，我就……」

「我不會死的。」

我努力露出開朗的微笑，想要讓她感到放心，但艾爾玫突然羞紅著臉，不敢正眼看我。

「別去。如果你願意待在這裡，我……」

艾爾玫把手放到自己胸前。我可沒有清純到不明白這是什麼意思，而她應該也是如此。為了挽留準備去赴死的男人，她打算獻上自己的身體。如果這是在演戲，絕對是能賺人熱淚的場面。

我輕輕壓住她的手，然後搖了搖頭，慢慢地把她推開。

「可惜我已經跟別人有約了。」

這種行為就跟抱住玩偶幫自己壯膽毫無分別。因為感到恐懼就委身於男人的女人，全世界到處都是。而那種女人也沒有非要我不可的理由。

「雖然我很想丟下那個滿嘴鬍鬚的暴力矮人不管，跟妳好好恩愛一下，但他畢竟是我『最好的朋友』。」

即便嘴巴上百般不願意，他還是帶著我們來到這裡，我怎麼可能有辦法對他見死不救？更何況，既然這件事是因艾爾玟而起，那就必須有人為此負責。畢竟我平常都遊手好閒，只會拿著零用錢去喝酒賭博玩女人，至少今天總該有點貢獻，否則就會變成真正的飯桶。

艾爾玟變得面無血色，讓我覺得有些過意不去。

她可能是體認到自己的軟弱，也可能是發現自己其實是捨棄了人民，想要躲在安全的地方，體認到深藏在自己心中的卑鄙想法。

「……夠了。」

艾爾玟以雙手撐地。因為她低著頭，讓我看不到她的表情，但她顯然是被絕望擊垮了。

「別管我了，你快逃吧。」

我原本想要一笑置之，叫她別說這種喪氣話，但又把來到嘴邊的話吞了回去。因為艾爾玟是認真的。

「妳這是要我捨棄妳嗎？」

「對，我要死在這裡。」

我啞口無言。

「那馬克塔羅德王國要怎麼辦？妳不就是為了復興王國，才會一直奮鬥到今天嗎？」

「我做不到。」

她抓著地面的雙手顯得軟弱無力。

「我好想……奪回當時那個父王與母后都還健在，每天都很和平的馬克塔羅德王國。我想要奪回原本那個王國。」

我聽著她痛苦的告白，心中有種豁然開朗的感覺。艾爾玟追求的目標不是「復興」失去的王國，而是讓王國「復活」。她想要盡可能地找回自己在那天失去的故鄉。正因為如此，她才會選擇挑戰「迷宮」這個手段。她想要得到「星命結晶」，靠著那種萬能的力量，讓過去的王國重新復活。艾爾玟選擇了最接近奇蹟，同時也是最不切實際的手段。

「為了達成這個目的，讓我再次失去了許多同伴，甚至選擇了愚蠢的手段。這就是我的下場。」

她無力地笑了。

「我很清楚你帶我來到這裡的理由。你以為只要親眼看到荒廢的故鄉，還有那些至今依然為魔物所苦的人民，我的心就會振作起來對吧？我也這麼期待著，才會跟你一起來到這裡。」

「……」

艾爾玟果然也想改變現狀，拚命想了許多辦法。

「可是，結果還是不行。即便看到被魔物蹂躪的故鄉，還有人民受苦的樣子，我的心還是不為所動。完全沒有！」

她懷著一縷希望回到故鄉，「迷宮病」的症狀卻完全沒有好轉。就連自己心愛的故鄉，以及必須保護的人民，都無法拯救她的心。就是這個事實讓艾爾玟感到絕望。

「我已經沒救了。我無法提起鬥志，就只會瑟瑟發抖。即便覺得自己必須戰鬥，手腳也不聽使喚。心臟跟小鳥一樣膽怯，也無法鼓起勇氣。那幅可怕的光景與記憶變成絆腳石，至今依然在我腦海中揮之不去。我覺得自己快要瘋了。與其繼續活著丟人現眼，玷汙祖先的名字，我寧願選擇一死。」

別說是復興王國了，她甚至連自己的生命都打算放棄。如果我現在離開這個房間，她應該會割斷自己的喉嚨吧。

而我就是那個推了她最後一把的人。這實在太諷刺了。

我不知道現在該說些什麼。我到底該怎麼做才能拯救艾爾玟？

她早就失去希望、勇氣與正義，甚至連想要拯救人民的崇高志向都失去了，我到底該怎麼拯救這樣的她？總覺得我愈是心急，答案就離我愈遠。

「一直以來承蒙你照顧了。我對你只有千言萬語也道不盡的感激。」

不知道她是否明白我內心的苦惱與糾結，她自顧自地對我做出最後的道別。

「至今為止謝謝你……」

艾爾玟把手從我身上拿開。下個瞬間，我立刻抓住她的手。我腦袋裡沒有任何想法，而是真的「想也沒想」。可是，當我主動抓住艾爾玟的手時，我覺得自己好像找到答案了。

我探頭看向她的臉，對她這麼說道。

「妳真的認為自己沒救了嗎？」

「對。」

「妳真的以為自己再也無法戰鬥了嗎？」

「你以為我會拿這種事開玩笑嗎？」

她難過地搖頭，一副不明白我為何無法理解的樣子。

「一直沒有消失……不管我做什麼，就算我閉上眼睛，就連現在跟你說話，當時的記憶也在腦海中……」

艾爾玟的聲音突然停止了。

因為我用嘴唇堵住了她的嘴唇。

眼前那雙翡翠色的眼睛大大地睜開了。

我緩緩數到十，然後才移開嘴唇。

「這樣應該有稍微沖淡那段記憶了吧？」

艾爾玟一臉茫然。我儘量用最溫柔的語氣對她這麼說。

在我們來到這裡之前……不，自從艾爾玟變成這樣之後，我就一直在思考。我到底能為她做什麼？我到底該對她說些什麼？可是我沒有答案。我只不過是個沒出息的小白臉，不管說多少漂亮話，也完全沒有說服力。我該說的話……不，我想說的話就只有一句。

我把手擺在艾爾玟的肩膀上，筆直注視著她的眼睛。

「這句話我已經說過上百次了，但我還是要再說一次。我喜歡妳。我愛妳。」

我感覺到她纖細的肩膀輕輕抖了一下。

「妳剛才說那種想法一直在腦海中揮之不去，覺得自己快要瘋了。其實我也一樣。我滿腦子都是妳。我猜自己大概早就發瘋了吧。」

不管是跟妳在一起的時候，還是妳在「迷宮」裡奮戰的時候，還是跟其他女人上床的時候，甚至在夢中也是如此。

「可是我不後悔。因為認識妳之後，我那彷彿活在地獄中的人生，也終於有了耀眼的星星。」

自從失去力量之後，我就過著隨波逐流的人生，最後流浪到一個跟垃圾堆沒兩樣的城市，過著漫無目的，只是逐漸凋零的生活。認識妳之後，這個灰色的世界又再次開始有了色彩。一年多以前，妳那即便自己摔落谷底也要拚命救人的堅強與溫柔，照亮了我的心，也讓我這個廢物有辦法再次相信自己。即便那點光明微不足道，對我來說也已經足夠了。畢竟我最討厭太陽，月光又太過耀眼。為了保護妳那顆溫柔的心，不讓名為現實的黑夜籠罩，也不讓名為惡意的烏雲遮蓋，我現在才會在這裡。

「如果妳的手不能動了，可以拿我的手去用。如果妳站不起來了，可以拿我的腳去用。如果心臟不行了，可以拿我的心臟去用。我全都給妳。妳儘管拿去用吧。」

雖然尺寸可能有些太大，但至少耐用度是掛保證的。

艾爾玟輕啟朱唇想要罵我，卻只能發出模糊不清的聲音。

她似乎明白我是認真的。

自從遇上她之後，我獻出了許多東西。事到如今就算要我獻出手腳，我也甘之如飴。反正我早就獻出自己的生命了，就算要獻出心臟也不算什麼。

「其實我是想要送妳寶石或禮服，而不是這種東西，但妳也知道我是個一貧如洗的小白臉。」

就算我有錢送那些東西給艾爾玟，她應該也不會開心吧。因為那不是她真正想要的東西。

「……所以，我只能給妳這點東西。」

於是我打開包裹，從白布裡拿出那東西，畢恭畢敬地拿到艾爾玟面前。

那是個老舊的「寶石箱」。

「咦……？」

艾爾玟發出不知道該做何反應的驚呼聲。她感到困惑，懷疑自己是不是在做夢。因為「過去被她母親沒收」的寶石箱，現在就擺在她眼前。

「雖然箱子有些損壞，但裡面的東西都完好無缺。妳看。」

我打開蓋子給她看。

「這就是妳提到過的緞帶對吧？這條緞帶真的很適合妳。這些是妳撿到的小石頭。妳看，這顆石頭是不是有點像狗臉？」

除此之外，裡面還有亮晶晶的鈕釦與髮夾。我把那些東西一個個拿出來，擺在艾爾玟手掌上。當我回過神時，艾爾玟的手上已經堆滿許多沒用的小東西。可是，對當時年僅七歲的艾爾玟來說，這些東西曾經是她的寶物。

「這些就是全部了吧？妳晚點可以檢查看看。」

艾爾玟輪流看向手掌與我的臉，一臉茫然地小聲呢喃。

「……為什麼？你怎麼會有這些東西？為什麼這些東西會在這裡？」

「妳上次不是跟我說過妳們母女吵架的事情嗎？我當時就有這種感覺了。」

艾爾玟不顧母親的反對，硬是開始練劍。當時她母親對年紀還小的女兒說了這句話：「只要妳沒忘記自己的志向，總有一天能親眼看到答案。」仔細想想就會發現，這樣有些不太合理。不管她母親是否認同，其實只要在當下直接說出來就行了。這種回應給我一種「我心裡早就有了答案，只是不想現在說出來」的感覺。

「妳母親當時肯定早就下定決心了。我猜她應該會把這些東西藏在女兒將來遲早會看到的地方。」

「到底是哪裡？」

「就在妳的『偶像』身旁。」

聽到這裡，艾爾玟倒抽了一口氣。

「難不成是『卡麥隆的大樹』底下嗎？」

「妳答對了。」

正確來說應該是在艾爾玟埋起來的那把「短劍底下」。艾爾玟以前曾經告訴我，她小時候立志要成為出色的騎士，還把自己心愛的短劍埋在「卡麥隆的大樹」底下。她當時沒能挖得太深，其實是因為底下早就埋著重要的寶物。

我想應該沒人會把小孩子的寶物放進寶物庫裡。只要想想她母親會把東西藏在哪裡，自然就能猜到答案了。當然，我不曾見過艾爾玟的母親，也不知道她長什麼樣子。可是，我覺得如果她明白艾爾玟的個性，就一定會這麼做。因為換做是我的話就會這麼做。

「雖然那棵大樹已經變得破破爛爛，但它還是用樹根保護著妳的寶物。」

她母親應該是期待讓艾爾玟自己碰巧找到，唯一的失算就是不小心埋得太深了吧。這讓艾爾玟沒能在八歲那年找到寶石箱，才會讓這個寶石箱一直被埋到今天。

不過，這也讓寶石箱得以保存在變成魔物巢窟的王宮裡，人生中的禍福還真的是很難論斷。

艾爾玟專心望著我，彷彿連要呼吸都忘記了。

「你該不會還跑去『王宮』了吧？」

「以野餐的地點來說，那裡確實有點遠。」

艾爾玟一邊喊著難以置信，一邊輕撫我的身體。我的衣服變得破破爛爛，全身上下都傷痕累累。因為我回到村子就立刻趕來這裡，根本沒時間先去打理外表。

艾爾玟使勁抓住我的肩膀。

「……你專程跑來馬克塔羅德王國，就是為了來拿這個？」

「是啊。」

王國、雙親、財富、地位、名譽與驕傲……這些東西全都離艾爾玟遠去了。有些東西她至今依然無法找回，也有些東西再也回不來了。可是，就算還給她一樣東西，應該也不算太過分吧。

「就為了這種東西……這明明很危險，不管有幾條命都不夠用，你竟然……」

「因為我想要鼓勵妳。」

說出這句話的瞬間，我突然想通了。原來是這麼回事。看來我這男人比自己想得還要單純。

「可是……這東西很有可能早就壞掉了……」

雖然我很確定這個寶石箱被埋起來了，但這個寶石箱是否還完好無缺，依然是一場賭博。無論這個寶石箱是否還在，機率都有二分之一，其實不算太差。

「我這個人在緊要關頭總是特別好運。」

「……」

艾爾玟陷入沉默。

不知道她是覺得傻眼，還是感動到說不出話。雖然我希望是後者就是了。

「如果我叫妳『把劍拿起來』，絕對不是為了國家與國民，也不是為了那些同伴與我，更不是為了自保，而是為了那個一心想要保護自己母親的七歲女孩。」

因為她看到母親被別人汙辱也不敢回嘴，不想變得跟她一樣？

因為覺得不甘心，她才會拿起劍來，想要讓自己變強？

拜託別說那種傻話了。

我認識的艾爾玟．梅貝爾．普林羅斯．馬克塔羅德可不是那種女人。

她是在自己落難的時候，也願意為一位娼婦奮戰的人。

比起「心有不甘」，「想要守護」更可能是讓她挺身戰鬥的動機。

雖然這只是我的推測，但她起初應該只是想要保護自己的母親。可是，因為受到她母親本人反對，讓她們母女兩人為此吵架，她才會在不知不覺間竄改自己的記憶了吧。小孩子經常這樣。

「可是，母后已經不在了。她在我眼前被……」

「不，她在這裡。」

接著我從白布裡拿出一封信。

「其實寶石箱裡還放了這東西。這是要給妳的信。」

我把寫著「致艾爾玟」的白色信封交給她。

她用顫抖的手接過那封信，慢慢地打開來看。

信紙上只寫著一句話。因為那是寫給七歲女孩的話語，我也馬上就看懂了。

「妳就走自己相信的道路吧。」

艾爾玟緊緊握住信紙。她懊悔地緊咬著唇，嘴裡不斷唸著「為什麼」。

我明白她想說什麼。如果她母親直接這麼告訴她，她們兩人當初就能更快和好了。

只要認識艾爾玟這個人，就能大致想像得到她母親這麼做的理由。

她為人剛正，擇善固執，卻又是個容易害羞的傢伙。正因為她們是同類，才更容易起衝突，難以互相理解。母女兩人都很笨拙。

明明她們都希望對方幸福。

「妳母親似乎老早就認同妳了。」

「別說了！」

艾爾玟難過地搖了搖頭。她淚流滿面，小聲啜泣，頭髮也亂成一團。

「我不是那種好人。我當時早就徹底墮落了。」

「不管墮落多少次，妳都可以重新振作起來。妳早就是個可以獨立自主的成年女性了。」

「不，我是個自己染上毒癮的笨女人。」

「一個不惜傷害自己的心靈與肉體，也要堅持奮戰到底的女人，到底有誰可以取笑她？」

「我早就失去戰鬥的勇氣，是個只會膽怯顫抖的弱女子。」

「就算是這樣，也還是有人愛著妳，現在這裡就有一個。」

我拉起艾爾玟的手。

「如果這個寶石箱是妳的寶物，那我的寶物就是與妳共度的日子。」

從我們初次見面直到今天，這段跟她一起度過的日子，是我無可替代的珍貴回憶。

不管是我親手做菜給她吃，還是在洗澡時幫她擦背，還是她跑來幫我解圍，甚至是我跑去娼館被她痛毆，這些經歷都是我重要的寶物。

艾爾玟一邊哭泣，一邊用顫抖的聲音跟我唱反調，看起來快要招架不住了。不好意思，就憑妳那張嘴巴，絕對不可能說得贏我這個「嘴砲王」。

「我連茄子都不敢吃……」

「我從市場太太那邊學到茄子的美味料理法了。我們下次再一起吃茄子吧。」

她哭著罵我蠢貨，在我的肩膀上敲了一下。我默默地輕撫她的背後。

在這個安靜的空間裡，就只能聽到艾爾玟的哭聲。

就在這時，我聽到頭頂上傳來手忙腳亂的聲響。

我站了起來。

「我該走了。如果運氣夠好，我會再拿伴手禮來給妳的。」

「馬修，你不要走。」

艾爾玟伸出手。我避開她伸過來的手，走到門邊握住門把。雖然我也很捨不得，但時間差不多了。

「再見。妳要乖乖待在這裡喔。」

「馬修，不要走。」

我開門走到外面。正當我準備反手關上門時，我聽到艾爾玟苦苦哀求的叫聲。

「『告訴我』！」

我回頭看向倉庫內，發現艾爾玟雙膝跪地，雙手也撐在地上。

「我該怎麼做？我要怎麼做才能變得跟你一樣堅強？」

我有一瞬間感到莫名其妙，但艾爾玟的眼神很認真。

「就算變得無法戰鬥，只能任人踢打，搶走身上的財物，你也沒有因此改變。就算不能戰鬥了，你也還是做著原本的自己。馬修，告訴我。我到底該怎麼做，才能變得跟你一樣堅強？」

「妳別說笑了。」

我聳聳肩膀。

「我這可算不上是『堅強』，只是天生就是這種人罷了。」

我天生就擁有超乎常人的力量，以及比別人強壯的身體。這讓我可以隨心所欲地過活，不用在意別人的想法。這讓我得到財富與女人，還能揍扁所有看不順眼的傢伙。那不是我經過努力，懷著想要變強的願望得到的力量。

這也讓我無法選擇其他的生存之道。一隻被人折斷翅膀的鳥，就只能一輩子揮動著毫無用處的羽毛，狼狽不堪地活下去，或是選擇死亡。

「一個真正的強者，應該是那種自己遇到困難，也能為了一對娼婦母女四處奔走的女人。」

就連自己跌落到絕望的谷底時也能為別人著想，在我眼中就足以算是一種堅強了。

「馬修……」

「我向妳保證。我還會再次回到妳身邊。」

但我無法保證自己到時候是死是活。我想德茲應該至少會把我的屍體帶回這裡才對。

「我喜歡妳。我愛妳。雖然這句話我想說上一百萬次，但我現在沒有時間，妳就當作我已經說完了吧。等我回來之後，剩下的九百九十九萬九千次……我是不是算錯了？算了，反正我會把沒說完的次數全部補上，一直說到妳的耳朵長繭為止。妳就做好覺悟等我回來吧。」

「馬修，你別走。」

「我走了。我愛妳。」

我走到外面，向她揮手道別，然後把門關上。我再次開門。

「對了，剛才那句也算一次。」

我這次真的離開了。

第八章

上浮

我走上通往地面的樓梯，結果遇到了一位稀客。

「原來你還在啊？」

我還以為他早就逃走了。

「我不可能丟下公主大人自己逃走吧！」

拉爾夫這個臭小子竟然也敢說這種大話。

「你不用去向她道別嗎？」

既然他人在這裡，就代表他應該也有話要對艾爾玟說。

「……現在還不需要。」

他不高興地別過頭去。

「反正我絕對會活下來。我無論如何都會活下來，繼續回來侍奉公主大人。」

「真了不起。」

這傢伙似乎也在煩惱後找到了自己的答案。如果是這樣的話，那我當初把他打到吐也就值得了。雖然他沒拜託我這麼做就是了。

「公主大人怎麼樣了？她說了什麼？」

「天曉得。」

我聳聳肩膀。再來就得看艾爾玟自己了。

「如果你能活下來，下次就換你去鼓勵她吧。」

不管是要留在這個國家，還是要回到「灰色鄰人」，都是拉爾夫的自由。

就在這時，拉爾夫用不知道是充滿戒心還是好奇的眼神看了過來。

「……你到底是何方神聖？」

「你怎麼還在問這種問題？」

就算他現在問出我的真實身分又能怎麼樣？

「我以前也問過你，但你還沒有回答我。」

「不管你問我多少次，我的答案都不會改變。」

我這麼說道。

「我是艾爾玟的『保命繩（小白臉）』。」

當我回去的時候，德茲已經做好準備了。雖然還不算是全副武裝，但他連愛用的戰槌

「三十一號」都帶來了。這樣就不需要擔心了。

德茲這麼問我。

「你有什麼想法？」

「只能堅守不出了吧。」

雖然我想先讓女人與小孩逃走，但我們沒有那種時間，也沒有能安全撤退的路線。如果要主動出擊，我方的人數又太少了。而且魔物大多是夜行性，很多魔物都是在白天睡覺。只要我們能撐到日出就有勝算。

「你覺得我們有辦法撐到日出嗎？」

「也只能硬撐了吧。」

要是那些魔物全部硬撞過來，就能輕易破壞這裡的圍牆。要是讓魔物進到村子裡，這些村民就得享用地獄戰場與慘劇的全餐了。到時候連打家劫舍的山賊都會顯得可愛多了。

為了避免這種結果，我們只能設法擋下敵人。我不喜歡精神論，也不擅長思考戰術，但如果我不動腦就會死，所以只好去做。事情就是這麼簡單。

這座村子是三面環山的天然要塞，想要爬上來非常困難，所以上策是專心防守剩下的東方。那些魔物會自動來到從東方進攻的路線。

我們要死守村子東方的激戰區，讓女人與小孩在這段期間躲在倉庫裡避難。

「總之，我已經叫諾艾爾用飛鴿傳書聯絡她舅舅了。他們決定要執行早就準備好的計畫，讓這些村民逃到國外。」

那就是帶著村民一路向西，穿越荒野越過國境。雖然那條路比較平坦，但魔物也很多，可說是非常危險。雖然路特維奇好像會派遣護衛過來，但靠不靠得住還是個問題。

「這裡離王城很近，魔物又很多，再加上村民也反對，讓這個計畫難以進行，但事到如今也由不得他們拒絕了。」

「反對？為什麼？」

拉爾夫露出驚訝的表情。

「這很正常吧。因為他們很可能在搬離時被魔物襲擊。要是有個閃失，他們就得毫無防備地面對魔物了，會害怕也很正常。」

再來就是生活的問題了吧。就算他們成功逃到國外，也只能過著難民的生活。不是所有人都跟拉爾夫一家人一樣，擁有自力更生的能力與技術。而且這些村民幾乎都是農民。要他們捨棄田地，那種痛苦不是別人可以想像的。就算他們本人明白其中的道理，情感上也還是無法接受。所以不管是颳風下雨還是魔物出現，他們都會去察看自己的田地。因為那是他們的衣食父母。

「你還真懂他們的心態。」

「畢竟我原本就是個農民。」

雖然只到八歲為止就是了。

反正我早就看到尤利亞村的下場了。就算他們繼續留在這裡，也遲早會吃光食物，不然就是因為結界壞掉而毀滅。現在只不過是提早一些罷了。

「不過，那也是他們成功活下來之後的問題了。」

不知道那些魔物離村子有多近了？當我想要像個超級高個子，爬到瞭望塔上時，諾艾爾跑了過來，手裡還抱著一個白布包裹。

「你要用什麼武器？」

「不需要。」

現在的我只拿得起給小孩子用的武器。頂多就是小刀或短劍了吧。只要身上帶著兩三把就夠用了。不過，我很懷疑那種武器對魔物是否管用。

諾艾爾打開白布包裹，拿出一把長劍，畢恭畢敬地拿到我面前。

「請你使用這把劍。」

「這該不會就是妳在舅舅家裡拿到的劍吧？」

「這是寶劍『慈雨之劍』。」

我一邊發出感嘆的聲音，一邊定睛觀察這把劍。我從白色劍鞘裡拔出劍，拿到月光底下察看。劍身充滿光澤，劍刃也很明確，看就知道是名匠打造的寶劍，而且還給人一種獨特的感覺。

不愧是有著寶劍之名的劍，上面應該還被施了某種魔法吧。

「據說這把鋒利的寶劍可以將敵人毫無痛苦地送往冥界，因為以慈悲對待敵人而得到這個名字。」

有別於劍名本身，名字的由來還真是嚇人。

「我得到舅舅的允許了。他叫我遇到危機就儘管拿去用。所以，我想把這把劍交給你……」

「我就不用了。」

就算讓現在的我拿著這把劍，我也無法加以運用。

「可是……」

「不然就給這個小夥子拿去用吧。」

「給我？」

拉爾夫驚訝地睜大眼睛。

「這樣你活下來的機會也會增加，不是嗎？」

畢竟他從剛才就一直用羨慕的眼神看著我。而且拉爾夫的劍應該也差不多要壞掉了。如果我沒記錯，他那把劍已經用了超過一年之久。雖然愛惜武器是件好事，但這很容易讓人在混戰中出意外。比起我這個傢伙，讓拉爾夫使用這把劍，路特維奇應該也比較能接受吧。

「我當然是無所謂，但這樣你就……」

「我不是戰士，斬殺魔物非我所長。」

「不然就算只穿上鎧甲也好……」

「那沒有意義。」

那種東西只會阻礙我逃命。要是我真的穿上鋼鐵鎧甲，只會讓我遲鈍的身體變得更遲鈍。

「我要做自己力所能及的事。」

我看向諾艾爾背後的包包。

「把剛才那種武器拿給我。我記得那是『衛兵蜘蛛』的絲對吧？就是妳在地下通道用過的東西。」

如果是使用「忌毒術」的武器，我也有辦法對敵人造成傷害。

「可是……」

「我是叫妳直接給我，沒有要問妳的意見。」

我才不管這會不會損害公主騎士大人的名聲，也不管這樣會不會被這些村民討厭。想辦法活下去才是當務之急。

我接過整個包包，把它擺在腳邊，然後拿出裡面的白球，再用布包起來綁上繩索。這樣就完成一個簡易投石器了。只要我甩動投石器，就能把白球丟得更遠。就算「忌毒術」的武器用光了，我也可以直接改丟石頭。

「再來就是投槍了。把所有庫存全部拿給我。」

我早就去武器庫裡看過，知道裡面還有庫存了。我對自己的準度有信心，比村民適合使用那些東西。

「慢著。」

拉爾夫從旁邊抓住我的手往後一扭。有夠痛的。

「我就知道。」

我還來不及抱怨，他就一臉不悅地發出咂嘴聲。

「你現在沒辦法『使出那種蠻力』對吧？」

拉爾夫的聲音中充滿確信。沒錯，你猜對了。因為現在是晚上。如果這裡是在陽光之下，你現在早就在跟地面接吻了。

「我不懂你在說什麼。」

為了保險起見，我還故意裝傻，但拉爾夫加重了扭住我手臂的力道。

「……我已經親身體驗過你那股蠻力了。你必須滿足某種條件才能使出那種蠻力，而你現在無法使用，我有說錯嗎？」

這小子竟然偏偏選在這種時候發現真相。畢竟我都讓他看到那麼多線索了，無論如何都會被他發現吧。我沒有承認，但拉爾夫繼續說了下去。

「就算你用現在這種臂力投擲，也不可能丟得到敵人。」

「你這傢伙還真不會說話。」

簡單來說，他是想說就算把那些投槍交給我來丟，也只是浪費武器。既然是這樣，那他直接這樣說不就得了嗎？真是白費唇舌。

雖然我很想誇獎這個有在動腦筋的笨蛋，但他果然還是想得太淺了。你以為我當軟腳蝦幾年了？我當然早就想好對策了。

聽到我喊他的名字，德茲立刻明白我的意思，把我要的東西拿了過來。

那是一根有著突起物的木棒。木棒中央有一道凹槽，看起來像是被切成兩半的圓筒。

「那又是什麼？」

「這是『投槍器』。」

只要把槍或箭裝在這東西上面，就能把那些武器丟得更遠。而且威力當然也會變強。只要有這種輔助工具，我也可以幫上忙。

「用法就是這樣。」

我拿起其他人搬過來的投槍，用投槍器上的突起物勾住尾端，使勁扔了出去。

全新的投槍飛過圍牆，當投槍飛到看不見的遠方後，我聽到一陣有如野獸死亡般的慘叫聲。

「你們快去準備一下。」

那是蜥蜴人或半獸人的慘叫聲。

主力部隊應該還在遠方，剛才那傢伙八成是來偵查敵情的哨兵。

「接下來要正式上場了。」

撼動地面的腳步聲變成巨響，逐漸朝這裡逼近。

我爬上瞭望塔，看到魔物大軍化為一股濁流向這裡襲來。雖然絕大多數都是哥布林和狗頭人那種雜兵，但其中還夾雜著食人魔與牛頭人。

數量應該超過一千吧。

照理來說，不同種類的魔物根本不可能並肩作戰。雖然我們人類把牠們統稱為「魔物」，但是對那些傢伙來說，其他種族的生物都只是敵人與食物。不同種族的魔物一起行動的情況極為罕見，而「大進擊」就是最具代表性的一種。

「看來馬克塔羅德王國滅亡是因為『大進擊』的說法果然沒錯。」

「別顧著說話！動手殺敵啊！」

拉爾夫一邊這麼喊叫，一邊從隔壁那座瞭望塔上往底下射箭。鋒利的箭矢發出破風聲，直接射中哥布林的腦門。

「真不愧是獵人之子。你要不要乾脆改行當弓箭手算了？」

「我不是叫你快點動手了嗎！」

不用你說我也會動手。

拉爾夫還沒舉起弓，我就先一步把箭放到「投槍器」上，使勁扔了出去。箭矢在空中劃出一道拋物線，射進一隻正在奔跑的狗頭人眼睛。

大鬍子在村子門口大殺特殺。他揮舞親手打造的武器，把衝向自己的魔物全都變成肉塊。根本不需要防禦。凡是闖進他攻擊範圍的傢伙，全都會被「三十一號」一槌斃命。

因為他跑得很慢，所以不擅長在敵陣中穿梭，但他最擅長迎擊敵人了。雖然我們兩個以前都負責擔任「攻擊手」，但戰鬥風格截然不同。我總是負責衝進敵陣擾亂敵人，德茲則是負責擊潰衝過來的敵人。

如果是以前的我，現在應該早就衝進魔物之中揮舞武器了吧。我會靠著一身蠻力，無視敵人的數量，將周圍的一切全部擊潰。

諾艾爾正在代替我做這件事。

她當然沒有那種蠻力，但還是靠著敏捷的身手在魔物之間穿梭，把敵人接連砍倒。她是個出色的游擊手。雖然空有速度只會被大量敵人包圍殺掉，但她靈活地四處逃竄，有時候還會跳到圍牆上方，對著敵人投擲刀刃。

因為我們四個人努力奮戰，現在應該已經殺掉上百隻魔物了。雖然這其實幾乎都是德茲的功勞就是了。

不過，魔物還是不斷前仆後繼地衝向我們。牠們跨越同族的屍體，一邊褻瀆自己同伴與兄弟的亡骸，一邊露出獠牙衝了過來，準備把我們變成今晚的大餐。

「情況好像有些不妙。」

先是投槍被我用完。就算我想要回收利用，那些投槍也幾乎都已經折彎，無法再次使用。接著又換成弓箭。箭矢不但被我們射完，連弓弦都斷掉了。

箭矢射完之後，拉爾夫改用點了火的木棒代替箭矢。諾艾爾也在魔物頭上灑油放火。

「小子，你很勇喔。」

「拜託你動手啦！」

「我有動手喔。」我一邊這麼說，一邊使勁把「忌毒彈」扔向魔物大軍。被丟到的敵人不是中毒就是身體麻痺，不然就是口吐鮮血，或是被蜘蛛絲纏住身體動彈不得，只能等著被從後面衝過來的魔物活活踩死。

這群魔物根本不管同伴與同族的死活，不顧一切衝了過來。就算自己人犧牲了，牠們也不會停下腳步。

武器損耗的速度比想像中還要快。如果敵人是人類，只要把屎尿扔過去，至少還能嚇嚇對手，但這招對這些魔物幾乎不管用。

「現在到底該怎麼辦！」

「讓我來告訴你吧。別說話，動手就對了。」

我一邊好心教導拉爾夫，一邊用投石器扔出石頭。雖然都有擊中敵人，但果然還是缺乏威力，頂多只能激怒敵人。

德茲還是一樣死守著村子大門，用他心愛的「三十一號」橫掃千軍。可是，他無法顧及其他地方。

一群魔物繞過他的攻擊範圍爬上圍牆。

雖然村民們也用長槍刺過去，還把點燃的火把扔向敵人，但也只是杯水車薪。

我還以為戰況只會愈來愈糟，但事情並非如此。

「北方的圍牆被攻破了！」

我聽到某人這麼喊叫。

破滅的時刻突然降臨。

從村子裡傳來不尋常的叫聲。

看來是有魔物闖進來了。該死。拉爾夫、諾艾爾與德茲都忙著對付眼前的敵人。

「我過去處理。」

我立刻準備從瞭望塔上爬下去。

就在這時，空氣的流動突然出現變化。

一陣讓人站不穩的強風吹了過來。

「怎麼了，發生什麼事了？」

拉爾夫納悶地這麼說。我感覺到自己背後冒出冷汗。

我抬頭仰望天空。

我果然沒有猜錯。

有隻龐然大物發出雷鳴般的吼聲，從天上飛了下來。

「大家快逃！」

我一邊大喊，一邊連滾帶爬地逃離現場。狂風在下個瞬間襲來，讓我整個人飛了出去。

在地上滾了幾圈之後，我好不容易才重新爬起來，抬頭看向前方。

我們剛才還在死守的大門，已經被那傢伙踩在腳下。

綠色的鱗片反射著月光，一頭龍展開背後的雙翼，在空中發出咆哮。

喂喂喂，這是在跟我開玩笑吧？

我很快就想到這傢伙突然出現的理由了。

那頭龍的身體還插著石頭碎片，傷口流出紅色的鮮血。

絕對錯不了。這傢伙就是我在馬克塔羅德王城裡遇到的那頭龍。

我把魔像丟過去砸傷牠的側腹，似乎讓牠非常不爽。牠應該是一直在天上到處找我，直到現在才總算找到了吧。

這下糟了。如果那傢伙使出「龍騎槍」，只要一瞬間就能把這個村子夷為平地。面對那種壓倒性的暴力，任何小手段與計策都等於不存在。諾艾爾與拉爾夫好像都被打飛到很遠的地方了。

這種時候就要輪到我們的大鬍子出場了。

「德茲，快點應個聲。該輪到你出場了！上啊！大鬍子！」

「吵死人了！」

德茲大聲怒吼，隨手撿起一把斧頭，從被毀掉的大門那邊丟了過來。龍大叫一聲飛到天上。巨大的斧頭一邊旋轉一邊飛過龍剛才停留的地方，就這樣筆直往我這邊飛了過來。

在我連忙跳開的瞬間，斧頭以驚人的速度射穿我旁邊的牆壁。

我的身體差點就被劈成兩半。真是好險。

當我全身冷汗直流時，那頭龍也發出叫聲，在村子上空盤旋。

看來牠並不打算逃走。

當我抬頭看著天空時，耳朵聽到了腳步聲。我看到德茲走了過來。他還擺著一張臭臉，身後拖著一條鐵鏈。他剛才丟過來的斧頭就綁在鐵鍊尾端，上面還卡著許多瓦礫與木片。

「丟偏了嗎？好狗運的傢伙。」

「你這句話應該是對那頭龍說的吧？」

「你覺得呢？」

這傢伙的玩笑還是一樣難笑。

「竟然偏偏在這種時候跑來一個特別猛的。那傢伙就是老大了嗎？」

「或許是吧。」

就算我們在王城打了一架，我還對牠比了中指，也不用急著現在找我算帳吧？

雖然那頭龍出於本能對德茲有所防備，但牠遲早會飛下來與我們一戰。

雖然牠也能躲在遠方吐火，但換成是我可不會那麼做。剛才那招飛斧攻擊應該也讓那頭龍嚇出了一身冷汗。

要是在停住不動的瞬間被斧頭丟到，那傢伙就死定了。我猜牠應該會在天上盤旋，一點一點慢慢消耗我們。事實上，如果敵人真的那麼做，德茲就會陷入劣勢。因為他跑得很慢，不擅長到處亂跑。

「你怎麼看？」

雖然我覺得德茲打得贏，但不確定他是否還守得住這個村子。最後也可能只有德茲一個人能活下來。

眼前唯一的好消息，就是剛才那群雜兵都嚇得逃走了。簡單來說，只要能擊敗那頭龍，我們就有辦法撐到早上。

「有點難搞。」

他沒想到他竟然會說這種喪氣話。

「憑我今天這身裝備，實在沒辦法同時對付兩頭龍。」

「咦？」

在我小聲驚呼的同時，一道光芒閃過天空。

耀眼的閃光飛逝而過，讓後山的山頂在一聲巨響中灰飛煙滅。

「怎麼？原來你沒發現啊？」

德茲一邊揮開飛過來的瓦礫，一邊指向上方。

「那是一頭母龍。從體格看來，牠應該『正值青春年華』。既然是這樣，就算身旁有個護花使者也不奇怪吧？」

現場再次掀起一陣狂風。而且這陣風比剛才還要強烈。地震般的震動也立刻跟著傳到膝蓋。

看來那頭被我打傷的龍，似乎是這傢伙的愛人。

而這頭體型更為巨大的龍，正用充滿殺氣的眼神看著我。

「糟透了……」

既然這裡來了兩頭龍，在場只有德茲能活下來這個結局，就變得很有可能成真了。那些村民都會死，我、諾艾爾、拉爾夫和艾爾玟也無法活著回去。

這裡最後只會剩下心情不好的大鬍子一個人。他應該會用那雙短腿挖開泥土踢開瓦礫，把屍體全都堆在一起燒掉，然後尋找我們的遺物，把那些東西送到冒險者公會。然後，他會再次露出不開心的表情，把我的死訊告訴「百萬之刃」的其他同伴。

這害我不小心笑了出來。

「不過，看來我們也只能放手一搏了。」

要是我繼續增加他的負擔，德茲的白頭髮又要變多了。

「丈夫就交給你了。妻子那邊我會負責搞定。」

畢竟妻子那邊早就受傷了，所以我還有點勝算。

「你行嗎？」

「你以為我是誰啊？我可是天下第一帥的馬修大帥哥耶。」

我對著一臉擔心的德茲眨了眨眼睛。

「管他是龍還是精靈，只要我拋個媚眼過去搭訕，很快就會自己騎上來扭腰了。我要當著龍丈夫的面睡走牠老婆，讓那傢伙血淚直流。」

「你這人真是蠢到無可救藥。」

這句話在德茲語中是「別死了」的意思。因為就算我死了，也不可能變聰明。

「靠你了，兄弟。」

我拍拍德茲的肩膀，他不開心地哼了一聲，慢慢走向那頭公龍。

也許是對德茲的實力有所防備，那頭公龍叫了一聲，然後就拍動翅膀飛離村子，想要拉開雙方的距離。德茲也小跑步追了上去。

看來我得自己想辦法解決這頭母龍了。幸好早就有人「幫我」想好計策了。

「下來吧。本大爺來當妳的對手。讓我們到床上慢慢聊吧。」

龍丈夫離開之後，我立刻向牠老婆搭訕。雖然我想要設法跟敵人打肉搏戰尋找機會，但我的想法太天真了。

我看到光芒聚集在母龍的嘴邊。牠打算施展「龍騎槍」嗎？

「妳不要二話不說就動手，再多跟我聊幾句嘛。如果妳要說老公的壞話，不管多久我都願意奉陪喔。」

牠完全無視於我的深情喊話，擺出施展「龍騎槍」的架式。

「妳確定要這樣？小姐，妳還很年輕，我勸妳最好還是別亂掏出那種可怕的東西。」

光芒逐漸收束。只要再過一秒鐘，光芒的奔流就會釋放出來，把我們轟得屍骨無存。

「要不然……妳就要大禍臨頭了喔！妳說對吧！諾艾爾！」

聽到我做出指示，諾艾爾立刻從旁邊把兩顆球丟了過來。那是我親手製作的流星錘。流星錘擊中飛在天上的龍，用上面的繩索纏住龍嘴，硬是讓牠重新閉上嘴巴。

雖然我對龍的身體結構一無所知，但牠可是要從嘴裡吐出那種可怕的東西。如果在吐出那種東西的前一刻閉上嘴巴，後果當然顯而易見。從村子上方傳來一陣暴風與巨響，白晝般的強烈光芒宣洩而下。

我幾乎失去聽力，身體也被震倒在地上。當我撞到房屋的牆壁，身體終於停止滾動時，聽到某種重物掉在地上的聲音。

原來是那頭龍從嘴裡吐出黑煙倒在地上。牠的嘴巴被炸飛了一半，牙齒也露出在外，而且都爛得差不多了。牠明明還很年輕，可惜以後看來都得戴假牙了。雖然「龍騎槍」是一種強大的攻擊手段，但只要一個不注意，也可能會反過來傷害到自己的身體。

「我們成功了呢。」

諾艾爾跑了過來。正是因為注意到她躲在旁邊，似乎想要有所行動，我才會故意對那頭龍說話，藉此吸引牠的注意力。

「不，還沒有。」

我指向倒在地上的龍。

「那傢伙還活著。妳快去給牠最後一擊。」

然後得到「屠龍勇士」這個稱號，讓那個白痴拉爾夫去羨慕吧。

「可是……」

「要是受到那種小傷就會死，那傢伙就不能算是一頭龍了。」

龍大聲咆哮。牠趴在地上口吐鮮血，同時還用尾巴拍打地面，用利爪挖開泥土，不斷發出低吼聲。

那傢伙果然還沒死。雖然牠應該只剩下半條命，但人類跟龍的生命力差太多了。就算是一頭半死不活的龍，也還是有本事殺掉上百個人類。

「動作快！」

「糟糕！快躲開！」

諾艾爾拔出那把像是柴刀的劍，朝向那頭龍衝了過去，但她的身手跟我印象中的差太多了。

那頭龍甩動鞭子般的尾巴，把諾艾爾打飛出去。雖然她勉強跳了起來，藉此減弱那股衝擊力，但還是沒能完全抵消，整個人像是紙片般在空中飛舞。她高高地飛到夜空之中，然後又重摔在地上。

「諾艾爾！」

我趕緊衝過去抱起她的身體。她完全昏死過去了。雖然她好像有勉強抵消掉落地時的衝擊，但應該還是斷了好幾根肋骨吧。

「原來是這麼回事。」

我把手放到諾艾爾腳上，她立刻痛苦地扭曲著臉。我猜她剛才被龍打飛出去的時候，腳應該就受傷了吧。

諾艾爾的強項是靈敏的身手。腿傷會讓她的戰力直接打折。雖然她好像沒有生命危險，但應該已經無法起身了。

就在這時，渾身是傷的龍朝向我們衝了過來。牠張開破爛不堪的嘴巴，把舌頭伸了出來。

看來牠打算把我們兩個給一起吃下肚。

現在的我根本不可能抱著諾艾爾逃走。雖然我有想過要犧牲一隻手臂趁機逃跑，但那也只能爭取到一點時間，我們還是會在下個瞬間被吃掉。當我忙著思考其他對策時，龍也張開傷痕累累的嘴巴露出獠牙。就在這時——

「給我住手——！」

拉爾夫挺身站在龍的面前保護我們。

他揮劍砍向龍的側臉。雖然龍的眼皮跟鋼鐵一樣堅硬，但「慈雨之劍」還是砍出了一道很深的傷痕。那頭龍失去一隻眼睛與方向感，從我們身旁衝了過去，摔倒在地上往前滑行。

「沒事吧？」

拉爾夫趁機抱起諾艾爾。

「放心，死不了的。」

「我又不是在問你！」

「我也不是在說我。我是說諾艾爾死不了。」

這傢伙還是一樣難搞。

「你還是快點給牠最後一擊吧。雖然我很不爽，但這個任務就讓給你了。你去宰了那傢伙，不管你以後要說自己是『屠龍勇士』還是什麼都行。」

「不需要你來命令我！」

他輕輕放下諾艾爾，舉起劍衝向那頭龍。

少了一隻眼睛讓龍變得更為凶暴。牠胡亂揮舞著利爪，還作勢要用牙齒咬人，尾巴也到處亂甩。

拉爾夫也不敢隨便靠過去，忍不住退向後方。

龍在這時大大地吸了口氣。牠該不會又想施展「龍騎槍」了吧？

「別想得逞！」

拉爾夫一臉憤怒地衝了過去。

龍的眼裡閃過一絲笑意。

「別過去！那是陷阱！」

龍突然轉過頭來，看著我跟諾艾爾露出奸笑，然後吐出地獄的業火。

「危險！」

拉爾夫趕緊衝了過來，挺身擋在我們兩人面前，自暴自棄地胡亂揮劍。雖然火焰似乎在一瞬間減弱了，但拉爾夫還是變成一團火球。

他大聲慘叫，倒在地上不斷打滾。我趕緊衝過去，幫他拍熄身上的火焰。

他還有一口氣。看來是因為龍的嘴巴破了個大洞，讓火焰的威力減半了。「慈雨之劍」應該也有幫忙削弱火焰的威力。

「笨蛋！你到底在做什麼！」

「我不是要救你。我是想要保護諾艾爾……」

「我當然知道。」

拜此所賜，我們這邊現在有兩個人身受重傷。德茲正忙著對付另一頭龍，只剩下一個半死不活的小白臉。

那頭龍用爪子緊抓著地面，痛苦地蹲著不動。我猜是因為牠硬要用受傷的嘴巴吐火，結果導致傷勢惡化了吧。

這些傢伙都是笨蛋。

不過，我已經沒有時間了。牠應該很快就會再次行動了吧。

看來現在只能使出王牌，展現我的「骨氣」了。雖然這招只能讓我在短時間內全力戰鬥，但只要使出那招，就算是龍我也能一擊殺掉。

我調整呼吸，大大地吸了口氣。我集中精神，準備從丹田發出吼聲，卻突然喘不過氣，用力咳了幾聲。

「使不出來……」

這是一種反抗神之「詛咒」的招式，本來就會對肉體造成很大的負擔。更何況我從今天早上就不斷地與魔物戰鬥，體力與意志力早就耗盡了。我再也無法擠出任何力量。馬修啊，你真是太沒出息了。

最後王牌也不管用，眼前的龍就快要重新站起來，全身上下都散發出敵意與殺氣。

「小姐，我們要不要就這樣各退一步算了？」

龍直接揮出利爪代替回答。雖然我好不容易才成功跳開，但身體還是被爪子挖起的土石擊中，整個人摔倒在地上。另一隻爪子緊接著揮了過來。我在地上翻滾想要躲開，但背後還是被爪子的前端劃過。有夠痛的。

我拚命站了起來，成功逃離那個地方。因為一直無法解決掉我，那頭龍似乎快要氣瘋了。牠衝了過來，一副要用那龐大的身軀直接把我壓扁的樣子。牠用利爪緊抓著地面，用四隻腳在地上爬行。

「咦？妳這是在幹嘛？妳該不會是『改行』當鱷魚了吧？妳背上的翅膀只是裝飾嗎？」

我猜牠應該是在墜落時摔傷了翅膀，沒有要飛到天上的樣子。可是，因為這個大塊頭在村子裡到處亂爬，讓建築物都跟沙子做的城堡一樣被撞倒，變成四分五裂的瓦礫。而我只能拖著疼痛不堪的身體四處逃竄。因為如果我不遠離諾艾爾與拉爾夫，就會害他們跟著遭殃。

「告訴妳，妳丈夫正在跟大鬍子『偷情』喔。牠說比起身上都是鱗片的女人，還是那個大鬍子比較迷人。想不到妳竟然被一個男矮人橫刀奪愛，真是太悲哀了。」

尾巴甩了過來。我沒能完全躲過，像是被蒼蠅拍打到的蒼蠅一樣飛了出去。我先撞破附近馬廄的牆壁，又撞破一棟民宅的牆壁，最後又在地上滾了幾圈才停了下來。我眼冒金星。雖然有及時用雙手擋住攻擊，還主動往後跳，把傷害降到了最低，但這一擊還是相當猛烈。看來老公跟別人上床這件事，似乎讓牠很不甘心。

我全身傷痕累累，體力也快要耗盡了。別說是疼痛，我已經快要沒有感覺了。要是繼續跟牠打下去，我肯定得去冥界報到。我好想躺在床上，好好地睡上一覺。雖然我還想在來探望我的漂亮姊姊屁股上偷摸一把，但只有一位人妻來探望我，而且還是一頭同樣渾身是傷的龍。人妻一邊撞倒建築物，一邊往我這裡逐漸逼近，準備了結我的生命。

雖然我勉強站了起來，卻沒能想到任何對策。龍已經來到我眼前了。看來只能認命了，但我可不打算乖乖被牠吃掉。在牠吃掉我的同時，我也會犧牲手腳，在牠的肚子裡大鬧一場。

「慢著！」

我聽到了不可能聽見的聲音。

我轉過頭去，看到穿著睡衣的艾爾玟站在眼前。

她胸前還抱著一把劍。

難道她從倉庫裡跑出來了嗎？

「我來……」

她看起來痛苦萬分，努力吐出卡在喉嚨裡的話語。

「我來對付妳！」

她再次深呼吸，握著顫抖的拳頭大聲喊叫。

「我不會……也不想再失去自己重視的人了！」

艾爾玟從劍鞘裡拔出劍。那不是「曉光劍」嗎？她跑去馬車那邊拿過來了嗎？

龍轉身走向艾爾玟。

牠顯然沒把艾爾玟放在眼裡，步伐給人一種游刃有餘的感覺。

相較之下，艾爾玟全身抖個不停，眼眶還泛著淚水。她的「迷宮病」並沒有痊癒。如果就這樣打起來，這裡只會多出一具屍體。

即便如此，她還是趕來這裡了。

這是我好不容易才等到的機會。

現在正是我完成使命的時候。

她終於伸出手了。

那妳可要好好抓住。

抓住我這條「救命繩」。

「放馬過來吧！」

「妳說錯了。」

我向她這麼呼喊。

「我不是教過妳這種時候該怎麼說了嗎？就是上次在羅蘭家裡的時候。」

艾爾玟稍微想了一下，小聲說出這句話。

「……『吃屎去吧（Kiss my ass）。』」

「太小聲了。」

「『吃屎去吧！』」

「從丹田喊出來。」

「『吃屎去吧！』」

「再喊十次。」

她甩著頭髮，激烈地扭動身體，不斷喊著這句話。當她大口喘氣時，龍已經來到她面前了。

龍擺動著巨大的身軀，低頭俯視眼前的紅髮女子。

艾爾玟把劍往旁邊一揮，然後拉回身體前方擺好架式。她讓長髮隨風飄逸，緊緊握住手中的劍，眼神中展現出強烈的意志。

「『吃屎去吧！』」

龍揮下利爪。即便牠已經半死不活，這一擊的重量與速度依然不容小覷。艾爾玟迅速避開一擊必殺的龍爪，同時揮劍砍向龍的前腳。我聽到刀劍砍中硬物的聲響。劍被龍鱗彈開來了。

艾爾玟一邊發出咂嘴聲，一邊往旁邊移動。這應該是為了保護我們不被波及吧。她離我們愈來愈遠了。

龍也追了上去。牠應該是覺得自己隨時都能吃掉我們，不然就是看上更新鮮的食物了。

雖然那頭龍應該沒辦法再吐火了，但體格仍然足以彌補這個劣勢。牠拖著傷痕累累的身體，為了享用年輕女人的肉發動攻擊。

照理來說這應該是個天賜良機，但艾爾玟的身手明顯不夠俐落。畢竟自從在「迷宮」裡受傷之後，她幾乎都躺在床上，身體應該早就變得遲鈍，無法隨心所欲地戰鬥了吧。她已經在敵人身上砍了好幾下，卻沒能留下半點傷痕。

真不愧是那個廢物太陽神的劍，在這種緊要關頭完全派不上用場！

「用這個吧！」

我衝向拉爾夫，從他手裡拿走「慈雨之劍」。因為我沒有能把劍丟過去的體力，只好把劍擺在地上用腳踢過去。艾爾玟避開龍的利牙，把劍撿了起來，將龍巨大的下顎劈成兩半。

龍噴出鮮血大聲慘叫。

「結束了！」

「慢著！」

龍還沒有失去鬥志。牠發出咆哮揮舞利爪。

我聽到金屬碰撞的聲響，同時看到「慈雨之劍」從艾爾玟手裡飛出去。

當艾爾玟向後倒下時，龍一邊吐血一邊張開嘴巴，然後大口一咬。

我叫了出來。

現場響起堅硬物體碰撞的聲音。

艾爾玟撿起「曉光劍」，勉強擋住了跟人類手臂差不多粗的龍牙。可是，她只支撐了一瞬間。因為雙方的體格與體重差太多了。龍牙就這樣逼近艾爾玟眼前。

「快逃！」

「……別小看我。」

她用白皙的長腿踩著龍的鼻尖。

「你以為我是誰啊？要是連這種程度的敵人都打不贏，我要怎麼取回這個國家？」

「可是……」

「別擔心……我不會輸的……」

艾爾玟閉上眼睛小聲呢喃。下個瞬間，他們雙方也不再勢均力敵。龍的嘴巴已經完全蓋住艾爾玟。

我覺得時間彷彿停止了。

當我無力地跪在地上時，龍的嘴巴被不自然地頂起來了。

「『太陽是萬物的支配者』，『亦是創造天地的絕對神』。」

我記得這段咒語……這該不會……

某種像是紅色鱗片的菱形物體，把龍的嘴巴頂了起來。那些東西從艾爾玟的手臂冒出來，像是昆蟲大軍一樣衝到龍的嘴巴裡面。不對，不是那些東西。

那是艾爾玟的手。她直接把手伸進龍的嘴巴裡面。那些紅色鱗片聚集在她手上，變成巨大的手甲擋住了龍牙。

「『請賜予吾等的敵人，悲哀的敗北與死亡』。」

艾爾玟詠唱的是用來發動太陽神魔劍的咒語。我以前曾經聽德茲詠唱過一次。她怎麼會知道這段咒語？

雖然龍想要逃走，但紅色手甲又變得更為巨大。紅色鱗片纏住那頭龍，讓牠無法動彈。艾爾玟趁機站了起來。她穿著沾滿泥土與鮮血，變得破破爛爛的睡衣，往上揮出發著紅光的劍。

「結束了。」

魔劍刺穿龍的頭頂，讓牠吐出鮮血。龍的身體抖了兩下，眼睛變得黯淡無光，就這樣趴倒在地上，小便也從跨下流了出來。

看來那頭龍完全死透了。

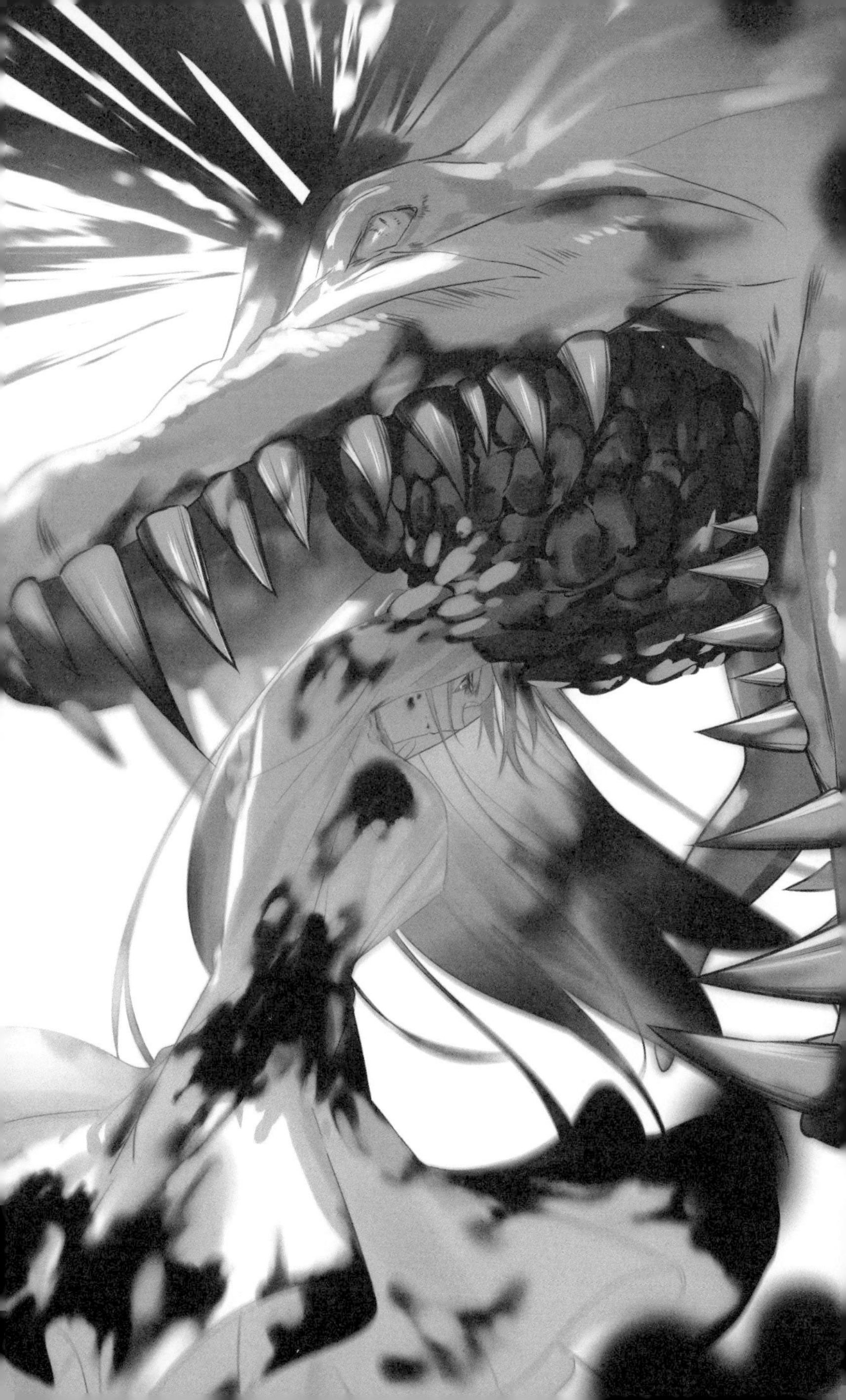

艾爾玟放開「曉光劍」，那些紅色鱗片也同時煙消雲散。她往後退了幾步，然後跌坐在地。

她先是愣了一下，不斷眨著眼睛，確認自己眼前的光景，最後笑了出來。

「馬修，我打贏了。」

「我一點都高興不起來。」

我搖搖晃晃地走到她身旁。

「妳實在太亂來了。我的心臟都嚇得快要爆開了。」

「別擔心。」艾爾玟這麼說道。

「反正你應該有五、六個心臟吧。」

「才沒有。」

大概吧。雖然我沒有確認過就是了。

「那把劍怎麼會在妳手上？妳又是怎麼知道剛才那段咒語的？」

「當我忙著找武器的時候，看到這把劍擺在馬車的貨台上，就拿來用了。至於咒語……」

艾爾玟指著劍柄紅布上的圖案。

「就寫在這上面。」

「原來那是文字嗎？」

她還真是博學多聞。

「總之，幸好妳平安無事。」

我這才鬆了口氣，目光也很自然地移向「曉光劍」。

艾爾玟使用了這把原本要給娜塔莉使用的劍。如果只是要使用，就連德茲都有辦法發動，所以只要有詠唱咒語，就算她能使用也不奇怪。雖然這件事並不奇怪，但我還是有種不好的預感。希望這只是個偶然。

「『艾爾玟』大人！」

諾艾爾感動地抱住她。

「幸好您平安無事。真的太好了……」

諾艾爾小聲啜泣。拉爾夫也哭了。

「抱歉，讓你們兩個擔心了。謝謝你們。」

艾爾玟露出微笑，輕輕撫摸她的頭。

「兄弟，結束了嗎？」

大鬍子從村子外面走了過來。

「看來你那邊也順利搞定了。」

「是啊。」德茲回過頭去。他身後的地面有一道巨大的痕跡。因為他拖著一顆龍頭。

「難道說……你獨自幹掉那頭龍了嗎？」

拉爾夫驚訝地睜大眼睛。

「你到底是什麼人……」

他戰戰兢兢地這麼問。這小子跟我說話的時候可不是這種態度。德茲當然沒有理他。

「拿去。」德茲把一束剛拔起來的草交到我手中。

「這該不會是驅魔菊吧？」

「我偶然在那邊找到的。這應該能讓我們再撐一段時間。」

自顧自地丟下這句話之後，他輕輕撫摸被搬到村子大門附近的龍頭。他應該是準備把龍肢解了吧。因為龍牙與龍骨都能賣到高價。雖然憑普通人的臂力做不到這件事，但這對德茲來說不成問題。

山脊亮了起來，陽光灑落在大地上。看來天亮了。

「馬修。」

艾爾玟呼喊我的名字。

「我有很多話想說，也有很多事情要問你，但我想先換件衣服，也想順便洗澡用餐。請你幫我準備。」

「沒問題，妳坐在這裡就好。」

艾爾玟想要站起來，但被我伸手制止。她應該也早就筋疲力盡了。而且她還沒穿鞋子，我不想讓她走路。

雖然我現在也很睏，但我還有工作要做。

「嘿咻。」

我讓陽光照在背上，把艾爾玟側身抱了起來。拉爾夫一臉羨慕地看著我，但我絕對不會把這個任務讓給他。

「那我現在馬上帶您回城堡。公主，請您忍耐片刻就好。」

「嗯。」

她滿意地點了點頭。

「身上的傷還好嗎？會不會痛？」

艾爾玟輕撫我的臉頰。事實上，我從昨天早上就開始戰鬥，整整打了一天，身上到處都是傷，許多骨頭也早就裂開了。

「就在剛剛都治好了。」

「別說那種傻話。」

「是真的。不信的話，我可以現在就跳一支華爾滋給妳看。」

「別這樣。我會摔下去啦。」

我試著輕輕轉了一圈，結果她立刻緊抓著我。我不忍心看她這樣，於是就不再轉圈，再次邁出腳步。

「對了，妳要先做什麼？用餐？洗澡？還是跟我上床？」

「笨蛋。」

後來又過了七天。

我們在這段期間保護那些村民，成功穿越西方的荒野，把他們送到國境附近。我們在那裡跟路特維奇派來的護衛兼嚮導會合，讓他們接手照顧村民。

艾爾玟在路上不斷向村民道歉。我也有幫忙低頭賠罪。雖然金額不多，但我們也做出了賠償。有些村民願意接受，但也有人直到最後都不肯原諒她。畢竟他們失去了原本的土地與生活，這也怪不得他們。

這些村民或許一輩子都不會原諒她，而艾爾玟今後也會一直背負著這個罪過吧。她肩上的重擔又變多了。這讓我只能嘆氣。

雖然我們在途中被魔物襲擊，還跟狂怒的村民起了衝突，但這些故事就留到以後再說吧。因為結果才是重點。我們成功地把這些村民帶離王國，沒有讓任何一個人死去。我們成功保住了他們的生命。

目送那些村民離開之後，接下來就輪到我們了。

我們要再次穿越「大龍洞」，回到「灰色鄰人」。

「難得回故鄉一趟，其實我覺得她可以不用急著回去……」

畢竟驅魔菊就快要用完了，這也是沒辦法的事，但她竟然會想要回去那種垃圾堆，實在是個怪人。我還以為她總算恢復正常，結果她馬上就又拚過頭了。

我們在化為廢墟的村子裡為回程做準備，一大早就忙到不行。

我正忙著照顧馬兒。即便遇到魔物襲擊，這匹馬也不會失控，一直都很聽話，看來這傢伙果然很帶種。

「喂。」

拉爾夫對我這麼喊道，而且還走到我旁邊。

「找我有事嗎？」

「沒事。」

然後他就陷入沉默了。笨蛋，沒事就別來找我說話啊。

他腰上掛著那把「慈雨之劍」。他跟諾艾爾商量之後，那把劍似乎正式歸他所有了。這樣真的好嗎？這傢伙難道不會把劍拿去當鋪賣掉嗎？如果是我就會這麼做。

「公主大人她……真的很了不起。」

「怎麼說？」

「……想不到她竟然真的克服『迷宮病』了，我們果然不是同一個世界的人，我自認完全比不上她……」

「傻子。」

這傢伙真是太樂觀了。我轉身面對拉爾夫，對著那張蠢臉說出殘酷的事實。

「你真的以為艾爾玟成功克服『迷宮病』了嗎？」

「你這話是什麼意思？」

拉爾夫驚訝地眨了眨眼睛。

「公主大人現在明明很正常……」

「現在是這樣沒錯。」

現在這種狀態，也可能是許多因素結合在一起，才讓她暫時振作起來罷了。

「那種病根本沒有明確的治療方法，你怎麼有辦法斷言她已經痊癒？難道你就沒想過那種病還有可能復發嗎？」

「真的會復發嗎？」

「我是說萬一。」

誰也不知道症狀什麼時候會復發，就連艾爾玟本人也不知道。也許是一年或十年之後，但也可能再也不會復發。也可能是明天或今天，就連現在這個瞬間，她的「迷宮病」都有可能復發。

心靈創傷與肉體創傷不同，因為肉眼無法看見，所以沒人能看出恢復的程度。

雖然這種說法有些膚淺，但人心遠比「迷宮」複雜多了。

拉爾夫好像總算明白這種風險，表情因為不安而變得緊繃。

「那……要是症狀復發了要怎麼辦？你打算怎麼處理？」

「這還用說嗎？」

我這麼說道。

「到時候我會帶她來場真正的度假之旅。我要去海邊做日光浴，順便跟漂亮小姐搭訕。」

拉爾夫稍微愣了一下，但他很快就垂下頭，一副大受打擊的樣子。然後，他重新抬起頭來，表情看起來很不甘心。

「馬克塔羅德可沒有靠海！」

「是這樣嗎？」

「可惡，為什麼偏偏是你這種人……」

拉爾夫心有不甘地小聲抱怨，就這樣走向倉庫。

那傢伙到底想怎樣？

我重新開始照顧馬。廢棄的村子裡鴉雀無聲。雖然安靜是件好事，但偶爾還是會有魔物從頭上飛過，讓人嚇出一身冷汗。

馬車上載滿了伴手禮。其中還包括德茲拿到的龍牙、龍血與龍鱗。因為只靠一輛馬車裝不下龍骨與龍肉，所以我們只帶走少數能賣錢的部位。光是這些東西就能賣到一大筆錢，但德茲幾乎沒有賺到。因為他說要拿這些東西去抵「大龍洞」的使用費。如果利用「大龍洞」需要花錢，他其實可以直接告訴我。如果早點知道這件事，我也會幫忙多少出一點。雖然我的錢包裡現在只有七枚銅幣就是了。他打從一開始就打算幫我出錢，實在是太見外了。至於那些載不下的龍骨與龍肉，我們也拿了一些當成錢別禮與賠償金，送給尤利亞村的村民了。順帶一提，因為損傷太過嚴重，我們幾個人聯手擊敗的那頭龍沒辦法拿去賣錢。

「真是太可惜了。」

我們當時那麼努力，結果都白費了。

「貪心是不會有好下場的。」

某人從後面對我這麼說。我回過頭去，發現大鬍子一臉為難地站著不動，手裡還拿著一顆圓石。他還叫我跟他走一趟，把我帶到一棟屋子後面。這裡堆著許多村民留下來的木箱。

「找我有事嗎？憑我們兩個的交情，應該不需要躲起來偷偷約會吧？不過如果你有那個意思，我倒也不是不能考慮一下。」

「你看看這個。」

狠狠揍了我一拳後，德茲打開木箱的蓋子，讓我忍不住呻吟。

因為裡面放著龍的眼珠。看起來很噁心。瞳孔已經變成混濁的白色，而且還散發出血腥味。不過應該還要再過一段時間，才會散發出腐臭味吧。畢竟龍的生命力很強。就算要把龍肉拿來吃，現在這樣也太過堅硬，只會害人折斷牙齒。

德茲直接用手拿起眼珠，往我這邊走了過來。

「別過來，我不喜歡這樣。」

「別吵，你仔細看就對了。」

因為德茲這麼說，我只好不情不願地看向那顆眼珠，然後驚訝地睜大眼睛。

我在變成白濁色的瞳孔深處，看到了那個股癬太陽神的紋章。

「這是怎麼回事？」

「我也很想知道。」

德茲搖了搖頭。

「我是在肢解這傢伙時發現的。雖然老婆的眼珠被打爛了，但上面也有類似的圖案。我猜這對夫妻八成都是那傢伙的手下。」

難道這兩頭龍不單純只是在馬克塔羅德王國四處徘徊的魔物嗎？

我以前擊敗的兩位「傳道師」，羅蘭與賈斯汀身上也有這樣的紋章。可是這兩頭龍並不是

「傳道師」。更重要的是，牠們的屍體並沒有變成黑灰。

「這只是我的推測。」

德茲這麼說。

「這兩個傢伙該不會是『我們的同類』吧？」

聽到他說出「同類」這兩個字，我很快就想通了。他是指「受難者」的意思。

那個貪婪的太陽神一直在尋找力量強大的傢伙。而祂的目標並非只有人類。畢竟身為矮人的德茲也有資格，龍這種最強悍的魔物當然也不成問題。

「你是說，這兩頭龍已經通過那些考驗了嗎？」

「牠們應該直接跳級了吧？根本沒必要測試不是嗎？」

也就是即戰力的意思嗎？我一點都不羨慕，反倒覺得同情。

「其實我想說的是……」

德茲把手上的石頭丟起來又重新接住，對我這麼說道。

「馬克塔羅德王國當初會毀滅，說不定也跟太陽神有關係。」

我決定先把這件事當成我跟德茲兩個人的祕密。畢竟這件事很難解釋清楚，而且還必須說出我的祕密。更重要的是，我們沒有確切的證據，而且我也不想再次打亂艾爾玟的心。

「對了，諾艾爾怎麼了？她還沒回來嗎？」

我們明明馬上就要出發了，她卻從昨天就不見人影。

「還沒有。不過她離開前有說今天早上會回來。」

王國毀滅之後，諾艾爾就一直在國內四處旅行。因為她想要順道去其中一個據點處理事情，就在昨天獨自出發了。她的腿傷明明還沒痊癒，看來馬克塔羅德的女人都是些急性子。

「準備好了嗎？」

就在這時，艾爾玟走了過來。

雖然她沒有穿著鎧甲，但言行舉止依然威風凜凜。

她腰上掛著從諾艾爾那邊拿到的劍。那是諾艾爾從路斯塔家帶回來的其中一把劍。雖然我忘記名字了，但那似乎是一把不輸給「慈雨之劍」的名劍。「曉光劍」被德茲拿回去保管了。雖然艾爾玟覺得那把劍用起來很順手，想要就這樣拿去用，但我說那是朋友的遺物，拒絕了她的要求。我可不想讓她用那個糞坑蟲太陽神的劍。

「她來了。」

聽到艾爾玟小聲這麼說，我回過頭去，看到諾艾爾舉手打著招呼，往我們這裡走了過來。看來她勉強趕上了。

「抱歉，讓各位久等了。」

諾艾爾揹著一個大袋子。

「那個袋子是什麼？」

「這裡面都是我做的武器與道具。」

雖然她上次急著離開，又不方便帶太多行李，才會把這些東西留在這裡，但我們這次要搭乘馬車離開，所以她就決定帶走這些東西了。

「我覺得這些東西多少可以派上用場。」

我不知道她到底帶了什麼東西，但手邊的武器還是愈多愈好。

等我們回到「灰色鄰人」之後，八成得跟那個詭異的「傳道師」再次對決。既然對方意圖引發「大進擊」，我們就絕對不可能避開這個敵人。

王八蛋，給我等著瞧吧。我這次絕對不會讓你傷到艾爾玟一根寒毛。

我要挖下你的眼珠，把馬糞塞進眼窩裡。

我們搭乘馬車離開廢村。

雖然我們有點燃驅魔香草，但沒人知道什麼時候會遇上魔物，所以還是得迅速行動。

馬車離開廢村之後，就沿著我們過來時的那條路在山裡前進。

坐在貨台上的艾爾玟回過頭去。

「……我一定會回來的。」

她的細語隨風消逝。不過，我相信那些話肯定有傳達到某個地方。

我們花了三天旅行，在山裡再次進到「大龍洞」。我們在車站裡等了半天，才順利搭上姍姍來遲的「地龍車」。雖然不是同一隻鼴鼠，但我們搭乘的車廂跟上次一樣，都是狀似大蛇的細長型箱子。車廂一共有五個。

我們讓德茲負責裝載馬車與處理雜事，先一步搭上最前面的車廂。雖然車廂裡還是一樣昏暗，但坐著就能移動還是比較輕鬆。我直接坐在地板上，讓身體靠著牆壁。

也許是因為鬆了口氣，我突然覺得累到不行，身體也變得沉重，很想馬上去洗個澡。雖然過程很辛苦，但跑這一趟還是值得的。這樣我一直掛心的事情也算是解決了。比起我們出發的時候，艾爾玟也比較不需要別人照顧。左手臂也恢復得差不多了，再來只要一邊喝酒一邊等著列車到站就行了。只要這麼一想，我的眼皮就變得沉重了起來。

「馬修。」

我睜開眼睛，發現艾爾玟就在身旁。她不敢正眼看我，表情也顯得很尷尬。

「那個……我有事想要問你，就是……」

她說起話來也結結巴巴的。她這幾天好像一直有話想說，看來總算準備開口了。

「妳有話就直說吧。不管妳現在問我什麼，我都不會被嚇到了。」

「是嗎？」艾爾玟先清了清喉嚨，然後轉頭看了過來。

「就是……我是聽諾艾爾說的。」

「嗯。」

「她說……你跟德茲先生是一對戀人……」

「給我等一下！妳到底在說什麼傻話！」

我想也沒想就探出身體。這位公主騎士大人怎麼會突然說出這種話？

「可是，我聽說你跑去向他告白……而且你之前不是也曾經丟下我，選擇跟德茲先生在一起嗎？」

「我只是開玩笑隨口亂說的。雖然我跟那傢伙認識很久了，但我敢發誓我們絕對不是那種關係！」

看來以後不能隨便在諾艾爾面前開玩笑了。我下次一定要把她抓來打屁股。

「這、這樣啊……」

艾爾玟顯然鬆了口氣。我原本還以為誤會已經解開，但她在我面前坐下之後，卻一臉歉疚地低著頭，看著自己的膝蓋，一副正在懺悔的樣子。

「……抱歉。」

她努力從嘴裡擠出這句話。

「我遲遲無法開口，直到現在才向你道歉。真的很對不起。讓你看到我醜態百出的樣子。更丟臉的是，我還對你做出那種不知羞恥的事情。我知道自己給你添了許多麻煩。」

「迷宮病」不再發作了，這似乎讓她找回自我，想起之前發生的事情，並且為此感到羞愧。其實她根本不需要在意這些的。

「是你……保護我不被自己傷害。還不只是這樣。你還讓我得以明白母后的想法。我想再次向你道謝。不，我對你只有說不完的感謝。」

她一點一滴地不斷擠出這些話語。

「我很感謝你。可是，我不知道該怎麼報答你做的一切。不過……」

而且語氣也愈來愈激動。

「馬修，我……」

「妳還要講很久嗎？」

「咦？」

因為獨白突然被我打斷，艾爾玟小聲叫了出來。

「最近發生太多事，我有點累了。如果妳不是很急，能不能下次再說？在吃晚飯之前，我想先睡上一覺。」

我沒有說謊。也許是因為聽她說了那麼多話，我現在又想睡了。

「沒……沒關係。」

雖然她看起來有些傻眼，但我還是得到她的同意了。

「那麼晚安了。」

我躺了下來，把頭枕在艾爾玟的大腿上，然後就閉上眼睛。這感觸比我想像中的還要柔軟。雖然她的身體有一瞬間變得緊繃，但她並沒有把我推開，也沒有把我打醒。

竟然可以躺在公主騎士大人腿上睡覺，我這人實在太好命了。

我感覺到艾爾玟探頭看向我的臉，髮梢搔弄著鼻尖，讓我覺得很癢，但我還能聞到一股香味，所以睡魔很快就降臨了。

「喂！臭小子！」

當我覺得很舒服，腦袋昏昏欲睡的時候，聽到拉爾夫的聲音。這傢伙又來搗亂了。

「誰准你躺在公主大人腿上的！快給我滾開！」

我聽到響亮的腳步聲逐漸接近。他應該是想要把我一腳踢開吧。

「拉爾夫，別這樣。」

就在我差點被踢時，艾爾玟阻止了他。

「沒關係。」

柔軟的指尖輕撫著我的瀏海。我彷彿在黑暗中看到了她的微笑。

「就讓他睡吧。」

就是這麼回事。

我們搭乘的「地龍車」在「大龍洞」裡安靜地奔馳。

終章 雙重遇難

「咦？原來你認識那位『深紅的公主騎士』大人嗎？」
「何止認識，我們的交情比至親還要深。」
「她是個什麼樣的人？我聽說她平常都洗玫瑰花浴，真的是這樣嗎？」
「沒那麼誇張啦。」
我們離開「大龍洞」來到地面了。再來只要沿著原本的路線前進，就能回到「灰色鄰人」。
可是，現在還不能掉以輕心。在這種動盪不安的時局，誰也不知道自己會在何時何地遭到襲擊。
至於這種夜深人靜的時候就更不用說了。正因為如此，我們在回程時也必須露宿野外。
我們也會在途中遇到旅行者。如果對方都是些美麗的婦女，就更需要多加關心了。畢竟現在的時局動盪不安。
「欸，你再多說一點公主騎士大人的事情好不好？」
聽說她是一位行走賣藝的女演員。她有著一頭亂翹的黑髮，長相甜美可愛，身材也不錯。

「沒問題。不過，想繼續聽下去就必須付費了。」

我抱住女子的肩膀。

「我會慢慢說給妳聽。」

「討厭，你好色喔。」

女子笑得合不攏嘴。雖然嘴巴上這麼說，但她看起來並不排斥。

「我可以在床上鉅細靡遺地告訴妳……」

我還來不及把話說完，喉嚨就突然哽住了。

所謂的好死不死，大概就是指這種狀況吧。

我察覺到殺氣回過頭去，看到紅髮的公主騎士大人站在後面。

我看不到她的表情。因為她微微低著頭，營火的光芒又照不到，讓她臉的上半部蒙著一層陰影。

「艾爾玟，找我有事嗎？」

她沒有回答，手裡拿著的東西掉到了腳邊，讓原本拿在手上的水果散落一地。那些女孩發現氣氛不太對勁，全都嚇得跑光了。

就只有我留在原地。艾爾玟踩著大步走了過來。

「等等，妳誤會了。我可以解釋……」

我一邊後退一邊找藉口，但顯然毫無效果。

艾爾玟快步走過來，伸手握住了劍柄。

「你這人實在是……到底要爛到什麼地步啊！」

她昨晚明明早就澈底榨乾我的精神與肉體了，卻還是沒有要息怒的樣子。

「我不過就是稍微離開一下，你就立刻跑去拈花惹草！」

「誰叫我最近滿腦子都是妳，才會一不小心就……」

「誰受得了你一不小心就跑去找其他女人啊！」

我只是犯了全天下男人都會犯的錯。

「再說了，滿腦子都是我到底有哪裡不好？」

「就是……因為各種理由。」

就是那種說出來她肯定會宰了我的理由。

「先不說這個了，你今天一定要給我從實招來。」

「妳又要提那件事了嗎？」

我都已經快被她煩死了。

「就憑你現在的實力，絕對不可能獨自跑去馬克塔羅德王國的王宮，然後又活著回來。就算你有一百條命也不夠用！」

「我不是早就告訴妳了嗎？那是因為我賭上了性命。我燃燒僅有一次的生命，從那些魔物身旁偷偷溜過去，拚了老命才總算抵達那裡。」

「你以為我會接受這種說法嗎？」

「不管妳接不接受，這都是事實。就算妳問我一百次，我也會給妳一百次同樣的答案。」

我早就猜到事情會變成這樣。雖說是情非得已，但艾爾玟已經完全對我起了疑心。因為我這種軟腳蝦絕對不可能從魔物大軍之中活著回來。不管艾爾玟有多麼不諳世事，我也很難蒙混過去。雖然我有想過要乾脆對她實話實說，但我還沒下定決心。

「不是只有這件事。還有我們在『迷宮』裡遇到的那隻怪物。那傢伙到底是什麼？為什麼你叫我『砍他的脖子』？我還沒聽到你的解釋。」

她是說「傳道師」的事情嗎？我還以為後來發生了那麼多事，她說不定早就忘記了，但看來果然沒那麼簡單。到底該不該告訴她這件事，我也還沒做出決定。因為這說不定會讓艾爾玟被捲入我遇上的麻煩。

「給我從實招來。你有事瞞著我對吧？」

「對。」

我乖乖地點頭承認。

「我之前跟妳說，我只去找過『彩虹女神亭』的漂亮姊姊一次，但其實我已經去過七次了。」

「開什麼玩笑啊！」

艾爾玟紅著臉大聲怒吼。

「好啦，我保證以後會更節制一點。」

「我說『開什麼玩笑』不只是因為你跑去找其他女人，也是因為你有事瞞著我！」

她抓住我的胸口使勁搖晃。我都快要腦震盪了。

「你別想轉移話題。今天一定要給我個交代。」

拜託放過我吧。

「就是……對了，是奇蹟。我的愛情之力引發了奇蹟，讓我背後長出翅膀，在天空中翱翔，後來……後來天上發出七彩的光芒，照耀在我身上，然後我就……呃，算了。」

「誰准你放棄了！」

因為她每天都這樣質問我，讓我實在很受不了。當然，不管是王城現在的慘狀，還有「卡麥隆的大樹」變成什麼樣子，我都據實告訴她了，但她最後必定會說到這個話題。

「我知道妳在期待什麼。」

我不耐煩地這麼說。

「不過，只有這點我必須告訴妳。我沒有幫妳阻止大進擊的能力，也無法成為『女戰神之盾』的新隊員。那是絕對不可能的事。」

畢竟要是隨便讓她有所期待，之後只會更失望。

「不對，我是……」

「馬修，你很吵喔。安靜點。」

正當艾爾玟準備開口時，拉爾夫那個臭小子從車夫座位那邊大喊一聲。結果只有我挨罵。

「『灰色鄰人』就快要到了。」

我從馬車裡探出身體，看到荒野中央的灰色城牆變得越來越巨大。

我們離開這個城市已經有一個多月了。雖然天空很晴朗，但城裡的情況應該變得更糟了。

根據我們在路上收集到的情報，大進擊即將發生的徵兆變得愈來愈多。地震幾乎每天都會發生，「迷宮」裡也不分晝夜地傳出魔物的可怕叫聲與磨爪子的聲音。據說在大門附近還能聞到腐臭味。而且還有人在街上看到怪物與幽靈，彷彿那些傢伙已經先一步從「迷宮」裡偷跑出來。大進擊隨時都有可能爆發，離開這座城市的人也日漸增加。

「說不定在我們回去之前，『大進擊』就會先爆發了。」

「……」

我不經意地看到身旁的艾爾玟擺著一張苦瓜臉。

「怎麼了嗎？我們歷經千辛萬苦才凱旋歸來。妳應該擺出更有自信的笑容才對。」

「……就算我回去了，城裡的人們也不會開心吧。畢竟我早就醜態百出了。」

艾爾玟離開「灰色鄰人」的消息應該已經在城裡傳開，現在早就被人當成喪家之犬了吧。別人可不會跟以前一樣給她好臉色看。就算在冒險者公會裡，也不見得會比較好。只要她一露面，應該就會有一群笨蛋圍過去，想要棒打落水狗吧。

「那麼只能拿出成果給他們看了。」

看是能成功做回英雄，還是繼續當個悲慘的喪家之犬。雖然我會不斷為艾爾玟打氣，但最後還是得看她自己的努力。只要能拿出成果，名聲就會隨之而來。一時的失敗很快就會變成讓故事更精彩的調味料。

只要把那些冒險者痛打一頓，他們應該就會跟之前一樣對她搖尾巴了吧。

「還記得這種時候要說什麼嗎？」

「……『吃屎去吧！』」

「說得好。」

情況並不樂觀。而且讓艾爾玟身受重傷的「傳道師」也還躲在某處。如果我們打算阻止「大進擊」，那傢伙應該還會再次現身吧。

可是現在的艾爾玟應該有辦法面對強敵了。

「歡呼吧。我們高貴的公主騎士大人回來了。」

她可是用手中的劍給予擔心害怕的民眾勇氣，將恐懼變成希望的「深紅的公主騎士」。

如果她想要完成這個任務，我也會盡全力支持她。

我們愈接近城門，擦肩而過的馬車就變得愈來愈多。我原本還以為那些人都是要丟下這個城市逃走，但他們的神情都顯得很開朗。我回頭一看，發現馬車和旅行者都大排長龍，還有騎著馬的男性騎士從後面追過我們。

我們穿越北門進到城裡。

上午時分的市場看起來相當熱鬧。人潮塞滿大街，路邊攤販充滿活力的吆喝聲不絕於耳。在街頭表演的旅行藝人吸引了眾人的目光，他們偶爾失手的時候，笑聲就會響徹周圍。

到處都看不到擔心害怕的民眾。

「灰色鄰人」裡人聲鼎沸。

不光是拉爾夫與諾艾爾，就連德茲都驚訝得瞪大眼睛。

「這到底是怎麼回事？」

艾爾玟低聲這麼說，但我沒有回答，只是專心盯著人潮，不放過一絲異狀。

商店外面掛著寫有「建國節」的招牌，以及五顏六色的裝飾，讓人看了眼花撩亂。城裡的居民也都在談論這個節日。雖然我早就忘記了，但這個國家最重要的節日很快就要到來。如果「大進擊」即將發生，那現在就不是慶祝節日的時候，但每個人臉上都掛著沉浸在節慶之中的興奮表情。就連衛兵也在享受城裡熱鬧的氛圍，表情甚至顯得有些從容。我們離開城裡之前的那種緊張氛圍早已蕩然無存。

「大進擊」到底怎麼樣了？我們不在城裡的時候發生了什麼事？

這種虛假的熱鬧氛圍讓我冷汗直流。

我彷彿聽到了那個「傳道師」的笑聲。

後記

承蒙各位閱讀這本《公主騎士的小白臉》第三集，小弟真是不勝感激。我要在此向畫出美麗插畫的マシマサキ老師，以及各位相關人士致上謝意。真的非常感謝你們。

雖然這部作品打著「黑暗系異世界輕小說」這個名號，但我覺得這是至今最接近奇幻故事的一集。至於這是奇蹟還是偶然，還是作者便宜行事，就交給各位讀者自行判斷了。

下一集終於要來到後半戰了。回到「灰色鄰人」之後，馬修與艾爾玟到底會遇到什麼樣的考驗呢？敬請大家期待。

最後是作者個人的私事。在寫這一集的時候，我家的貓咪上天堂了。就是作者近照裡的那隻貓咪。也許是因為年事已高，牠變得很瘦，總是搖搖晃晃地在家裡走來走去。不過，牠在臨終的前幾天還是很有食慾，在我忙著寫稿時跑來討零食好幾次。牠以後再也不會飢渴地看著我喵喵叫，也不會用肉球打我的手了。我想要把牠生前最愛的乾糧拿到墓前，代替祭文送給這隻愛貓。我要讓牠吃飽一些，這樣牠才能乾脆地離開。

白金透

下集預告

公主騎士的小白臉

He is a kept man for princess knight.

—第4集—

Story

艾爾玟和馬修回到因大進擊而陷入混亂的迷宮都市，

城裡卻是一片祥和，

和想像中相反地沉浸在「建國節」的氣氛之中。

然而——在暗處活躍的「傳道師」卻

朝著小白臉和他的飼主露出獠牙。

愈趨愈烈的黑暗系異世界故事第4集！

敬請期待

國家圖書館出版品預行編目資料

公主騎士的小白臉 / 白金透作；廖文斌譯 . -- 初版 .
-- 臺北市：臺灣角川股份有限公司 , 2023.04-
冊；　公分 . -- (Kadokawa fantastic novels)
譯自：姫騎士様のヒモ
ISBN 978-626-378-767-4(第 3 冊：平裝)

861.57　　113001900

Kadokawa
Fantastic
Novels

公主騎士的小白臉 3

（原著名：姫騎士様のヒモ 3）

2024年4月15日　初版第1刷發行

作　　者：白金透
插　　畫：マシマサキ
譯　　者：廖文斌

發 行 人：台灣角川股份有限公司
總　　監：呂慧君
總 編 輯：蔡佩芬
主　　編：林秀儒
副 主 編：楊鎮遠
設計指導：陳晞叡
美術設計：李思穎
印　　務：李明修（主任）、張加恩（主任）、張凱棋

發 行 所：台灣角川股份有限公司
地　　址：104台北市中山區松江路223號3樓
電　　話：（02）2515-3000
傳　　真：（02）2515-0033
網　　址：www.kadokawa.com.tw
劃撥帳戶：台灣角川股份有限公司
劃撥帳號：19487412
法律顧問：有澤法律事務所
製　　版：巨茂科技印刷有限公司
ＩＳＢＮ：978-626-378-767-4